슬픈 돈을 찾아라

슬픈 돈을 찾아라

배리언 존슨 지음 이은숙 옮김

Seedbook 씨드북

등장인물

캔디스 밀러 열다섯 살 여자아이. 부모님이 이혼한 후 엄마와 함께 외할머니가 생전에 사시던 램버트로 이사 왔다. 책과 퍼즐, 게임을 좋아하며, 할머니 집 다락에서 수상한 편지를 발견하고 할머니가 못다 푼 파커의 퍼즐을 풀어 나간다.

애비게일 콜드웰 캔디스의 외할머니. 아프리카계 미국인이자 여성으로서 최초로 램버트 시 행정 담당관이 되었지만, 파커의 편지를 받고 퍼즐을 풀다가 해임당했다. 2년 전 심장마비로 세상을 떠났다.

마일로 브랜던과 같은 학교에 다니는 남자아이. 여름방학 내내 친구들과 무리 지어 브랜던을 놀리고 괴롭힌다.

브랜던 존스 캔디스 집 건너편에 사는 열네 살 남자아이. 할아버지, 엄마, 누나와 같이 살고, 책을 무척 좋아한다. 가장 친한 친구 때문에 마일로와 그 친구들에게 괴롭힘을 당한다. 캔디스와 같이 파커의 퍼즐을 풀게 된다.

조 밀러 캔디스의 아빠. 애틀랜타에 살고 건축업에 종사한다. 캔디스와 시간을 보내기 위해 주기적으로 램버트를 방문한다.

앤 밀러 캔디스의 엄마. 소설 작가지만 생계를 위해 원하지 않는 로맨스 소설을 쓰느라 늘 바쁘다. 캔디스 아빠에 비해 개방적이며, 언제나 캔디스의 편이 되어 준다.

이넉 워싱턴 램버트 최초의 흑인 학교인 퍼킨스 고등학교의 테니스 코치. 별명은 빅 더브이다. 가난한 집안에서 태어나 아버지의 지원으로 집안에서 유일하게 교육을 받았다. 다혈질의 성격에 승부욕이 있으며, 백인들에게 적대적이다.

리앤 워싱턴 이넉의 아내. 램버트 아이들을 위해 봉사활동을 했으며, 인종차별 정책에 맞서 기금을 마련하기도 했다. 이성적이고 현실적이다.

시바운 워싱턴 이넉과 리앤의 외동딸. 별명은 릴 더브이다. 아름답고 똑똑하여 퍼킨스 고등학교 남학생들의 선망의 대상이 되었다. 레지널드와 사귀면서 아빠인 이넉과 사이가 서먹해졌다. 모두에게 평등하게 대하며, 램버트에 큰 애정을 품고 있다.

레지널드 브래들리 퍼킨스 고등학교의 테니스 선수. 혼혈 유색인으로 할머니 손에서 자랐다. 이넉에게 테니스를 배워 선수가 되었지만, 시바운과 사귀면서 이넉의 눈 밖에 난다.

애덤 더글러스 퍼킨스 고등학교의 운동부 감독이자 테니스 코치. 웰리스 고등학교에서 풋볼 코치로 일하다가 퍼킨스 고등학교로 오게 된 학내 유일한 백인이다.

매리언 앨런 램버트의 재력가인 앨런가의 장남. 백인이자 인종차별주의자이다. 교활하고 기회주의적이다.

찰스 더글러스 애덤 더글러스의 아들. 별명은 칩이다. 줄곧 시바운을 좋아해 대학에 가서도 잊지 못한다. 인종차별에 반대하며, 마음이 따뜻하고 이상적이다.

목차

186 19장
194 20장 시바운 워싱턴
206 21장
214 22장 칩 더글러스
220 23장
222 24장 레지널드 브래들리
236 25장
266 26장 시바운 워싱턴
273 27장
276 28장 제임스 파커
292 29장
304 30장 제임스 파커
310 31장
315 32장 베아트릭스 홀리데이
319 33장
326 34장
339 35장 애비게일 콜드웰

애비게일 콜드웰

2007년 10월 17일

애비게일 콜드웰은 편지를 빤히 쳐다보았다.

편지도 애비게일을 빤히 쳐다보았다.

종이는 눈부셨다. 펼쳐 보지 않은 새 책장처럼 빳빳하고 매끈했다. 가장자리는 날카로웠고, 작고 까만 글씨로 빽빽한 그 편지는 엄청난 부당함을 말하고 있었다. 발신인 불명의 그 편지는 사우스캐롤라이나 램버트라는 도시에 어마어마한 돈을 약속했다. 퍼즐을 풀기만 한다면.

애비게일은 다시 편지를 접어서 가방에 넣었다. 몸집이 작은 인부가 테니스 코트의 녹슨 울타리를 다 제거하고, 이제 착암기를 가져왔다. 작업반장이 애비게일에게 귀마개를 건네주며 말했다.

"콜드웰 씨, 진짜 오늘 밤에 시작할 겁니까? 초과 근무 수당을 줘야 하고, 소음도……."

"알아요. 뒷감당은 내일 내가 다 할게요."

한낮에 작업하는 위험을 감수할 순 없었다. 너무 많은 이목을 끈다.

작업반장이 안전모를 고쳐 썼다.

"어떤 테니스 코트부터 시작할까요?"

"저기요."

애비게일이 왼쪽에 있는 코트를 가리켰다. 애비게일이 앉아 있는 벤치, 마지막 단서이기를 바랐던 그 벤치 바로 맞은편 코트였다.

"그리고 우리가 뭘 찾는 건지 알면 훨씬 수월할 것 같은데요."

"나도 그렇게 생각해요, 오델. 궤짝일 수도 있고, 아니면 상자? 나도 몰라요. 하지만 보면 바로 알 수 있을 거예요."

조명이 들어오자 일꾼들이 착암기로 초록색 테니스 코트를 부수기 시작했다. 애비게일은 굴삭기가 돌과 흙을 퍼낼 때마다 편지에 쓰여 있던 모든 단서와 사진들을 떠올렸다. 돈은 여기 있어야만 했다.

작업반장이 몇 시간 뒤 굴삭기를 멈추고 애비게일에게 손을 흔들었다.

"콜드웰 씨, 안됐지만 아무것도 없어요. 얼마나 더 파야 합니까?"

애비게일은 시간을 확인했다. 곧 동이 트고 질문과 비난이 몰아칠 것이다.

"조금만 더요. 그리고 거기 아래도 좀 파 보시겠어요? 벤치를 부수지는 말아요. 중요한 거예요."

"그런데 콜드웰 씨, 지시받은 건 테니스 코트만……."

"걱정하지 말아요. 서류에 문제가 생기면 내가 다 처리할게요. 미안해요. 너무 많은 게 여기에 달려 있어서."

애비게일은 깊고 어두운 구덩이를 찬찬히 들여다보았다. 애비게일은 직감을 믿고 자신의 명성과 직장, 이제까지의 이력까지 몽땅 걸었다.

새벽 4시쯤 되자 『램버트 트레이더』의 신입 기자가 모습을 드러냈고, 한 시간 후에는 좀 더 경력 있는 기자들이 나타났다. 태양이 공원의 거대한 참나무 위로 떠올랐을 때는 검정 세단 한 대가 농구 코트 앞에 멈춰 섰다. 애비게일은 시장이 직접 온 것을 보고 약간 놀랐다. 하지만 다시 생각해 보니, 그는 내년에 재선을 앞두고 있었다. 비스타 하이츠를 둘러볼 적절한 때였던 것이다. 애비게일은 아직 모르고 있었지만, 사실 시장은 이미 애비게일을 직위 해제했다.

편지는 미스터리로 남았고, 모험을 또다시 감행할 만큼 용감한, 아니 어쩌면 그만큼 어리석은 누군가가 나타날 때까지 10년 넘게 그 편지의 비밀은 밝혀지지 않았다.

그 누군가는 바로 애비게일의 손녀, 캔디스 밀러였다.

2장

물론 열다섯 살짜리 캔디스 밀러는 비밀 편지나 숨겨진 돈에 대해서는 아무것도 몰랐다. 그저 끔찍한 여름을 버텨 내려고 애쓰고 있을 뿐이었다.

캔디스는 부엌 식탁에 앉아 이미 두 번이나 읽은 책을 끝냈다. 캔디스는 책을 덮고 자기 방으로 가서 바닥에 털석 주저앉았다. 엄밀히 말하면 자기 방이 아니었다. 캔디스의 '진짜' 방은 애틀랜타의 '진짜' 집에 있었다.

작고 갑갑한 이 방은 캔디스가 살고 싶은 맘이 추호도 없는 사우스캐롤라이나 램버트라는 도시의 낯선 집 뒤쪽에 있었다. 이 집은 외할머니인 애비게일 콜드웰의 집으로, 할머니는 2년 전에 돌아가셨다.

캔디스의 부모님은 6개월 전에 이혼했다. 이혼하고 나서 엄마는 애틀랜타에 있는 집을 팔려고 했지만 아무도 '아늑한' 침실과 '고풍스러운' 부엌에 관심을 보이지 않았다. 결국 아빠가 리모델링할 건축업자를 데려왔고, 엄마와 캔디스는 여름 동안 램버트로 이사 왔다. 엄마가 말했다.

"할머니가 겪은 일 때문에 내가 이 도시를 싫어하긴 하지만, 우리 둘에게 기분 전환이 될 수도 있을 거야."

캔디스는 리모델링을 하는 동안 아빠랑 같이 살 수도 있겠다고 생각했다. 하지만 아빠는 자기 아파트에서 지내자고 하지 않았고, 캔디스도 일부러 부탁하지는 않았다.

캔디스는 여전히 바닥에 누워서 손목에 찬 가늘고 낡은 알루미늄 팔찌를 손가락으로 만져 보았다. 할머니가 5년 전쯤에 캔디스에게 주었다. 팔찌 바겉에는 MS라는 글자(할머니의 고향인 미시시피를 뜻했다)가, 안에는 '사랑'이라는 글자가 새겨져 있었다. 2주 전 램버트로 이사하면서 캔디스는 다시 이 팔찌를 차기 시작했다. 왠지 그래야 할 것 같았다.

잠시 후 뒷문이 열려서 캔디스는 방에서 나와 부엌으로 돌아갔다. 엄마가 싱크대에 서서 컵에 수돗물을 채우고 있었다.

"너무 오래 나가 있었지. 앞집 존스 아줌마랑 얘기하느라고 시간 가는 줄 몰랐네. 위에서 뭐 했어?"

"또 책 읽고 있었지 뭐."

"엄마가 또 잊었네, 그치? 약속. 오늘은 도서관에 꼭 데려갈게."

엄마는 이틀 내내 그렇게 말했다.

"다락을 한번 보지그래. 분명히 할머니가 보던 책이 많이 있을 거야. 퍼즐 책이나 보드게임도 있을지 몰라."

엄마가 물을 마저 마시고 물컵을 싱크대에 놓았다.

"나도 올라가서 할머니 물건들 좀 정리해야 하는데."

엄마는 2년 내내 그렇게 말했다.

"할머니 팔찌를 다시 차고 있으니까 좋네. 잘 어울려."

엄마가 잠깐 말을 끊자, 둘 사이로 슬픔이 흐르는 소리가 들리는 것 같았다. 심지어 할머니의 라벤더 냄새도 나는 것 같았다. 할머니는 심장마비로 갑자기 돌아가셨다. 작별 인사를 할 시간도 없었다.

"보석 가게에 가져가 봐야겠다. 흠집이 난 거 좀 닦게. 할머니는 이런 흠집들이 행운을 만든다고 하셨지만, 정작 본인은 행운하고는 거리가 먼 분이셨어. 특히나 램버트에서는 말이야."

"그게 무슨 말이에요?"

캔디스가 물었다. 엄마가 수년 동안 비슷한 말을 하는 걸 들었다. 심지어 할머니가 살아 계실 때도. 할머니는 고개를 끄덕이며 늘 이렇게 대답했다.

"길이 안 보인다고 해서 길이 없는 건 아니란다."

캔디스가 옆에 있을 때면, 할머니는 고개를 돌려 캔디스에게 윙크를 했다. 마치 둘이서만 나누는 비밀이라도 되는 듯.

"여기서 얼마간은 살 테니까, 할머니에 대해 너도 알아 둬야 할 게 있어. 공식적으로 할머니는 시청에서 사임한 걸로 되어 있지만, 사실은 해고된 거야. 정말 큰 사건이었어. 교도소에 갈 수도 있었다니까."

캔디스의 눈이 커다래졌다.

"뭘 하셨길래요?"

"네 할머니는 이 도시 어딘가에 보물이 묻혀 있다고 생각했어. 시장은 할머니에게 그만두라고 했지. 엄청난 사기 같았으니까."

"그런데 할머니가 그만두지 않았군요."

엄마가 고개를 끄덕였다.

"할머니는 하느님이나 알 만한 것에 대해서 온갖 조사를 하면서 몇 달을 보냈어. 그러고는 오래된 테니스 코트를 파기로 했지. 서류를 조작해서 일꾼들의 비용을 대고 굴삭기를 빌렸어. 그리고 밤새 땅을 팠단다."

캔디스는 삽을 들고 해적의 금궤를 파내는 할머니의 모습을 상상했다.

"뭘 찾았어요?"

"흙 말고는 없었지. 하지만 다행히 시가 그 일로 시끄러워지는 걸 싫어했어. 그래서 할머니가 비밀 유지 동의서에 서명하고, 그간 조사한 것들을 모두 파기하면 고소하지 않겠다고 했고, 서로 동의했어."

캔디스는 몸을 들썩이지 않으려고 손을 깔고 앉았다. 램버트라는 도시가 갑자기 훨씬 더 흥미로워지는 것 같았다.

"할머니 생각이 맞았다면요? 진짜로 보물이 묻혀 있을지도 모르잖아요?"

"네 머릿속에서 기어가 돌아가는 게 진즉에 보였다만, 그만둬. 이건 네가 하는 컴퓨터 게임 같은 게 아니야. 묻혀 있는 보물 같은 건 없어. 게다가 뭐 10년도 더 된 일 아니니? 진짜로 이 도시에 숨겨 둔 돈더미가 있었다면 지금까지는 누가 발견해도 했을 테고."

"그래도……."

"너는 이해 못 해. 네 할머니는 램버트 최초의 여성 시 행정 담당관*이었고 아프리카계 미국인으로서도 최초였어. 그런데 내버려 두라는 그 하나를 그만두지 못해서, 당신의 경력을 다 망쳐 버렸어. 자신을 온 도시의 웃음거리로 만들었다고. 인터넷에도 주르륵 나와. 정신 나간 여인 콜드웰. 알츠하이머 콜드웰. 두더지 여인. 물론, 다시는 시 행정 담당관 같은 건 될 수도 없었고."

캔디스의 안에서 들끓던 흥분이 수그러들기 시작했다.

"저는 전혀 몰랐어요."

"자신의 실패에 대해서 말하기 좋아하는 사람이 어디 있니. 네가 미스터리를 좋아하는 건 알지만, 제발 묻혀 있는 보물에 대한 이 오래된 걸 들쑤시지는 말았으면 좋겠다. 과거는 과거야. 할머니의 평판은 이미 손상됐어. 네가 더 나쁘게 안 만들었으면 좋겠다."

---

* 시 행정 담당관: 미국의 일부 지방 자치제에서 채택한 직책으로 시 의회에서 임명된 전문가가 임기 동안 행정 총괄 관리를 담당함.

"실수 한번 했다고 해서 할머니를 실패자라고 할 순 없어요."

"엄마 말 들어, 너는 사실을 전부 다 모르잖니."

캔디스는 자신의 무릎만 빤히 쳐다봤다. 찢어진 천 사이로 갈색 피부가 보였다. 아빠는 이 낡은 청바지를 버리라고 했지만, 이 바지가 제일 편했다.

"실수는 실패가 아니에요. 다시 시도할 기회일 뿐이에요."

할머니는 늘 캔디스를 보호해 줬지만, 캔디스 아빠처럼 과보호하지는 않았다. 어른들이 캔디스는 아직 어려서, 또는 여자라서 못한다고 할 때 할머니만은 캔디스를 지지해 줬다. 심지어 캔디스가 실수해도 할머니는 배울 수 있는 경험을 한 거니 계속 시도하라고 했다.

잠시 뒤, 캔디스의 엄마가 식탁을 가로질러 캔디스의 손을 잡았다.

"네 할머니는 강인하고 활동적이고 그리고 고집도 세셨지. 하지만, 큰 실수도 저질렀어. 그게 네 눈에는 실패처럼 보이지 않겠지만, 세상이 항상 우리가 원하는 대로 봐 주는 건 아니란다."

캔디스의 엄마는 로맨스 소설 작가였다. 제인 해리스. 로버타 콜드웰. 어맨다 샌드스톤. 여러 가명으로 책을 썼다. 엄마는 로맨스는 그만 쓰고 '앤 C. 밀러'로 소설을 쓰고 싶다고 늘 말했지만, 집이 안 팔리면서 세 편을 더 계약하고 말았다. 마감일을 맞추려면 쉬지 않고 써도 힘들었다. 하지만 엄마는 통 쓰지 않는 것 같았다. 대신에 텔레비전으로 많은 리얼리티 프로그램을 보고, 건너편에 사는 존스 부인 집에 가고, 동네를 한참 동안 걸어 다녔다.

"자, 자…… 밖에 누가 있는지 봐."

엄마가 10분 뒤에 집 밖으로 나서면서 경쾌하게 말했다.

"인사해야지."

길 건너편 존스 부인과 아들이 현관에 앉아서 책을 읽고 있었다. 엄마는 그 아이에게 자신을 소개하라고 부추겼다. 두 달만 있으면 애틀랜타로 돌아갈 텐데 친구를 왜 사귀라는 걸까? 그것도 한 살 어린 애를.

"안녕. 브랜던, 우리 피제이스에서 점심 먹고 도서관에 갈 건데, 같이 갈래?"

엄마가 묻자 존스 부인이 대답했다.

"나는 방금 먹었고 브랜던은 안 먹었는데. 브랜던, 캔디스랑 같이 갈래?"

"아뇨, 괜찮아요."

브랜던이 잡지에서 고개도 들지 않고 대답했다.

"아줌마가 하는 말 못 들은 모양이구나. 도서관도 갈 거래."

브랜던이 고개를 들어 흘깃 봤다.

"거기서 얼마나 있을 건데요?"

"브랜던, 예의 좀 지켜라."

존스 부인이 톡 쏘아붙이자 엄마가 말했다.

"아니에요, 괜찮아요. 좀 있을 거야. 이사 오고 나서 계속 캔디스한테 데려가 주겠다고 했거든. 오늘이 좋을 것 같아서."

브랜던과 브랜던의 엄마가 서로를 쳐다봤다. 눈으로 둘만의 비밀스러운 대화를 하는 게 틀림없었다. 브랜던이 보던 잡지를 덮었다.

"지갑 가져올게요."

졌다는 듯 말했다.

"점심값은 엄마가 줄게."

존스 부인이 집으로 들어가고 잠시 아무도 말이 없었다.

"작가라고 들었어요."

마침내 브랜던이 침묵을 깨고 캔디스의 엄마에게 물었다. 브랜던은 몸집이 작고 다리는 비쩍 말랐다. 의자에 앉아서 몸을 흔들 때마다 하이 톱 운동화가 계속 현관에 쓸렸다.

"지금도 뭘 쓰고 계세요?"

아까보다는 목소리가 부드러워졌다.

"그냥 몇 편. 뭐 대단한 건 아니고."

"무서운 거예요? 아니면 다른 소설들처럼 로맨스예요?"

"그건 비밀이야."

캔디스가 팔짱을 끼면서 말했다. 엄마는 자기 책에 대해서 말하기를 좋아하지 않았다. 작업 중일 때 엄마가 믿는 여러 가지 미신 중 하나였다.

"브랜던, 엄마 말로는 하드코어물을 읽는다고 하던데. 어떤 책 좋아해?

엄마가 물었다.

"뭐 대충 다요. 남자 책 좋아해요."

브랜던이 말했다.

'대체 무슨 말이야? 무기나 전쟁에 관한 책? 아니면 남자애들만 등장하는 책을 말하는 거야?'

캔디스는 물어보고 싶었다. 엄마가 계속 물었다.

"좋아하는 작가는 누구야?"

"모르겠어요. 뭐…… 스티븐 킹? 제임스 패터슨 정도?"

브랜던은 캔디스를 흘깃 보고는 주저했다.

"뭐…… 그런 작가들요."

캔디스는 자신이 브랜던을 어이없다는 듯 쳐다보고 있다는 걸 알아차렸다.

"나도 스티븐 킹이랑 제임스 패터슨 좋아해. 우리 좀 봐. 활자 중독자들이 모였네."

엄마가 말하면서 활짝 웃었다.

캔디스는 엄마를 보고 얼굴을 찡그렸다. 대체 왜 엄마는 아무도 원하지 않는데 굳이 대화를 이어가려고 하는 걸까?

그 생각을 잠깐 하다가, 캔디스는 상황을 파악했다. 이 모든 게 캔디스와 브랜던이 좀 더 같이 시간을 보내게 하기 위한 설정이었다. 캔디스는 브랜던의 엄마도 이 일에 동참했다고 확신했다. 브랜던도 그렇게 생각하는지 궁금해졌다.

상관없었다. 캔디스는 이미 애틀랜타에 디디와 커드니가 있었다. 다른 친구는 필요 없었다. 더군다나 책 읽는다고 잘난 척이나 하는 열네 살짜리 애는.

3장

캔디스의 아빠는 집에 대해서 늘 불평했다. 차고 바닥은 고르지 않고, 층계는 삐걱대고, 폭우가 내리면 늘 마당이 물로 넘쳐난다고. 하지만 피제이스에 가까워지자, 캔디스는 자기 집이 그 정도인 것에 감지덕지했다. 엄마가 비스타 하이츠라 부르는 이 동네 건물 몇몇은 돌풍 한 번에 그냥 쓰러져 버릴 것 같았다. 한 집 걸러 한 집마다 빈집처럼 창틀에 막대기를 가로질러 놓았다.

피제이스에 도착하자 그들은 주문대로 걸어갔다. 오래된 흑백 사진이 벽에 걸려 있었고, 구석에는 세월에 닳은 목재 구두닦이대가 먼지를 뒤집어쓰고 있었다. 식당 안에는 사람이 몇 없었지만, 캔디스 무리를 빤히 쳐다봤다. 단골들은 그들이 이곳 사람이 아니라는 걸 알았다.

"나는 오늘의 메뉴로 할게."

엄마가 잠시 메뉴판을 보고는 말했다.

"캔디스, 너는?"

"치킨핑거랑 감자튀김요."

캔디스는 메뉴를 보자마자 특선은 제외했다. 뼈 있는 생선을 싫어하고, 할라페뇨나 파가 들어간 허시퍼피스*는 절대 먹지 않으니까.

브랜던이 햄버거를 주문하고 계산대에 돈을 내밀자, 캔디스의 엄마가 말렸다.

---

* 허시퍼피스: 옥수숫가루, 우유, 양파, 베이킹파우더 등을 둥글게 뭉쳐 기름에 튀긴 미국 남부의 요리.

"얘, 집어넣어."

"저희 엄마가……."

"괜찮아. 이웃이잖아."

엄마가 말했다. 엄마가 진솔한 대화를 좀 해 보려고 애를 썼지만, 아이들은 되도록 재빨리 음식을 먹어 치우고(놀랍게도 음식이 맛있었다) 도서관으로 향했다. 캔디스가 엄마와 도서관 카드를 만드는 동안, 브랜던은 기다리지도 않고 곧바로 아동 청소년 구역으로 달려가 버렸다.

캔디스는 서가 사이를 왔다 갔다 하면서 몇 걸음마다 멈춰서 책을 빼 들고 표지를 살폈다. 청소년 구역으로 가니, 브랜던은 말 그대로 책 속에 얼굴을 파묻고 있었다.

캔디스는 브랜던이 뭘 읽고 있는지 보려고 한 걸음 더 가까이 다가갔다. 기척을 들었는지 브랜던이 책을 탁 덮고는 뒤로 숨겼다.

"나 찾았어? 가야 해?"

"좀 더 있을 거야. 이사 오고 나서 엄마도 도서관에 처음 왔거든. 엄마는 나니아로 돌아온 것 같을 거야."

"『사자와 마녀와 옷장』을 읽었구나?"

"시리즈 일곱 권 다 읽었어."

캔디스는 '심지어 여자인데도'라는 말까지 덧붙이려다 참았다.

"나는 아직도 다 못 읽었는데. 늘 대출 중이라서."

"『어둠이 떠오른다』 연작은 꼭 읽어봐야 해. 아니면 『영웅과 왕관』이나 『푸른 칼』도. 아, 뒤에 두 권은 안 좋아할 수도 있겠다. 주인공이 여자거든."

"그런 책들 좋아해! 애린*은 내가 제일 좋아하는 주인공이야."

브랜던이 허리를 쭉 펴고 앉으며 말했다. 둘 다 잠시 아무 말이 없었다.

"뭐 읽고 있었는데? 판타지야?"

"그냥…… 별거 아냐."

브랜던이 손을 슬쩍 치웠다. 분명히 별거 아닌 게 아니었다. 캔디스는 자기가 놀릴까 봐 브랜던이 책을 숨겼나 하는 생각이 들었다.

"너 여기 자주 오니?"

"학교 다닐 때는 토리 누나가 데려다줬는데 요즘엔 시간이 잘 안 맞아."

토리가 브랜던의 누나라는 걸 기억하는 데 시간이 좀 걸렸다.

"자전거 타고 와? 집에서 별로 멀지 않잖아."

"엄마가 나 혼자 자전거 타고 다니는 거 안 좋아해."

"분명히 나랑 우리 엄마는 여기서 시간을 많이 보낼 거야. 다음에 올 때 너도 태워다 줄게."

"내가 스티븐 킹이랑 제임스 패터슨 좋아한다고 하니까 나를 거꾸로 처박아 버릴 듯이 쳐다보더니."

이제는 캔디스가 책 읽은 걸로 잘난 척하는 것처럼 들렸다.

"그건 그냥…… 나는 여자 책 남자 책 같은 게 있다고 생각 안 하거든. 아빠가 내가 읽는 걸 가지고 뭐라고 하시면 적어도 우리 엄마는 늘 그렇게 말했어. 너희 집에서 우리 엄마가 아무 말도 안 하시길래 좀 놀랐지."

"예의를 차리신 거겠지."

브랜던이 말했다.

---

* 애린: 『영웅과 왕관』, 『푸른 칼』의 여주인공.

"어쨌든 현관에서 했던 내 행동은 미안해. 엄마들이 자꾸 너랑 연결하려고 해서 짜증 났거든. 네가 오길래, 그때 두 분이 무슨 계획을 세웠는지 알았지."

캔디스가 미소를 지었다. 자기만 조종당한 게 아니라는 걸 알게 돼서.

"그래서 가방에 책은 몇 권이나 있는 거야? 한 번에 열 권만 빌릴 수 있어."

"몰랐어. 열다섯 권까지 셌는데. 이것들은 갖다 놔야겠다."

"잠깐만, 우리 나눠 읽자. 내가 열 권 빌리고 네가 열 권 빌리고, 어때?"

브랜던이 뒤에서 책을 앞으로 꺼냈다.

"『안녕하세요, 하느님? 저 마거릿이에요』 읽었어?"

한 시간 뒤 캔디스는 아래층에 있는 컴퓨터실로 갔다. 캔디스의 컴퓨터는 이사 오기 전에 고장 났지만, 엄마는 가을까지 기다리라고 했다. 엄마에게는 노트북이 있으니, 아쉬울 게 없었다. 하는 수 없이 캔디스는 여름 내내 엄마 휴대 전화로 메일을 확인해야 했다.

한 남자가 컴퓨터실 책상 앞에 앉아 있었다.

"여기 서명하세요. 사람이 많아서 컴퓨터는 일인당 20분만 사용할 수 있어요."

캔디스는 이름이 불리자 재빨리 컴퓨터로 갔다. 로그인하고 나서 이메일을 확인했다. 새 메일이 없었다.

이번에는 할머니의 팔찌를 만지다가, '애비게일 콜드웰 램버트 해고'라고 쳐 넣었다.

화면이 여러 가지 링크로 가득 찼다. 첫 번째 기사에 할머니가 비커스 공원의 테니스 코트를 파헤치고 나서 해고된 이야기가 있었다. 페이지를 내려

보니 『램버트 트레이더』에 흑인 시 의회 의원이 쓴 사설이 실려 있었다. "흑인 여성이 시 행정 담당관으로서 무엇을 할 수 있는지를 긍정적으로 보여주는 대신, 애비게일 콜드웰은 서툴고 무능력한 행동으로 인종적인 전진을 적어도 30년 전으로 돌려놓았다"라고 쓰여 있었다.

기사를 더 읽을 엄두를 못 내고 있던 차에 캔디스의 시간이 다 됐다. 책상에 있던 남자가 서명을 하고 다시 줄을 서도 된다고 했지만, 캔디스는 엄마가 집에 갈 준비가 되었기를 바라며 엄마를 찾았다.

"30분만 더. 흐름이 끊기면 안 돼."

엄마가 고개도 들지 않고 말했다. 엄마가 책더미에서 무엇을 찾았는지는 알 수 없었지만, 뭔가가 엄마의 글쓰기에 불을 댕긴 것 같았다. 캔디스는 다시 계단을 올라가다가 브랜던이 자기 쪽으로 오는 것을 보고 중간에 멈췄다.

"너 찾으러 가는 중이었는데. 벌써 다 끝났어?"

"응, 오늘 할 인터넷은 다 했어."

"여기 좀 춥다. 밖에 앉아 있어야겠어."

"좋아, 같이 가자. 그러니까, 괜찮으면……."

"괜찮아."

둘은 책을 빌리고 밖으로 나갔다. 멀리 아이스크림 트럭에서 흥겨운 동요가 흘러나왔다. 둘은 벤치에 앉았다. 캔디스가 불쑥 말했다.

"우리 할머니 알아?"

브랜던이 책에서 고개를 들었다.

"나는 이사 온 지 3년밖에 안 됐지만, 우리 할아버지는 잘 아셔. 여기서 한 20년 사셨으니까. 은퇴하고 나서 오셨거든."

"비커스 공원이 어디 있는지 알아? 음, 거기에 테니스 코트 같은 게 있어?"

"너희 할머니가 해고당한 거 때문에 이러는 거야?"

"네가 그걸 어떻게 알아? 이사 온 지 얼마 안 됐다며?"

"할아버지가 남부에서는 소문이 더 빨리 돌고 더 오래간대. 할아버지 말로는 부당한 처사였다던데."

브랜던은 다시 책을 봤다. 브랜던의 제안으로 캔디스는 여자가 주인공인 책을 빌렸고, 브랜던은 남자아이들이 나오는 책을 골랐다. 한동안 입을 닫고 있다가 캔디스가 물었다.

"있지, 미안한데, 질문 하나 해도 돼? 할머니가 왜 해고당했는지 알아?"

"소문으로는 너희 할머니가 테니스 코트 밑에 뭐가 숨겨져 있다고 생각했다던데."

"그럼, 음, 뭘 찾으려고 했는지도 알아?"

"아니, 엄마랑 할아버지는 알 거야. 집에 가면 물어봐 줄게."

"괜찮아. 그냥 잊어버려. 그 이야기를 꺼내는 것 자체가 진짜 멍청한 것 같다."

"네가 멍청하다고는 생각 안 해. 멍청한 사람이 『어둠이 떠오른다』 연작 다섯 권을 모두 읽지는 않거든, 안 그래?"

브랜던이 잠시 말을 멈췄다가 다시 말했다.

"멍청한 사람들은 '연작'이라고 부르지도 않지."

캔디스는 미소를 지었다. 브랜던이 책 좀 읽는다고 잘난 척을 하긴 했지만, 그게 그렇게 나쁜 건 아닐지도 몰랐다.

4장

캔디스는 자신을 끝내주는 책 덕후라고 생각했지만, 나흘 동안 아무것도 하지 않고 책만 읽고 나니 자신에게도 휴식이 필요하다는 걸 알게 됐다. 그래서 귀에다 이어폰을 꽂고 아빠의 플레이 리스트에 있는 노래를 틀어 놓고 멘탈 트위스터 게임을 켰다. 캔디스가 막 새로 한 판을 시작하는데 갑자기 귀에서 이어폰이 빠지는 느낌이 들었다. 엄마가 캔디스를 내려다보고 있었다.

"소리가, 너무, 커. 세 번이나 불렀어."

"죄송해요, 제가……."

초인종이 울렸다. 엄마가 이어폰을 두고 문을 열러 갔다.

"안녕, 브랜던. 들어와."

엄마가 돌아서며 말했다.

"새 규칙이야. 다음에 또 그렇게 크게 들었다간 아이팟 압수다."

캔디스는 목에서 열이 확 오르는 게 느껴졌다. 아빠라면 친구가 있는 앞에서 절대로 이렇게 소리 지르지 않았을 거다.

"바빠? 나중에 올……."

브랜던이 캔디스를 배려하느라고 바닥을 내려다보고 말했다.

"아냐, 괜찮아."

엄마는 글이 잘 써질 때 방해받으면 싫어했다.

엄마는 도서관에 갔다 온 이후로 하루에 열여덟 시간씩 글쓰기에 매진했다. 잠깐 화장실에 갈 때나, 통조림 채소수프와 땅콩버터샌드위치를 먹을 때를 빼고는 계속 글을 썼다. 캔디스는 요리하는 걸 배워 두지 않은 걸 후회했다. 브랜던이 말했다.

"책 바꿔 읽자고."

"벌써 네 책 열 권을 다 읽은 거야?"

"나는 빨리 읽거든."

"잠시만, 방에서 책 가지고 올게."

캔디스가 돌아오니 브랜던은 '남자' 책을 커피 탁자에 쌓아 놓았다. 브랜던이 자기 가방에 책을 넣기 시작했다.

"몇 권은 다시 읽어도 상관없어. 『안녕하세요, 하느님? 저 마거릿이에요』 읽었어? 나는 열 번이나 읽었는데, 그래도 좋아."

"응, 맞아, 진짜 좋은 책이지."

"주디 블룸 다른 책도 읽어 봤어?"

캔디스가 고개를 끄덕였는데, 브랜던은 그걸 주디 블룸이 쓴 다른 책에 대해서 이야기해도 좋다는 허락으로 받아들였다. 브랜던이 계속 이야기하는 동안 캔디스는 그냥 가만히 서 있었다. 이야기할 기분이 아니었다.

"아, 알겠어. 이제 가야겠지?"

"잘 가."

캔디스가 말하고 커피 탁자에 있는 책들은 다시 정리하기 시작했다.

캔디스가 게임을 새로 시작하는데, 초인종이 또 울렸다.

캔디스는 이어폰을 빼고 손에는 여전히 아이팟을 든 채로 거실을 가로질렀다. 또 브랜던일 것이다. 캔디스가 문을 열었다.

"무슨 일이야, 대체 왜 이래?"

브랜던의 셔츠는 나뭇잎과 잔디로 뒤덮여 있었고, 얼굴에는 긁힌 자국이 발갛게 두 줄 나 있었다. 브랜던은 재빨리 자기 뒤로 고갯짓을 했다. 자전거를 탄 남자아이 세 명이 마당 가장자리, 가시덤불 바로 옆에 있었다.

"들어가도 돼? 제발!"

브랜던이 조그맣게 말했다.

캔디스는 문을 조금 더 열어서 브랜던을 들어오게 했다. 가장 가까이에 있던 남자아이가 뭔가 지저분한 말을 크게 지껄였다. 캔디스는 못 들은 척했다.

"이렇게 금방 다시 오면 안 되는 거 아는데."

브랜던이 벽에 기댔다. 좀 전보다 더 작아 보였다.

"그 애들이 자전거 타고 오는 건 봤는데, YMCA로 가는 줄 알았어. 근데 그냥 이 동네를 돌아다니고 있었나 봐."

"누군데?"

"학교 애들. 한 달 전부터 나를 괴롭히기 시작했어. 그러고 나서 방학을 했지."

캔디스는 무슨 말인지 정확하게 이해했다. 방학 전날 괴롭힘을 당하는 건 폭탄 돌리기를 하다가 마지막에 폭탄을 안고 있게 된 것과 비슷했다. 그 게임은 새 학기에 아이들이 돌아와야만 다시 시작됐다.

"나 많이 안 좋아 보여?"

"피가 좀 나."

캔디스가 브랜던의 얼굴을 살피며 말했다.

"밴드 줄까?"

"괜찮아."

"책이 가득 든 가방을 얻고 몇 군데 긁힌 거니까, 괜찮은 거래지 뭐."

캔디스는 소리 내서 웃다가 재빨리 그만뒀다.

"이미 읽은 책을 위해서 목숨 바칠 각오가 되어 있었네? 너 진짜 심심했나 보다."

"안 그랬으면, 할아버지랑 브레이브스*를 보면서 또 밤을 보낼 텐데, 나는 야구 싫어해."

애틀랜타 브레이브스 얘기가 캔디스 안에 있던 뭔가를 끄집어냈다. 여름이면 캔디스는 아빠와 함께 서너 번 야구 경기를 보러 갔다. 날씨는 끝내주게 덥고 핫도그를 먹을 수 있을지는 그날 운에 달렸지만, 아빠와 캔디스 둘이서 늘 하던 일이다. 올해는 그런 희망을 포기했다.

"왜 그래?"

브랜던의 눈에 캔디스가 어떻게 보였을까?

"아무것도 아냐. 참, 다락에 가 볼래? 할머니의 오래된 책들이 있을지도 모른대. 분명히 네가 아직 안 읽은 걸 찾을 수 있을 거야."

브랜던이 가방을 내려놓으며 고개를 끄덕였다.

"재밌겠다."

캔디스는 다락에 간다고 말하려고 엄마 작업실 안으로 고개를 디밀었다.

"조심해. 이 집은 몇 달 동안 판자로 막아 놨었거든. 뭘 찾을 수 있을지는 모르겠다."

다락 출입구는 차고에 있었다. 브랜던이 불을 켜고 둘은 무너질 듯한 계단을 올라갔다. 나무판자가 발아래서 삐걱거렸다. 다락방은 차고보다도 더

* 브레이브스: 미국 조지아 애틀랜타를 연고지로 하는 프로 야구 팀.

더웠다. 오래된 크리스마스 장식품과 재봉틀 그리고 오래된 옷 뭉치 같은 허섭스레기들 말고는 별거 없어 보였다.

"웩, 입에 거미줄이 들어갔어."

캔디스가 깔깔거리며 구석으로 걸어갔다. 그리고 미소를 지었다.

"이리 와 봐."

캔디스가 브랜던에게 말했다. '캔디스에게' 라고 라벨이 붙은 상자 하나가 벽에 기대어 있었다.

"기대했는데, 새로운 읽을거리는 별로 없네."

둘은 상자에서 계속 책을 끄집어냈지만, 캔디스의 관심을 끌 만한 건 하나도 없어 보였다. 브랜던은 멈춰서 그리스 신화에 관한 책을 넘겨 봤다.

"이거 나쁘지 않은데. 빌려 가도 돼?"

"응."

캔디스가 마지막 책을 치우면서 대답했다. 바로 그때 퍼즐 책을 발견했다. 캔디스는 한눈에 알아봤다. 몇 년 전에 풀었던, 논리 게임과 어렵고도 재미있는 문제가 가득 든 두꺼운 책이었다. 캔디스는 책을 코에 갖다 댔다. 기분 탓이겠지만 라벤더 향이 느껴지는 것 같았다. 책을 펼치자 봉투 하나가 미끄러지듯 바닥으로 떨어졌다.

캔디스는 책갈피로 쓴 옛날 우편물이겠거니 생각하며 편지를 주웠다. 주소를 보려고 봉투를 뒤집었다. 그런데 주소 대신 짧은 메모가 있었다.

길을 찾아. 퍼즐을 풀어.

할머니의 필체였다. 짙은 파란색 잉크로 쓴 소용돌이치듯 동글동글한 글씨였다. 그 글을 보자 할머니가 늘 하던 말이 생각났다.

"길이 안 보인다고 해서 길이 없는 건 아니란다."

캔디스는 손을 닦았다. 메모는 무덤에서 온 메시지처럼 느껴졌다.

캔디스는 브랜던을 훔쳐봤다. 브랜던은 여전히 신화 책을 보고 있었다. 캔디스는 재빨리 편지를 퍼즐 책에 끼워 넣으며 말했다.

"내려가자. 여기 더 있다간 녹아 버리겠어."

브랜던이 고개를 끄덕였다.

"그래. 근데 이 책들은 어떡하고?"

"걱정 마, 그건. 내가 나중에 와서 상자에 담을게."

브랜던은 어깨를 으쓱했지만, 캔디스를 따라서 계단을 내려갔다.

거실로 오자 브랜던은 창밖을 내다봤다.

"젠장, 그 녀석들이 다시 왔어."

브랜던이 캔디스를 보고 희미하게 웃었다.

"여기 조금만 더 있어도 돼? 귀찮게 안 할게."

"당연하지. 음, 괜찮아. 나는…… 좀만 있다 올게."

캔디스가 두 손으로 퍼즐 책을 꼭 잡고 부엌 쪽으로 가면서 말했다.

캔디스는 봉투에 적힌 메모를 다시 읽었다. 할머니 글씨가 맞았다.

봉투는 봉해져 있지 않았다. 캔디스는 안에 있는 걸 봐도 괜찮겠다고 생각했지만 할머니 앞으로 온 편지라서 망설여졌다. 하지만 캔디스는 자신이 읽는 걸 좋아하는 사람이라는 사실을 떠올렸다. 읽는 걸 좋아하는 사람은 읽는다. 그래서 캔디스는 편지를 읽었다.

2007년 8월 10일

콜드웰 씨에게

저는 워싱턴가를 대신해서 편지를 씁니다. 당신은 그들을 만난 적이 없을 겁니다. 당연하죠. 당신이 이 도시에 오기 한참 전에 앨런가 사람들이 램버트에서 그들을 쫓아냈으니까요. 워싱턴가에서 정의를 요구할 때마다 시 공무원들은 매번 묵살했죠. 이넉, 리앤, 시바운 워싱턴은 오랜 흑인 차별의 관습 때문에 새로운 희생자가 되었습니다.

저는 시바운을 사랑했습니다. 그래서 지난 30년 동안 서서히 앨런가를 무너뜨렸습니다. 저는 앨런 섬유 회사를 매수한 회사의 대주주였습니다. 솔라라 산업을 매수해서 램버트에 있던 솔라라 공장을 다른 지역으로 옮기는 방법으로 앨런가의 토지 임대업도 망하게 만들었습니다. 제 목표는 앨런가뿐만 아니라 그 도시 전체를 완전히 망가뜨리는 것이었습니다.

하지만 시바운 워싱턴은 여전히 램버트를 걱정했어요. 그녀는 제게 연민을 보여 달라고 부탁했습니다. 시바운 아버지나 저와 달리, 시바운은 정의와 용서가 서로 균형을 이뤄야 한다고 믿었어요.

그래서 제가 램버트로부터 빼앗은 재산, 제가 마지막으로 계산했을 때 4천만 달러 정도 되는 금액을 모두 돌려줄 기회를 만들었습니다. 그 도시의 과거로 깊숙이 데려다줄 퍼즐을 만들었어요. '유산'을 찾는 사람에게 그 돈의 10분의 1을 주고, 나머지는 시에 기부하겠습니다. 대신, 유산을 받게 된 사람은 자신이 퍼즐을 풀면서 알게 된 사실을 반드시 세상에 알려야 합니다.

첫 번째 단서:

1. 시바운 아버지는 테니스를 무척 좋아했지만 다른 스포츠 팀에 푹 빠져서 자랐습니다.

시바운도 근사하지만, 시바운 어머니도 근사한 분이었습니다. 리앤 워싱턴 부인은 교회 자원봉사자로 보낸 날들 동안 램버트의 아이들을 위해 많은 일을 했습니다.

시바운 어머니처럼 시바운도 사람들에게 두 번째 기회(제 경우에는 심지어 세 번째 기회)를 줘야 한다고 믿었습니다. 시바운은 그녀의 부분들을 합쳐 놓은 것보다 훨씬 더 훌륭했습니다. 아름답고, 똑똑하고, 학식 있고, 열정적이었습니다. 시바운은 웃음소리를 그리고 문학과 수학을 좋아했습니다. 그리고 테니스 코트에서는 아름다움 그 자체였습니다. 테니스에 국가 대표급 재능이 있었지만, 시바운은 저를 더 사랑해서 테니스를 포기했습니다.

시바운은 저처럼 가난하고 보잘것없던 아이가 바랄 모든 것이었습니다. 그녀는 모두를 사랑했습니다. 흑인이든 백인이든, 돈이 많든 적든. 시바운은 램버트가 시바운과 시바운의 아버지에게 한 짓에도 불구하고 그 도시를 사랑했습니다. 그녀는 제가 예전 모습과 많이 달라져 버렸을 때조차도 저를 사랑했습니다.

여기 당신의 도전이 놓여 있습니다. 시바운이 열쇠입니다. 제 재산을 당신에게 가져다줄 한 사람이에요. 기회를 날려 버리지 마십시오.

저는 이것과 비슷한 내용의 편지를 시장과 교육감, 교육위원회장, 『램버트 트레이더』의 편집장에게 보냈습니다. 그러나 그들은 시바운 가족을 보호하는 데 실패했습니다. 당신의 손녀를 위해서 더 나은 세상을 만들 기회입니다. 하지만 미루지는 마십시오. 시바운처럼, 이 단서들은 영원하지 않을 테니까요.

누가 쓴 걸까? 왜 서명이 없는 걸까?

캔디스는 엄지손가락으로 할머니의 글씨를 만져 보았다.

길을 찾아. 퍼즐을 풀어.

만약 할머니가 실수한 게 아니라면? 진짜로 보물이 있다면? 할머니가 일부러 편지를 거기다 넣어둔 거라면? 캔디스를 위해서?

5장

캔디스 밀러는 편지를 빤히 쳐다보았다.

편지도 캔디스를 빤히 쳐다보았다.

종이는 빳빳했다. 퀴퀴한 냄새가 났고 오랫동안 바깥에 내놓은 땅콩버터 쿠키처럼 금세 바스러질 것 같았다. 가장자리가 누르스름했고, 작고 까만 글씨로 빽빽하게 쓰인 편지가 미스터리를 말하고 있었다.

엄마에게 말할 수는 없었다. 아직은. 캔디스는 다락에서 발견한, 할머니가 사 준 퍼즐 책과 논리 게임에 대해서 생각했다. 모두 할머니가 이때를 대비해서 준비시킨 걸까?

편지는 기회에 대해서도 말했다. 유산. 돈. 캔디스의 집을 팔지 않아도 될 만큼 충분한 돈. 이사를 다니지 않아도 될 만큼 충분한 돈.

다가오는 발소리에 캔디스는 고개를 들었다. 브랜던이 커다란 책가방을 어깨에 멘 채 호기심에 차서 부엌으로 슬그머니 들어왔다.

"캔디스? 음, 무슨 일인지 모르겠지만, 나 간다고 말하려고."

브랜던은 신화 책을 들어 보였다.

"며칠 있다가 돌려줄게."

"아, 그래, 음…… 좀 이상하게 들리겠지만, 혹시 이녁이나 리앤, 시바운 워싱턴에 대해서 들어 본 적 있어? 아니면 앨런가는?"

"시바운? 못 들어봤는데. 또 다른 사람은 누구라고?"

캔디스가 다시 이름을 말했다.

"워싱턴 가족이 오래전에 여기 살았대. 그리고 앨런가는 엄청 부자였고."

"도서관 맞은편에 텅 빈 주차장 봤어? 거기에 러셀 앨런의 이름을 따서 새 도서관을 지으려고 했어. 이 근방에서는 엄청난 사업가였던 것 같아. 사서 선생님 말로, 그때 어떤 부자 남자가 주에 돈을 내고 앨런 도서관을 못 짓게 했대. 대신에 지금 있는 건물을 보수하고 확장하는 데 돈을 엄청 댔다네."

캔디스는 다시 흘낏 편지를 쳐다봤다. 누구인지는 몰라도 이 편지를 쓴 사람은 앨런가를 파멸시키고 싶어 했다. 그 사람이 도서관에 돈을 기부한 배후일 수도 있을까? 캔디스가 물었다.

"보수비를 댄 사람이 누군지 알아?"

"아니, 근데 사서 선생님들께 물어보면 알지 않을까? 아니면 우리 할아버지께서 알지도 몰라."

캔디스는 대답을 미루고 도서관과 앨런가, 워싱턴가, 그리고 할머니와의 연결 고리를 만들어 보려고 노력했다.

"바쁜 것 같은데. 내가 갔으면 하면……."

"이거, 읽어 볼래?"

캔디스가 브랜던에게 종이를 밀쳐 줬다. 브랜던이 입술을 달싹거려가며 속으로 편지를 읽어 내려갔다.

캔디스는 자신이 브랜던에게 편지를 넘겨준 것에 놀랐다. 괜찮은 애긴 했지만 안 지 얼마 되지도 않은 건넛집에 사는 아이일 뿐이었다. 하지만 얼굴에는 부은 자국이 있고, 몸집에 비해 너무 큰 책가방을 메고 앉아 있는 모습에는 확실히 뭔가가 있었다. 믿을 만한 애인지 알 수 없었지만, 믿고 싶었다.

사실 캔디스는 편지에 관해서 누군가와 너무나 이야기하고 싶었다.

"재, 미, 있, 다."

편지를 다 읽고 브랜던이 말했다.

"거긴 뭐라고 적혀 있어?"

브랜던이 봉투와 할머니가 남긴 메모를 가리켰다.

"그냥 낙서."

캔디스는 재빨리 자기 앞에서 봉투를 치우며 말했다. 아직은 모든 걸 나눌 준비가 돼 있지 않았다.

"누가 썼는지 알 것 같아?"

"아니. 누군지는 몰라도 추리하는 걸 좋아해. 분명히 도서관에 돈을 기부한 사람과 같은 사람일 거야."

"음, 이 편지에는 내용이 너무 많아. 정보 과잉이야. 무슨 뜻이냐면……."

"무슨 말인지 알아, 이 백과사전아."

캔디스가 엄지손가락으로 자신을 가리키며 말했다.

"내가 작가 딸이라는 거, 알지?"

"그래, 물론 알지. 어쨌거나 이 사람은 워싱턴 가족과 상관없는 얘기들을 많이 써 놨어. 그 사람들이 언제 이 도시를 떠나야 했는지 알아?"

"50년대나 60년대인 것 같아."

"이 편지에서 언급한 거 알아? 마지막 단락 봐봐."

브랜던이 말했다.

"'당신의 손녀를 위해서 더 나은 세상'을 만드는 것에 대해서 말하는 부분. 손주들이라고 하지 않았어. 이 사람은 너를 직접 언급한 거야. 네가 콜드웰 할머니의 외동손녀라고 할아버지께 들었거든."

"나는 전혀 못 알아챘어. 나는 당연히, 손주들로 읽었어."

캔디스가 말했다. 브랜던이 캔디스에게 편지를 돌려줬다.

"할아버지께 말씀드리는 게 좋겠어."

캔디스는 벌써 고개를 가로젓고 있었다.

"글쎄……."

"집에 쿠키 있어. 엄마가 어제 구웠거든."

딱 그때 캔디스의 배가 꼬르륵거렸다.

"너는 이게 진짜라고 믿어? 우리 엄마는 누가 장난친 거라고 생각하실 거야."

"음, 그럴지도……. 그런데 장난이 아니라면? 그러니까 진짜로 돈이 누가 찾아 주기를 기다리고 있다면……."

"지금쯤은 이미 누군가가 찾아냈을 거란 생각은 안 들어?"

"너는 진짜라고 생각해?"

"응, 그런 것 같아."

두 명이 뭔가를 믿으면 그것을 진짜라고 생각하기가 훨씬 더 쉽다.

캔디스는 봉투에 적힌 메모를 보고 팔찌를 만지작거렸다.

'세 명이 그렇게 믿게 만들자.'

캔디스가 오트밀 초콜릿 쿠키를 2개째 베어 무는데 브랜던 누나 토리가 부엌으로 들어왔다. 토리는 보라색 부츠와 은색 목걸이를 제외하고는 모두 검정색 옷차림이었다.

"나 일하러 간다. 한 명이 아파서 일찍 나가 봐야 해."

토리의 엄지가 휴대 전화 위에서 날아다녔다.

"누나는 쇼핑몰에 있는 옷 가게에서 일해. 가게 이름은 까먹었어."

브랜던이 쿠키를 우적우적 씹으며 말했다.

토리가 고개를 들었다.

"어머, 안녕."

"안녕하세요?"

"친구가 와 있었……."

토리가 말을 하다 말고 브랜던의 턱을 잡고 얼굴을 위로 들었다. 피가 나진 않았지만, 상처는 여전히 빨갰다.

"여기 왜 이래?"

브랜던이 얼굴을 흔들어서 빼냈다.

"덤불에 넘어졌어."

"거짓말도 참 못한다. 그 쪼그만 녀석이지? 마일로."

토리가 캔디스 쪽으로 돌아서면서 물었다.

"대답 안 해도 돼."

브랜던이 말하자 토리가 물었다.

"뭐, 여기가 법정이야?"

캔디스가 먹던 쿠키를 내려놓고 대답했다.

"그 애들 이름은 몰라요."

"마일로가 우두머리야. 코딱지만 한 녀석이 진짜 교활하지. 꼭 자기 누나 같다니깐. 집에 오자마자 발랐어야지."

토리가 소독약을 꺼내 브랜던의 얼굴에 톡톡 두드려 발랐다.

"엄마랑 할아버지가 아시면 난리가 나겠네."

"누나가 말 안 하면 안 그러지."

"내가 말할 필요도 없어. 얼굴 보면 다 아실 텐데 뭐. 내가 그 애 누나한테 말할게. 마일로한테 그만하게 하라고 누나를 설득해 볼게."

"못 괴롭히게 누나를 끌어들인다고? 그거야말로 학교 애들한테 먹잇감이 되는 거라고."

토리가 동생 볼에 입맞춤하며 캔디스에게 말했다.

"내 동생 좀 잘 보살펴 줄래? 엄청 똘똘한 애긴 한데, 그거랑 세상 물정을 아는 거랑은 확실히 다르거든."

"그럼요."

캔디스가 말했다. 그러고 나서 입을 꾹 다물었다. 대체 무엇에 동의한 걸까? 골칫거리는 이미 충분히 많았다.

"고마워. 그건 그렇고, 이름은 뭐니?"

"캔디스 밀러예요. 건너편에 살아요."

캔디스가 토리와 악수했다. 토리가 캔디스를 쓱 훑어봤다.

"혹시 쇼핑하고 싶으면 말해. 할인 많이 해 줄게. 그 찢어진 청바지도 멋지긴 하지만 말이야. 복고풍이네."

캔디스는 손을 내려 무릎을 가리고 싶었다.

"편해서요."

브랜던이 식탁을 톡톡 쳤다.

"안 가?"

토리가 눈을 굴리며 입 모양으로 '초 치기는' 이라고 말했다. 토리는 브랜던의 귀를 잡아당기고 브랜던 앞에 쌓여 있던 쿠키를 하나 가져갔다.

"아, 잠시만. 할아버지 언제 오시는지 알아?"

토리가 문고리를 잡으려는데 브랜던이 말했다.

"지금 오고 계셔. 내가 막 문자 보냈어."

"할아버지는 문자 보내는 거 언제 배웠대?"

"캐시 할머니 때문에 휴대 전화를 사고 나서부터. 할아버지가 새 여자 친구를 사귀셨거든."

토리가 캔디스에게 말하자 브랜던이 어깨를 으쓱했다.

"그렇게 말하니까 이상하다. 할아버지가 무슨 '여자 친구' 야."

"그래. 다음엔 애인이라고 부를게."

문을 나서는 토리의 웃음소리가 크고도 청명했다.

브랜던 할아버지는 늘어난 흰 티셔츠에 회색 정장 바지, 바지가 전혀 흘러내릴 것 같지 않은데도 빨간색과 파란색이 섞인 멜빵을 메고 있었다. 할아버지는 캔디스와 브랜던이 같이 있는 것을 보고 미소를 짓다가 눈을 가늘게 떴다.

"얘, 얼굴이 왜 이러냐?"

"실수로 제가 브랜던의 발을 걸어서 우리 집 가시덤불로 넘어졌어요."

캔디스는 이게 '브랜던을 보살피는' 자신의 임무에 해당한다고 짐작했다.

"너답다. 맨날 제 발에 걸려 넘어지지."

할아버지는 싱크대로 가서 손을 씻었다.

"그건 그렇고 너는……."

"제 친구 캔디스예요. 길 건너에 살아요."

"아, 애비게일 콜드웰 씨의 손녀로구나. 할머니를 똑 닮았네."

할아버지가 손을 닦고 식탁으로 걸어왔다.

"나는 루돌프 기브스다, 만나서 반갑다."

기브스 할아버지는 손자와 여러 가지 면에서 닮았다. 둘 다 작고 야윈 체격에다 머리 모양도 동그랗기보다 타원형에 가까웠다.

"그래, 이웃이 된 걸 환영한다. 브랜던 좀 데리고 나가서 같이 놀아라."

"매일 나가는데요 뭐."

브랜던이 대답하자 할아버지가 말했다.

"혼자 뒤뜰에서 농구대에 공이나 쏘는 거는 안 쳐준다. 나 때는 말이다, 친구들이랑 온 동네를 누비고 다녔어. 어두워질 때까지 집에 안 들어왔지. 요즘 애들은……."

할아버지가 캔디스를 쿡 찔렀다.

"안 그러냐?"

"아, 그럼요. 할아버지, 브랜던이 그러던데 저희 할머니를 잘 아신다면서요?"

캔디스가 말했다.

"그럼, 좋은 사람이었다. 그런 일이 일어나서 참 안 됐어."

해고당한 걸 말하는 건지, 심장마비를 말하는 건지 알 수 없었다.

"혹시, 할머니가 왜 이 도시를 떠나게 된 건지 얘기하신 적 있어요?"

캔디스와 브랜던은 편지에 대해서는 털어놓지 않으면서 어떻게 할아버지에게 접근할지에 대한 계획을 미리 세워 두었다. 할아버지가 말했다.

"네 할머니가 비커스 공원을 헤집어 놓은 거랑 관련이 있다는 것밖에 몰라. 네 할머니는 실수라고 항변했지만, 시청에 있던 백인들이 해고할 기회를 기다렸던 것 같아. 시청 사람들 대부분이 흑인이 이래라저래라하는 걸 싫어했거든."

"사람들은 할머니가 무능력하다고 생각했어요? 아니면 미쳤다고?"

"사실대로 말하마. 우리 대부분이 좀 당황했지. 어떻게 시 행정 담당관이라는 사람이 멀쩡한 테니스 코트를 싹 다 뒤집어엎어서 엉망으로 만들 수 있는지 이해할 수가 없었다고. 그런데 서류를 추적해 보니 업무 지시한 사람이 네 할머니였거든."

할아버지가 쿠키로 손을 뻗었다.

"이 도시를 떠나길 잘했어. 비스타 하이츠 사람들이 별로 안 좋아했거든. 비커스 공원은 오래된 곳이야. 짐 크로 법*이 있던 시절에도 흑인들이 평화적으로 모이는 유일한 공공장소였지. 다른 공원에는 발을 들여놓을 수가 없었거든. 다들 백인 전용이라서."

캔디스는 시민권 운동**에 관해서 읽은 책들을 생각했다. 흑인 아이가 백인 전용 공원에 들어가려고 했다면 어떤 일이 벌어졌을지 궁금했다.

"알려 주셔서 감사해요."

캔디스가 브랜던을 보면서 짧게 고개를 끄덕였다. 작전 B.

"할아버지, 잠깐 시간 있으세요? 예전에 여기 살던 가족들에 대해서 좀 여쭙고 싶어서요."

---

* 짐 크로 법: 1876년부터 1965년까지 존재했던 미국 법으로 공공장소에서 흑인과 백인을 분리하도록 규정한 인종차별법.

** 시민권 운동: 미국 사회에서 아프리카계 미국인이 시민권을 얻기 위해 조직한 대중 운동.

"그래? 왜?"

"어…… 연구 과제예요. '자신의 뿌리를 찾아서' 같은 거요."

브랜던이 할아버지를 쳐다보지도 않고 말했다. 토리 말이 맞았다. 브랜던은 거짓말에는 영 소질이 없었다.

"연구 과제? 학교에서? 여름 방학인데? 루크레티아한테 전화해 보렴. 내 사촌인데 우리 가계도를 1800년대까지는 다 정리했단다. 젠장, 우리 가족 대부분은 여기 출신도 아니야."

"사실, 딱 우리 가족의 역사에 대한 것이라기보다는요. 램버트의 다른 가족들에 대한 조사에 더 가깝죠. 캔디스는 이번 여름에 할 게 별로 없어서, 저를 도와줄 수 있을 거 같아요."

"오전 내내 척네서 낡은 차 변속기를 교체하는 걸 도와주고 왔으니, 좀 씻고 다시 내려오마. 그러고 나서 무슨 질문에든 답해 주마."

기브스 할아버지가 깨끗한 흰 티셔츠와 다른 정장 바지에 멜빵을 메고 다시 나타났다. 할아버지는 유리잔에 아이스티를 부었다.

"그래, 뭐가 알고 싶은 게냐?"

"앨런 가족을 아세요?"

할아버지가 휘파람을 불었다.

"아, 앨런가. 우리가 여기로 이사 오고 나서 몇 년 뒤에 러셀 앨런이 죽었지. 아주 영향력 있는 사람이었다. 물론, 그 사람을 실제로는 몰라. 앨런가는 차원이 다른 백인이었지. 우리 같은 보통 사람들에게는 너무 명문가였어. 그 사람이 죽고서는 그 딸이 사업을 이어받았다고 하던데. 그 딸이 유일하게 괜찮았지. 흑인들은 대부분 러셀 앨런의 아들들을 피했어. 그리고 마지막에는 그렇게 부자도 아니었어."

"계약을 못 하게 돼서요?"

"사실, 그렇지. 그걸 누가 말해 줬니?"

"제가 할머니 집 다락에서 그 얘기가 언급된 문서를 몇 개 찾았거든요. 그게, 음, 그래서 제가 브랜던의 과제에 엮인 거예요. 이넉 워싱턴이라는 사람은요? 그 사람이나 그 사람의 아내인 리앤에 대해서도 들어 보셨어요?"

캔디스가 시바운의 이름은 언급하지 않으려 애쓰며 물었다.

할아버지가 이마를 찡그리는 바람에 눈썹이 한데로 몰렸다.

"그 사람은 모른다. 한참 뒤에 이사를 왔거든. 그 사람이……."

"우리도 알아요. 마을에서 쫓겨났죠."

"질문을 많이 하는 걸 보니, 매리언 앨런도 알겠구나. 한쪽 눈을 잃은 러셀의 장남이었는데, 그 사람이 이넉을 도시에서 쫓아냈지."

'한쪽 눈을 잃었다고?'

캔디스는 그런 말을 들으리라고는 생각지도 못했다.

"언제 그런 일이 있었는지 아세요?"

"50년대 후반인 것 같은데. 확실하진 않아. 내가 여기 왔을 때 사람들이 그 얘기는 안 하고 싶어 했어. 돈이 별로 없어도 앨런은 여전히 영향력이 상당했으니까. 게다가 어떤 증거도 없었거든. 증거가 있더라도 아무도 그걸 끄집어내지 않았을지도 모르고. 빅 더브와 그 가족은 떠나고 나서 안 돌아왔어. 지난 얘기는 들춰내서 뭐 하려고?"

"빅 누구요?"

"빅 더브. 사람들이 그렇게 불렀어. 이넉이라고도 했지만, 빅 더브로도 통했지. 이넉 같은 이름이라면 나라도 빅 더브라는 이름을 쓰겠다."

할아버지가 슬프게 조용히 킬킬 웃었다.

"그 사람에 대해서 더 알고 싶으면 램버트 고등학교에 있는 기념관에 가 보려무나. 더브는 퍼킨스 고등학교 교사였고 코치였거든. 퍼킨스와 윌리스 고등학교가 결국 문을 닫고 새 고등학교를 설립하려고 했는데, 누군가가 거금을 내서 퍼킨스 고등학교 건물을 보수했어. 그리고 거기에 특별 기념관도 만들었거든."

캔디스와 브랜던은 서로를 바라봤다. 분명히 브랜던도 캔디스와 같은 것을 궁금해하고 있었다. 베일에 싸인 도서관 기부자와 관련이 있는 건가?

"왜 특별 기념관을 만든 거예요?"

"퍼킨스가 이 지역 최초의 흑인 학교였거든. 어쩌면 주에서도 최초일지 모르겠다. 그런 유색인 학교들은 우리 역사에서 중요하지."

"할아버지, 아프리카계 미국인이라고 하셔야죠."

할아버지가 손자를 한참 동안 빤히 쳐다봤다.

"얘야, 유색인이라고 불린 게 그렇게 펄쩍 뛸 일이라면, 너희들은 정말, 정말 운이 좋은 거다."

이넉 워싱턴

1914년 3월 16일

브랜던 존스는 열네 살이었다. 브랜던은 자신의 인종을 언급할 때 아프리카계 미국인과 흑인이라는 두 가지 용어만 썼는데, 이 용어는 1950년과 1960년대의 시민권 운동 이후에 널리 쓰이게 되었다.

이넉 워싱턴은 브랜던보다 100여 년 전, 텍사스 룰링 외곽의 작은 오두막에서 태어났다. 그는 짐 크로 법이 있던 시대에 살았는데, 흑인 남자들은 자유의 몸이긴 했지만, 투표와 거주의 자유 또는 백인과 똑같은 교육이나 서비스를 받는 것이 금지되던 때였다.

이넉은 유색인이었다. 20세기 초에는 유색인이라는 말이 경멸적인 용어가 아니었지만, 사람들은 이넉에게 더욱 공격적이고 인종차별적인 말들을 퍼부었다. 그런 말을 처음 들었을 때 그의 나이는 겨우 여섯 살이었다.

이넉과 그의 가족이 아침을 먹고 있는데 밖에서 말발굽 소리가 들렸다.

"모두 여기 있거라."

누군가 문을 발로 차는 소리에 이넉의 아빠가 일어서며 말했다.

이넉의 엄마는 입으로 기도를 하면서 접시만 내려다봤다. 이넉의 형제자매들도 조용히 서로를 쳐다봤다. 무슨 일이 일어나고 있는지 이넉은 몰랐지만, 형과 누나들은 알았다.

잠시 후, 이넉의 아빠가 돌아왔다.

"코델 래클리야. 나와 남자애들을 데리러 왔어. 티드웰 씨 농장에서 몇 주간 일할 거야."

이넉이 일어서자 이넉의 아빠가 고개를 저었다.

"너는 여기 있어. 우리가 없는 동안 엄마와 위니를 도와라."

이넉의 엄마가 마침내 고개를 들었다.

"우리 농작물은 어쩌고요? 당장 파종을 못 하면 목화가 자랄 시간이 없어요."

"여보, 쉿."

이넉의 아빠가 목소리를 낮췄다.

"로젠월드네는요? 아니면 티드웰 씨만 유색인들에게 자기네 땅에서 일하라고 하는 거예요? 그 사람은 우리를 노예로 만들고 있어요."

"그만해요. 우리는 빚이 있잖아. 이제 티드웰 씨가 징수하기로 했대."

이넉의 아빠가 딱 잘라 말했다.

"얘들아, 가자."

이넉은 형들이 급히 아침을 먹어 치우는 것을 보았다. 형들은 엄마의 볼에 입맞춤하고 밖으로 나갔다.

"한 명이 빠졌잖아. 그 새까만 애는 어딨어?"

바깥에서 우렁찬 남자 목소리가 들렸다. 창문 옆에 서 있는 것 같았다.

이넉은 얼어붙었다. 이넉은 다른 형제보다 더 검었다. 그의 피부색은 막 뒤집어 놓은 축축한 흙빛 같았다.

"가자. 코델 래클리를 기다리게 하지 않는 게 최선이야."

엄마가 말하면서 이넉의 손을 꼭 쥐었다. 고개를 끄덕이며 이넉은 식탁에서 일어났다. 이넉은 아빠가 몇 분 전에 그랬던 것처럼 당당해 보여야 한다고 혼자 생각했다. 이넉은 바깥으로 나가서 아빠와 형들 앞에 서 있는 남자를 보고 멈춰 섰다.

코델 래클리도 유색인이었다.

"아, 여기 있군."

코델이 이넉에게 가까이 오라고 손짓했다. 코델은 이넉이 동물이나 잘라 놓은 고깃덩이라도 되는 듯이 빙 돌아보며 평가했다. 코델은 총을 멘 채로, 황갈색 손으로 이넉의 양팔을 잡았다가 놓고, 이넉의 등을 탁 쳤다. 그 바람에 이넉이 앞으로 넘어질 뻔했다.

"뭐야? 이렇게 다 큰 녀석을 안에다 숨겨 놓고?"

코델이 마침내 이넉의 아빠에게 물었다.

"이 녀석도 같이 하면 빚을 더 빨리 갚을 수 있잖아."

"이제 겨우 여섯 살일세."

이넉의 아빠가 주먹을 쥐고 이넉이 아니라 땅을 보고 말했다.

"상관없어. 어차피 농장으로 갈 텐데. 지금 시작하는 게 낫지."

남자는 땅에 침을 탁 뱉고 입을 닦으며 말했다.

7장

이틀 만에 브랜던은 누나의 역사 선생님이자 퍼킨스 기념관 큐레이터인 맥밀런 선생님과 연락이 닿아 금요일 아침에 만날 수 있다고 했다.

캔디스가 창고에서 자전거를 찾아낸 덕분에 (그리고 브랜던을 엄청 꼬드겨서) 둘은 자전거를 타고 램버트 고등학교로 갔다.

"맥밀런 선생님, 안녕하세요? 저희 바깥에 있어요."

브랜던이 인터폰으로 하던 말을 멈추고 고개를 끄덕였다.

"네, 그럼 이따 뵐게요."

둘은 적어도 2층 높이는 됨직한 커다란 아트리움으로 들어섰다. 천장은 하늘색으로 칠해져 있었다.

"누나가 그러는데, 새것처럼 보이게 하려고 매년 새로 칠한대. 하늘색 때문에 실제보다 더 넓어 보이는 것 같아."

교차하는 복도를 몇 번 지나 마침내 열린 문 앞에 섰다.

"계세요?"

"들어와."

대답을 듣고 둘은 안으로 들어갔다. 캔디스는 조각상이 몇 개 있거나, 사진이나 트로피 서너 개가 전시된 책장 하나 정도가 있는 방을 예상했다. 그런데 거의 박물관 수준이었다. 사진과 그림, 예술 작품이 즐비했다.

"우와."

캔디스가 말했다

"내가 처음 이곳을 봤을 때랑 똑같은 소리를 내는구나."

커다란 상자 뒤에서 마른 여자가 나타났다.

"패트리스 맥밀런이야. 퍼킨스 기념관에 온 걸 환영한다."

선생님은 짙은 피부색에 짧고 세련된 보브 머리를 하고 청바지를 입고 있었다. 선생님은 캔디스가 보고 있는 벽을 가리켰다.

"모두 교장 선생님이셨어."

캔디스는 벽에 걸린 사진 중에 맨 처음 것을 보며 말했다.

"교장 선생님이 백인이었어요? 흑인 학교라고 해서 저는……."

"1868년이었으니까 그때는 교육받은 아프리카계 미국인이 많이 없었다는 걸 기억하렴. 배우지를 못했는데, 가르칠 수는 없지 않겠니."

"고등학교가 그렇게나 오래됐어요?"

"자유의 몸이 된 노예들을 위해서 반 하나로 시작한 학교야. 북부에서 온 행동주의자가 설립했지."

맥밀런 선생님이 앞쪽에 있는 다른 초상화를 가리켰다.

"1900년대 초반이 돼서야 고등학교가 되었단다. 에이다 마리 퍼킨스가 최초의 흑인 교사였고 교장이었어. 그분의 이름을 따서 학교의 이름을 다시 지은 거야."

브랜던이 눈을 가늘게 뜨고 퍼킨스의 사진을 봤다.

"흑인 같지 않은데요?"

"엄밀하게 말하면 섞였어. 어머니 쪽이 프랑스 혈통이었던 것 같아. 그때는 흑인의 피가 한 방울이라도 섞였으면 유색인으로 간주했거든. 이런 이야기도 재밌겠지만, 특별히 조사할 게 있다며. 뭘 도와줄까?"

"저희는 이넉 워싱턴에 대한 자료를 찾고 있어요. 아주 오래전에 퍼킨스의 교사였대요."

캔디스가 말했다.

"그런 이름은 못 들어본 것 같은데. 여기서 가르쳤던 때가 언제인지 아니?"

선생님이 말했다.

"50년대인 것 같아요. 아내 이름은 리앤이고 시바운이라는 딸이 있었어요. 그분은 마을에서 쫓겨났어요."

브랜던이 말에 선생님은 고개를 갸우뚱했다.

"이름을 다시 말해 볼래?"

"이넉 워싱턴요."

"빅 더브 말이구나. 사람들이 그 사람 얘기하는 건 들었는데, 이름으로 부르지 않더라고. 혹시나 해서 말인데, 그 경기에 대한 기록은 전혀 없단다."

캔디스와 브랜던은 서로를 쳐다봤다. 브랜던이 어깨를 으쓱했다.

"너희들도 그 대단한 테니스 경기에 대해서 들은 거지?"

"무슨 말씀이신지 모르겠어요."

"1957년에 퍼킨스와 백인 학교인 월리스가 비밀 경기를 열었대. 퍼킨스가 월리스에 완승을 했고, 다음 날 빅 더브와 가족들이 마을을 떠났대. 어떤 사람들은 도망쳤다고도 하고."

"매리언 앨런이 월리스 팀이었어요?"

"아니, 그때는 매리언이 20대 후반이었으니까. 게다가 한쪽 눈에 안대를 해서 테니스를 하기는 무리였을 거야. 대신 동생 글렌은 그 팀에 있었어."

"그 경기에 대한 기록은 없어요? 대단한 사건이잖아요. 그 당시에 흑인 학교와 백인 학교가 경기를 했다는 게."

브랜던이 물었다.

"정식으로 인가받은 경기였다면 분명히 큰 사건이었겠지. 그런데 한밤중에 고등학교 테니스 코트에서 그냥 한 것 같으니까. 뭘 좀 보여 줄게."

선생님은 둘을 스포츠 구역으로 데리고 갔다. 커다란 유리장이 벽면을 거의 다 차지하고 있었는데, 안에는 각종 트로피와 선수권 대회 우승 벨트 그리고 사진들이 전시되어 있었다. 유리장 위에는 그림이 많이 걸려 있었다. 흑인 대 백인 간의 테니스 시합을 그린 5개의 이어지는 그림은 0-0에서부터 40-15까지 점수가 모두 달랐다. 다른 스포츠에 관한 그림도 있었다. 터치다운을 하는 풋볼 선수, 야구 방망이를 휘두르는 야구 선수 그리고 다른 팀원에게 바통은 넘겨주는 단거리 선수들의 그림이었다.

"이 그림들이 컴퓨터실 노트북들보다 더 가치가 있어. 이건 특별히 우리에게 위탁된 거거든. 솔직히, 나는 후원자가 돈은 너무 낭비하는 것 같아. 저기 아래에 있는 트로피 보이지?"

선생님이 유리장을 가리켰다. 브랜던이 놀라서 뒤로 확 물러섰다.

"그 경기에서 탄 트로피잖아요! 퍼킨스와 윌리스 테니스 시범 경기. 1957년 8월 10일. 우승이라고 적혀 있어요."

맥밀런 선생님이 유리를 툭툭 쳤다.

"내 전임자가 어느 날 책상 위에 있는 걸 발견했어. 누군가가 엄청 정성을 들인 것 같아서 전시하기로 했지. 그날 누가 선수로 뛰었는지는 몰랐지만, 졸업 앨범에 있던 테니스 팀의 사진도 같이 전시하기로 했고 말이야."

캔디스는 편지의 첫 번째 단서를 다시 생각했다.

"워싱턴 코치는 취미가 있었어요? 테니스 말고 그만큼 좋아한 다른 운동은 없었어요?"

맥밀런 선생님의 눈이 반짝 빛났다.

"몇 년 전에 오래된 서류들을 뒤지다가 그 사람 이름이 붙은 DVD 케이스를 봤어. 잠시만. 어쩌면 거기에 정보가 더 있을지도 모르겠다."

맥밀런 선생님이 나가고 캔디스는 가방에서 편지를 꺼냈다.

"2007년 8월 10일. 편지 날짜가 그 테니스 경기로부터 정확히 50년 뒤야."

캔디스가 말했다.

"우연의 일치일 리가 없어. 쓰여 있는 거 읽어 줄래?"

브랜던이 수첩을 꺼냈다. 캔디스는 브랜던이 들을 수 있도록 트로피에 새겨진 글을 읽어 주고 나서, 테니스 팀 사진을 좀 더 잘 보려고 옆으로 섰다. 금세 빅 더브를 찾았다. 다른 사람들 위로 불쑥 솟아 있었기 때문이었다. 키 큰 여자아이도 있었다. 캔디스는 그 아이가 시바운인지 궁금했다. 맥밀런 선생님이 DVD 케이스를 들고 돌아왔다.

"대충 봤는데, 누가 예전 코치들에 대한 헌정 영상으로 만든 것 같아. 영상이 짧아. 고작해야 한 사람당 10분에서 15분 정도."

"선생님, 사진에 있는 저 사람이 시바운 워싱턴이에요?

캔디스는 이름을 제대로 발음하려고 천천히 말했다.

"잘 모르겠어. 근데 선수들 이름은 졸업 앨범에 나와 있어. 내가 한 부 갖다 줄게."

선생님이 말했다. 브랜던이 수첩에 또 다른 내용을 적었다.

"저 트로피의 배후가 베일에 싸인 후원자라는 데 얼마 걸래?"

브랜던이 캔디스에게 물었다. 맥밀런 선생님이 가다 말고 물었다.

"베일에 싸인 뭐라고?"

브랜던이 멋쩍게 웃었다.

"아, 아니에요. 도시에 익명으로 기부한 사람을 우리가 그렇게 부르는 거예요. 도서관이랑 기념관에 기부한 사람요."

캔디스가 브랜던을 째려봤다. '입 다물어' 라고 눈으로 말해 주려고 했다.

"우리 후원자는 익명이 아닌데. 제임스 파커라는 분이셔."

캔디스가 선생님 쪽으로 고개를 휙 돌렸다.

"저는…… 우리가 생각하기로는……."

"내가 알기로 그분은 자신을 숨기려고 한 적 없어. 그냥 이목이 집중되는 걸 싫어한 거지. 그분은 대부분 자선 재단을 통해서 기부했어. 이름이 새겨진 명판도 있어."

"그 사람도 그날 경기에 있었나요?"

"아닐 거야. 파커 씨는 콜로라도 출신이야. 기부금으로 지출을 해야 세금 감면을 많이 받을 수 있었을 거야."

"그 사람 이름이 뭐라고요?"

브랜던이 새 장으로 수첩을 넘기면서 물었다.

"제임스 파커."

선생님이 말했다.

"얘들아, 쫓아내긴 싫지만, 내가 가 봐야 해서 말이야. 지금 애틀랜타로 가야 하거든. 월요일에 돌아오니까 참고하렴. 미리 전화 주고."

캔디스에게 맥밀런 선생님이 하는 나머지 말은 거의 안 들렸다. 한 단어에

꽂혔다. 애틀랜타.

"혹시 괜찮으면 졸업 앨범 빌려 가도 되나요?"

브랜던이 물었다.

"그럼. 깨끗하게 보고 돌려주기만 해."

캔디스가 조용히 물었다.

"애틀랜타에서 어디 가실 거예요? 제가 거기 살거든요."

"대학교 동기가 초대했어. 야외에서 요리해 먹고 영화 보러 갈 거야. 그 아이는 브레이브스 골수팬인데 나를 경기에 끌고 가게 두진 않을 거야."

"아, 그렇군요. 재밌을 것 같은데요."

캔디스가 억지로 웃으면서 덧붙였다. 맥밀런 선생님이 졸업 앨범을 브랜던에게 건네줬다.

"또 뭐 도와줄 거 있니?"

"질문 하나만 더 할게요."

캔디스가 말했다. 속은 다시 안정을 되찾았다.

"혹시 제임스 파커 씨 연락처 갖고 계세요?"

"아니. 제임스 파커 씨는 10년도 더 전에 사라져 버렸단다."

"집에 컴퓨터 있어? 인터넷 되니? 제발 된다고 말해 줘. 그 사람 이름을 알았으니까, 이게 절호의 기회야."

캔디스가 아트리움으로 들어서면서 브랜던에게 물었다.

"대박 느리지만, 되긴 해. 너 진짜 이게 그렇게 간단할 거로 생각해? 파커라는 사람을 인터넷에서 찾으면 우리가 돈을 찾을 수 있을 것 같아? 그건 좀…… 뭐랄까, 너무 간단하고 쉽잖아."

"그럴지도 모르지. 그냥 나는 궁금해 죽겠어. 이게 우리 할머니가 놓친 단서가 아닌가 해서 말이야. 우리도 거의 놓칠 뻔했잖아. 만약……."

캔디스는 자신의 말이 아트리움의 가짜 푸른 하늘 꼭대기까지 날아오르도록 내버려 뒀다. 다른 생각들에 대해서는 말하고 싶지 않았다. 이를테면, 파커의 존재를 알아내지 못해서 할머니가 길을 잘못 든 건 아닌가 하는 것이었다. 그래서 할머니는 엉뚱하게도 비커스 공원을 파헤친 것일 수도 있었다.

"하지만 그 편지는 시바운의 부모님에 대해서 얘기했잖아, 제임스 파커가 아니라."

"시간이 좀 더 있으면 좋았을 텐데. 리앤 워싱턴에 대해서 좀 더 물어야 했는데."

"DVD에 그분에 대한 게 좀 있을지도 모르잖아."

캔디스가 책가방을 고쳐 멨다.

"음, DVD 플레이어도 있니?"

캔디스와 엄마가 이번 여름에 누릴 수 없는 호사는 컴퓨터나 인터넷만이 아니었다.

"우리 집 컴퓨터에서 작동이 되어야 하는데, 혹시 모르니까 도서관으로 가는 게 좋겠지만, 금요일엔 문을 닫아. 집에서 해 보지 뭐."

브랜던이 캔디스를 보며 초조하게 웃었다.

"점심 먹으러 가자고 너를 설득할 수는 없을 것 같고, 주유소가 딸린 샘스라는 작은 슈퍼마켓이 여기서 가까워. 이 동네에서 제일 맛있는 칠리치즈 핫도그를 팔아."

"주유소에서 핫도그를 판다고? 사양할게."

캔디스가 혀를 쑥 내밀었다.

"주유소 딸린 슈퍼라니깐."

브랜던이 고쳐 줬다. 캔디스는 배가 고팠지만, 아빠가 오기 전에 비디오에서 제임스 파커를 찾아보고 싶었다.

"잠시만. 아빠가 어디쯤 왔는지 확인 좀 할게."

캔디스는 엄마의 휴대 전화를 꺼내서 재빨리 아빠와의 문자 창을 열었다. 그리고 '예상 도착 시각?'이라고 문자를 보냈다.

아직 몇 시간 더 걸려. 현장을 점검해야 해서. 캔디는 잘 있어?

캔디스가 재빨리 답장했다.

저 캔디예요. 저는 잘 지내요. 엄청 보고 싶어요.
문자 보내지 말고 운전해요, 안전 운전!

캔디스는 몇 초간 화면을 보고 있다가 메시지를 고쳤다.

저 캔디스예요. 저는 잘 지내요. 엄청 보고 싶어요.
문자 보내지 말고 운전해요, 안전 운전!

"우리 아빠가 곧 오실 거야. 너희 집에 가서 좀 더 조사해야 해. 집에서 샌드위치 같은 거 먹어도 괜찮아."

둘은 자전거를 타고 집으로 향했다. 동네로 들어서는데, 브랜던이 급브레이크를 밟았다.

"젠장. 이럴 줄 알았어."

브랜던이 중얼거렸다. 아이들 세 명이 자전거를 타고 캔디스와 브랜던 쪽으로 왔다. 브랜던을 흘깃 한번 보고 나서 캔디스는 그들이 마일로 무리라는 걸 알았다. 그제야 브랜던이 집으로 오는 시간을 늦추려고 한 이유를 알았다. 애초에 자전거 타는 걸 주저했던 이유였다.

"내가 피해서 도망가면 저 애들이 나를 쫓아 올 거야. 너 먼저 가도 돼."

"먼저 안 갈 거야."

"걱정 마. 마일로는 절대 여자애는 안 때려. 아마도. 파머 아줌마네 집 앞에서 우리가 마주칠 거야. 아줌마는 늘 창문 밖을 살펴보시니까, 아줌마가 사태를 수습할 거야. 무슨 일이 생기면……."

캔디스와 브랜던은 멈춰서 마일로와 그 일당이 오기를 기다렸다. 모두 헐렁한 반바지와 오래된 티셔츠에 하이 톱을 신고 있었다.

"뭐 하냐, 브래애애애앤던?"

마일로가 브랜던의 이름을 노래라도 부르듯이 음절을 길게 끌며 말했다.

"그냥 돌아다니고 있어."

브랜던은 인정해 줘야 했다. 브랜던의 목소리는 떨리지 않았다.

"네 친구는?"

"내 이름은 캔디스야."

캔디스가 대답했다. 놀랍게도 캔디스의 목소리도 흔들림이 없었다.

"콜드웰 씨의 옛날 집에 살지?"

남자아이들 중 하나가 물었다. 그 아이는 티셔츠로 이마를 훔쳤다.

"너희 엄마 작가지?"

캔디스가 고개를 끄덕였다.

"근데, 너는 어쩌다가 브래애애앤던이랑 어울리기로 한 거야?"

마일로가 다시 이름을 질질 끌면서 물었다.

"친구를 찾는데, 그중에 저 애가 제일 여자에 가까워서?"

"괴팍한 자기 누나보다도 더 여자 같잖아."

다른 애가 말했다.

"캔디스는 내버려 둬. 누나든 얘든 건드리지 마."

경고하는 브랜던의 목소리가 이제는 떨렸다.

"야, 진정해. 여자 친구도 아닌데 왜 그래?"

마일로가 캔디스에게로 돌아서며 말했다.

"아, 브랜던은 여자 안 좋아해."

캔디스는 주머니에 있는 엄마의 휴대 전화에 손을 댔다. 집에 전화를 걸어도 될까? 아니면 전화기를 꺼내는 순간 저 아이들이 낚아챌까?

"캔디스는 괴롭히지 말라고."

브랜던이 다시 말했다.

"어쩔 건데? 방학 때는 선생님한테 고자질할 수도 없어."

"무슨 문제 있니, 얘들아?"

나이 든 여자가 엉덩이에 손을 올리고 현관에 서서 물었다.

"아니에요. 파머 아주머니."

마일로가 말했다. 목소리에서 꿀이 뚝뚝 떨어졌다.

"모두 집으로 가렴. 길 한복판에 서 있기에는 너무 날이 더워."

"네."

"그리고 마일로, 어머니한테 전화 좀 달라고 해. 일요일에 교회 갈 때 좀 태워다 줬으면 해서."

마일로가 고개를 끄덕였다. 문이 닫히자마자 마일로는 돌아섰다.

"노인네가 우리 차 타는 거 싫은데. 항상 약이나 소독약 냄새가 난다니까."

마일로는 자전거에 다리를 올리고 출발했다. 브랜던을 치려는 듯 브랜던 쪽으로 자전거를 몰았다. 마지막 순간에 브랜던이 몸을 젖혀서 마일로의 핸들을 겨우 피했다. 하지만 브랜던은 중심을 잃고 자전거와 함께 길에 넘어졌다. 마일로와 무리가 웃으면서 가 버렸다.

캔디스가 자전거에서 뛰어내렸다.

"괜찮아?"

"괜찮아."

"브랜던, 미안해."

"아니야."

브랜던은 캔디스를 쳐다보지도 않고 자신의 자전거에 올랐다.

"그렇지만 내 잘못이야. 자전거 타고 기념관에 가자고만 안 했어도……."

"됐다고, 알겠어?"

브랜던이 세게 페달을 밟으며 출발했다.

캔디스도 최대한 빠르게 페달을 밟았지만, 브랜던을 따라잡을 수 없었다.

이넉 워싱턴

1914~1940년

이넉도 아빠나 형들 못지않게 손이 빨랐지만 1914년 봄, 티드웰 씨의 농장에서 씨 뿌리는 일은 한 달이나 걸렸다. 그 말은 곧 자기 집 목화를 심을 시기를 한 달이나 놓쳤다는 걸 뜻했고, 또 그들의 농작물이 추수 때까지 자랄 시간이 충분치 않다는 걸 뜻했다. 수확할 때가 되자, 그들의 수확물은 또 가벼웠고, 티드웰 씨에게 진 빚은 더욱 늘어났다.

이후에도 5년 동안 계속 이런 식이었다. 이넉과 가족들은 자신의 농작물을 보살피기도 전에 땅 주인의 농작물을 심었다. 이넉은 매년 키도 크고 덩치도 커졌다. 열한 살이 되자 이넉은 또래 아이들을 내려다보게 됐다. 학교에서는 야구공을 가장 멀리 치고, 베이스를 가장 빨리 돌았고, 두 형들보다 더 많은 양의 목화를 끌 수 있었다.

처음으로 이넉이 치고받고 싸운 것도 열한 살 때였다.

이넉의 아빠는 이넉의 얼굴에 크게 부은 자국을 보았지만, 처음에는 아무 말도 안 했다. 싸움이 있고 닷새가 흐른 뒤, 이넉의 아빠는 울타리를 고친다며 아들을 공터 한갓진 곳으로 데려갔다.

"왜 싸웠는지는 언제 얘기할 거냐? 거짓말할 생각은 마라. 코델 래클리와 너희 선생님한테 이미 얘기 들었다."

이넉은 새미라는 아이와 싸웠다. 새미는 티드웰 씨의 농장에서 일하는 유색인을 감독하는 코델 래클리의 아들이었다. 코델은 룰링의 유색인들 중 돈이 가장 많았고 힘과 지위도 있었지만, 그의 자식도 이 나라의 다른 모든 유색인 아이들처럼 반 하나짜리 흑인 학교밖에 다닐 수가 없었다.

"새미랑 달리기 내기를 했어요. 깃대까지 갔다가 먼저 돌아오는 걸로요. 내가 이기면 그 애가 케이크 한 조각을 주고, 그 애가 이기면 내 햄샌드위치를 주기로 했어요."

"케이크 한 조각에 햄샌드위치를 걸었단 말이냐? 그 고기가 얼마나 비싼 줄이나 알아?"

"제가 이길 줄 알았으니까요. 그리고 이겼어요. 그런데 나더러 반칙을 했다는 거예요. 그러더니 저한테 주먹을 휘둘렀어요. 그래서 제가 되받아쳤어요."

"선생님 말씀으로는 네가 먼저 시작했다던데."

"아니에요! 선생님은 새미 아빠가 그러니까 그냥 그러는 거라고요. 선생님은 늘 새미만 더 잘 봐줘요."

"그래, 네 말이 맞겠다. 그러니까 네가 새미 래클리보다 더 똑똑해야 하는 거다. 더 열심히 일하고."

"그 애가 나를 놀리기도 해요. 내 이름이 노예 이름에서 왔대요."

이넉은 그 말을 새미가 아닌 다른 사람에게 들었다면 자신이 덜 괴로웠을 거라는 사실을 받아들이고 싶지 않았다.

"네 이름은 할아버지 이름을 따서 지었다. 우리 가문 마지막 노예지. 그 말은 우리 가문에서 처음으로 자유의 몸이 된 사람이라는 뜻이기도 해."

이넉의 아빠는 낡아서 올이 다 드러난 천 조각으로 눈썹의 땀을 닦았다.

"그리고 네가 입을 다물고 귀를 여는 법을 배운다면, 너는 우리 가문에서 최초로 대학 교육을 받은 사람이 될 수도 있을 거다."

"아빠?"

"너는 고집이 세긴 하지만 똑똑해. 우리 중에서 글을 제일 잘 읽고. 그리고 암산하는 걸 보면……."

이넉의 아빠는 아들을 내려다봤다. 아직 그보다는 작았다. 적어도 몇 년 동안은 그럴 것이다.

"도로시 고모할머니가 버밍햄에 산다. 거기에 유색인 학교가 있어. 고모할머니 말에 의하면 거기도 좋단다."

이넉의 아빠는 자신에게 확신을 주듯 고개를 끄덕였다.

"엄마랑은 이미 얘기했다. 이번 학년 끝나고 떠나거라."

"농작물은 어쩌고요? 목화솜을 따려면 제가 필요하잖아요. 엄마는 어쩌고요?"

"우리가 할 수 있다. 늘 그래 왔어."

이넉의 아빠는 천 조각을 뒷주머니에 다시 넣었다.

"형이나 누나한테는 아무 말도 말거라. 알아듣지? 내가 직접 말하마."

"그런데…… 왜 저예요?"

"네가 기회를, 진짜 기회를 가졌으니까, 소작농보다는 나은 뭔가가 될 기회 말이다. 네 형들과 누나는 힘이 세. 좋은 일꾼들이다. 하지만 그 아이들은 네가 가진 것은 못 가졌어."

이넉의 아빠는 아들의 이마를 툭툭 쳤다.

"그걸 엉뚱한 것에 쓰지만 말거라. 그리고 너를 잘못된 방식으로 보는 모든 사람들에게 싸움 걸지 마. 너는 남부의 유색인이다. 싸움을 찾아다닐 필요는 없어. 그러잖아도 저절로 네게 찾아올 거다."

몇 달 후 이넉은 버밍햄으로 떠났다. 이넉 할아버지의 이복동생인 도로시 고모할머니는 교회에서 비서로 일했다. 고모할머니는 이넉이 대도시에 적응하도록 도왔다. 새 학교도 이전 학교보다 훨씬 더 수준이 높았기 때문에 이넉과 같이 공부해서 이넉이 반 친구들을 따라잡도록 했다. 스스로 옷을 빨고 음식을 해 먹는 방법도 가르쳤다. 고모할머니는 이넉이 소년에서 남자로 커 가는 동안 그를 보호해 줬다.

변하지 않은 한 가지는 이넉이 자신의 이름을 싫어한다는 점이었다. 특히, 다른 아이들이 아직도 이름을 가지고 놀릴 때면 그랬다. 그래서 새 학교의 야구부에 지원할 때 한 아이가 이넉에게 이름을 묻자 "워싱턴이라고 불러"라고 말했다

이넉의 팀에는 성이 같은 아이가 또 있어서 야구부 아이들은 둘을 구별하기 위해서 이넉을 '빅' 워싱턴이라고 불렀다. 결국, 그 이름은 짧게 빅 W가 되었고, 터스키기에서 대학 생활을 시작할 때는 빅 더브가 되어 있었다.

이넉은 야구와 풋볼 그리고 달리기에 뛰어났지만 제일 좋아하는 운동은 테니스였다. 테니스는 우아한 운동이었고, 이기기 위해서 다른 사람에게 기대지 않는다는 점도 좋았다. 상대에 맞서는 사람은 오로지 자신이었고, 한 사람이 다른 한 사람을 상대로 싸우기만 하면 됐다. 그는 빠르게 경기를 익히고, 결국 테니스를 하려고 야구를 그만뒀다.

수학 학위를 받고 빅 더브는 북부로 옮겨서 버지니아와 메릴랜드에 있는 작은 유색인 학교에서 교편을 잡고 몇 년을 보냈다. 대학에 다닐 때 부모님과 고모할머니가 모두 돌아가셨기 때문에, 룰링이나 버밍햄으로 돌아가는 일은 생각해 본 적도 없었다. 형제들과 연락을 지속하려고 노력했지만, 그들

은 시카고나 뉴욕으로 이주했고, 이넉도 여기저기 옮겨 다니면서 편지도 뜸해졌다.

마침내 빅 더브는 리앤 디기라는 젊은 교사를 만났다. 그녀는 똑똑하고 아름다웠다. 그녀의 눈은 사람들을 사로잡았고, 그녀가 만든 고구마 파이는 지역에서 최고였다. 이넉은 리앤이 교양 있는 집안 출신이라서 좋았다. 리앤의 아버지는 교육받은 사람으로 소규모로 흑인 신문을 발행했다.

하지만 이넉은 다른 이유로도 리앤에게 끌렸다. 그녀의 피부가 매끈한 밝은 갈색이었기 때문이다. 피부색이 옅을수록 더 나은 대우를 받고 더 많은 힘을 가졌다. 짙은 색 피부와 굵고 뽀글거리는 머리를 가진 그는 자신이 절대로 동료들과 같아 보이지 않는다는 걸 알고 있었다. 하지만 자신의 아들들까지 그럴 필요는 없었다.

그들이 결혼하고 나서 1년 뒤, 예전의 학교 친구가 사우스캐롤라이나 램버트에 있는 퍼킨스 고등학교에서 사람을 구한다고 연락했다. 이넉은 다시 남부 깊숙한 곳으로 돌아가고 싶지는 않았지만, 그 학교에서는 풋볼 코치를 보조하면서 테니스 팀을 만들어도 좋다는 허락을 받았다.

그로부터 5년 뒤, 리앤은 마침내 외동이 될 아이를 뱄다. 빅 더브는 매일 밤 아내의 배에 자기 귀를 갖다 대고 배안에서 움직이는 소리를 들었다. 빅 더브의 동료 교사들은 아이가 얼마나 클지 내기를 하고 심지어 릴* 더브라고 부르기까지 했다.

1940년 5월, 이넉과 리앤 워싱턴은 세상에 나온 3.6킬로그램에 56센티미터의 신생아를 반가이 맞았다. 이넉은 아들을 원했지만, 딸을 보자마자 이내

* 릴(lil)은 '작은'이라는 뜻의 리틀(little)을 줄여 쓴 말이다.

사랑에 빠져 버렸다. 아기는 엄마의 옅은 색 피부와 가는 모발을 닮지 않았지만 상관없었다. 아기는 완벽했다. 리앤이 물었다.

"이름을 뭐라고 지어야 할까요?"

"당신이 지어요."

"시바운 어때요? 아일랜드 출신인 우리 할머니 이름을 따서요."

"그 괴상한 철자도 그대로 쓰고 싶은 거지?"

"물론이에요. 특이한 이름이 대물림되는 거죠, 이넉."

"시바운은 확실히 특이하네."

이넉은 딸의 이마에 입맞춤하며 말했다.

"하지만 나에게는 영원히 릴 더브야."

9장

캔디스가 집에 도착했을 때, 브랜던은 이미 집으로 사라져 버리고 없었다.

캔디스는 언제쯤 브랜던의 방문을 두드리는 게 좋을지 생각하며 집에서 시계만 빤히 쳐다봤다. 그때 빨간 차가 진입로로 들어오는 것을 보고 캔디스는 서둘러 나갔다.

"캔디!"

캔디스의 아빠가 차에서 내리자마자 캔디스를 안아 올려 꼭 껴안았다. 까칠한 회색 수염이 캔디스의 볼을 간질였다.

"그래서 램버트는 어떠냐?"

"어휴."

"그렇게 별로야, 어? 근처에 애들은 없어?"

"몇 명."

캔디스가 길 건너를 바라봤다. 브랜던의 엄마와 할아버지가 현관에 앉아서 손을 흔들었다. 캔디스와 아빠도 손을 흔들어 답했다. 아빠가 물었다.

"저 집엔 누가 살아?"

"브랜던이라는 친구랑 그 가족. 착해. 책을 엄청 읽고."

"둘이 자주 어울리니?"

"오늘 기념관에 같이 갔어요. 박물관 같은 곳이었어요. 진짜 근사했어요."

"데이트했다는 소리 같은데."

"아빠, 걔는 열네 살이에요. 그런 거…… 아니에요."

"아, 알겠어. 좋아. 안으로 들어가야지."

엄마가 들어오라고 문을 열어 줬다.

"안녕, 조."

"잘 있었어, 앤."

아빠가 엄마에게 가벼운 포옹을 했다.

"다른 데 방 안 잡아도 되겠어?"

"괜찮아."

"집은 어때?"

"잘돼 가고 있어. 욕실은 거의 다 끝냈어. 뒷마당을 높이려고 다음 주에 몇 명 더 데려올 거야. 그러고 나면……."

"일정대로 되고 있는 거야, 아니야?"

엄마가 물었다.

"4주 안에 다 끝낼 거야."

"싸고 빠르긴 하네."

엄마는 저녁을 준비하겠다며 부엌으로 사라졌다.

"호텔에 계셨으면 더 편하셨을 텐데. 소파가 접이식이 아니라서 안 펴져요. 게다가 뭉친 곳이 많아서 엄청 울퉁불퉁해요."

캔디스가 아빠 옆에 앉으면서 말했다.

"견뎌 보지 뭐. 네가 일어났을 때 아빠가 여기 있으면 좋을 것 같아서. 아침에 특별한 팬케이크를 만들어 주려고."

아빠는 거실을 둘러보고 심호흡을 했다.

"세상에, 아직도 할머니 냄새가 나네, 안 그러니? 네 외할머니 말이야. 몇 년이나 지났는데 어떻게 이럴 수 있지?"

"나랑 엄마도 똑같이 생각해요."

"여기서 지내는 거, 엄마는 괜찮아? 너희 엄마가 할머니 죽음을 극복하는데 한참 걸렸잖아."

장례식이 있고 나서 몇 달 동안, 캔디스가 물을 마시러 한밤중에 일어날 때면 할머니가 집에 들를 때 머물렀던 방에 엄마가 앉아 있는 모습을 보곤 했다. 할머니는 애틀랜타 외곽에 살면서 일했지만 매달 주말에 한 번 정도는 늘 캔디스 가족과 같이 지냈다. 그 방에서도 여전히 라벤더 향이 났다.

"엄마는 정말 괜찮니?"

캔디스는 엄마가 아니라 집에 대해서 얘기하고 싶었다.

"처음에는 글 쓰는 거 진도가 안 나갔는데, 이제 나아지고 있어요."

"다행이다. 데이트도…… 하니?"

아빠가 엄지손톱을 만지작거렸다.

"혹시나 해서 하는 말인데, 너희 엄마랑 합치려고 물어보는 거 아냐."

"알아요, 아빠. 아니에요. 다른 사람을 만나는 것 같진 않아요."

"아빠는 엄마가 행복하면 좋겠다. 너도 엄마도 행복하면 좋겠어. 잘 보살핌을 받으면 좋겠고. 너도 행복한 거지?"

"저는…… 슬프진 않아요. 램버트보다 더 안 좋은 곳도 있잖아요."

캔디스는 아빠가 같이 지내자고 말해 주길 바랐다.

"사람들한테 말해 볼게. 좀 더 작업에 속도를 낼 수 있는지. 이달 안으로 네가 돌아올 수 있게 노력해 볼게."

캔디스에겐 더없이 좋은 소식이었지만, 그건 곧 미스터리를 풀 시간이 줄

어든다는 의미이기도 했다.

"일할 때 쓰는 노트북 들고 오셨어요? 인터넷 쓸 수 있는 거요."

"흠, 엄마가 또 와이파이 없이 지내는구나. 왜 필요한데?"

"인터넷 좀 들어가 보게요."

아빠가 캔디스에게 노트북을 건넸다.

"암호는 알지? 의심스러운 건 절대 내려받지 마."

"케이블도 있어요?"

아빠가 고개를 끄덕이자 캔디스는 주머니에서 아이팟을 꺼냈다.

"새 게임 좀 내려받고 싶어서요. 음악도요. 요즘 노래들요."

"우리 노래 좀 틀어 볼래?"

음악이 집 안을 가득 채우자 아빠가 일어나서 춤을 추기 시작했다. 카펫 위를 바쁘게 왔다 갔다 하면서 팔을 흔들었다. 캔디스가 활짝 웃었다.

"아빠 춤 실력은 하나도 안 늘었네."

"내가 노래 부를 때까지 기다려."

"아빠! 하지 마요!"

아빠가 캔디스에게 손을 쭉 내밀면서 윙크를 하고 노래를 시작했다.

"기억하나요……."

캔디스는 이제 깔깔 웃으면서 소파에서 뛰었다. 이 모든 낯간지러운 행동을 캔디스는 정말 좋아했다. 그리워했다. 아빠가 캔디스를 안아 내려 빙글 돌렸다.

"언제까지나 저랑 춤을 출 수는 없을 거라는 거 알죠?"

"캔디, 모르니? 네가 아무리 커도 아빠랑은 춤출 수 있단다."

토요일 아침, 캔디스는 근사한 냄새에 잠에서 깼다. 베이컨 튀기는 냄새였다. 아빠가 가장 잘하는 블루베리팬케이크도 만드는 것 같았다. 아빠는 지금도 팬케이크를 모양내 만드는 것을 좋아했다. 캔디스에게는 하트, 엄마에게는 별 모양으로 만들어 줬다.

캔디스는 침대 시트를 걷어차고 욕실로 향하다가, 소곤거리는 부모님의 말소리에 복도를 따라 부엌 쪽으로 내려갔다. 아빠가 말했다.

"그냥 하는 말인데, 캔디스가 잘 알지도 못하는 남자애랑 낯선 도시를 자전거 타고 돌아다닐 필요는 없잖아. 캔디스는 열다섯 살이야."

"그러니까. 다른 애들과 어울려야지."

"다른 여자애들하고 어울려야지."

"조, 진심이야? 그게 당신 생각이야?"

튀기는 소리가 커졌다. 아빠가 팬에 베이컨을 더 넣은 게 틀림없었다.

"캔디스는 애야, 앤. 캔디스는 행복하지 않다고. 생각해 봤는데 나랑 같이 애틀랜타로 돌아가야겠어."

캔디스의 가슴이 부풀어 올랐다.

"다음 달에는 출장을 줄일 수 있어. 그리고 공간을 조절하면……."

"하느님 맙소사, 자신한테 좀 솔직해져."

"말조심해."

아빠는 엄마가 함부로 신의 이름을 들먹이는 걸 좋아하지 않았다.

"캔디스가 당신이랑 같이 못 지내는 이유가 일정 때문이 아니라는 건 우리 둘 다 알잖아. 아니면 이제 대니엘이랑 같이 안 사는 거야?"

캔디스는 숨을 들이마셨다. 대니엘? 베이컨 튀기는 소리 때문에 잘 안 들렸다.

아빠가 뭐라고 말했지만 캔디스는 듣고 싶지 않았다.

캔디스는 부엌에서 살금살금 나와서 욕실에 들어가는 기척을 크게 내며 문을 꽝 닫았다. 캔디스는 머릿속의 소음들을 흘려보내려고 물을 틀었다. 대니엘? 대니엘이 누구지? 아빠가 만나는 사람이 있어서 엄마는 만나는 사람이 없는지 물어본 걸까?

캔디스가 부엌으로 들어서자 식탁에 앉아 있던 부모님이 모두 미소를 지었다. 베이컨과 팬케이크가 식탁 위에 놓여 있었다.

"배가 고프면 좋겠네. 오늘 우리 할 일이 많아."

캔디스는 앉아서 접시를 뚫어지게 쳐다봤다. 하트 모양 팬케이크가 여섯 장 있었다. 별 모양은 없었다.

아침을 먹는 동안 아빠가 캔디스의 새 노트북 이야기를 꺼냈다. 엄마는 이번 여름이 끝날 때까지 기다렸으면 좋겠다고 했지만, 아빠와 캔디스는 오후 동안 전자제품 가게를 다 돌아 마침내 최신형 노트북을 샀다.

잠시 뭘 좀 먹고 나서 아빠가 옷을 사자고 제안했지만, 캔디스는 서점으로 아빠를 데려갔다. 캔디스는 새로 나온 퍼즐 책을 두 권 사고 워싱턴가나 앨런가에 대한 뭔가가 있을까 해서 지역 역사 코너를 재빨리 훑어봤지만 관련 있어 보이는 건 없었다.

"너 무척 조용하더라. 무슨 생각하는 거니?"

집으로 돌아오는 길에 아빠가 말했다. 캔디스는 대니엘 이야기를 꺼내려다 말았다.

"캔디? 뭐야?"

아빠가 인상을 찌푸렸다. 캔디스는 한숨을 내쉬었다. 정말 물어보고 싶었지만, 하루를 망쳐 버릴 이야기를 듣고 싶지 않아 대신에 이렇게 말했다.

"할머니가 해고당했다는 거 아세요? 오래전 일인데."

"왜 묻는 거야? 누가 할머니를 깎아내리거든, 아빠한테 말해, 내가……."

"아니에요, 아빠. 그냥 제가 알고 싶은 거예요."

아빠는 집 근처로 접어들자 차 속도를 늦췄다.

"네 엄마가 그 얘기하는 거 안 좋아하는데. 네 할머니도 그랬고. 네 할머니가 여기 집을 안 파신 건, 내가 장담하는데, 돌아와서 도시의 다른 곳을 파 보려고 생각하셨던 것 같아. 만약에 사람들이 할머니가 찾던 보물을 찾는다면 정말 굉장할 텐데 말이다."

"그러니까 아빠는 할머니가 옳았다고 믿는 거예요?"

"아니, 사실이라고 하기는 너무 이상하지. 하지만 할머니가 자주 하시던 말씀대로 길이 안 보인다고 해서 길이 없는 건 아니니까."

'길을 찾아. 퍼즐을 풀어.' 캔디스는 할머니의 팔찌를 만지작거렸다.

"그 오래된 걸 아직도 갖고 있니? 네 외할머니와 늘 의견이 같진 않았지만, 그래도 나는 네 외할머니를 아주 좋아했어. 그리고 외할머니는 누구보다도 너를 사랑했지."

캔디스는 할머니가 이 팔찌를 줬던 밤을 떠올렸다. 캔디스가 교회의 중요한 크리스마스 연극을 하루 앞둔 날이었다.

"행운을 위해서."

할머니가 캔디스의 팔에 팔찌를 채워 줬다.

캔디스는 연극이 끝나고 나서 팔찌를 돌려주려고 했지만, 할머니가 캔디스에게 더 잘 어울린다며 거절했다.

캔디스는 연극할 때처럼 손가락으로 팔찌를 만지자 차분해졌다. 진입로로 들어서는데 현관에 앉아 책을 읽는 브랜던이 보였다.

"브랜던이지?"

아빠가 조그맣게 말했다. 캔디스가 고개를 끄덕였다. 브랜던이 손을 살짝 흔들며 말했다.

"안녕, 아까 찾았어."

"쇼핑 갔었어. 노트북이랑 책 사러."

캔디스가 말했다.

"나는 조 밀러다. 캔디의 아빠야."

캔디스의 아빠가 앞으로 나서서 브랜던과 악수를 했다.

"바쁘면 나중에 올게."

"아니야, 무슨 일인데?"

'편지에 대해서는 제발 말하지 마' 라고 캔디스는 생각하며 물었다.

"누나가 자기 옷 중에 너한테 맞는 걸 찾았다고. 언제든 와서 가져가래."

"가도 돼요?"

캔디스가 아빠에게 물었다. 지금이야말로 DVD를 훑어보기에 완벽한 때였다.

"음…… 글쎄."

캔디스 뒤에서 엄마가 말했다.

"갔다 와. 너무 오래는 있지 말고. 한 시간 정도?"

“그렇게 오래 안 걸릴 거예요.”

“아니, 한 시간이 좋겠어. 네 아빠와 아침에 하던 이야기를 마저 해야 해서.”

“아, 알겠어요.”

갑자기 공기가 무거워졌다. 모든 것이 잘못된 것처럼 느껴졌다.

“이것들 안으로 들여놓고 올게.”

아빠가 가방으로 손을 뻗었으나 캔디스는 이미 문으로 향하고 있었다.

캔디스는 브랜던을 따라 집으로 들어가서 삐걱거리는 계단을 올라갔다.

“아빠한테 아무 말도 하지 않아서 고마워.”

“천만에. 혹시 캔디라고 부르는 게 좋아?”

캔디스가 고개를 저었다.

“그 이름 싫어해.”

“그러면 왜…….”

문이 활짝 열려서 브랜던의 말이 끊겼다. 토리가 귀에서 휴대 전화를 떼서 가슴에 댔다.

“나갈 때 내 방에 들러. 너한테 맞을 빈티지 티셔츠가 몇 개 있거든.”

“알겠어요. 고마워요.”

토리가 다시 휴대 전화를 귀에 대고 문을 닫았다.

“엄마가 누나한테 옷장 좀 정리하라고 몇 달 전부터 그랬거든. 운이 좋은 거야. 꽤 괜찮은 것들도 있을 거야.”

브랜던이 복도 끝에 열려 있는 문으로 걸어갔다.

“내가 말했지? 이 컴퓨터 엄청 오래됐어.”

"괜찮아."

캔디스는 침대 귀퉁이에 앉아 보라색 이불을 쓰다듬으면서 복도에서 브랜던이 미처 끝내지 못한 질문에 대해서 생각했다. 왜 아빠가 싫어하는 이름으로 부르는데도 그냥 내버려 뒀을까? 아마도 브랜던이 '여자' 책 읽는 것을 숨기는 것과 똑같은 이유였을 것이다. 그냥 그 편이 더 쉬우니까.

"시작할 준비 됐어? 이미 부팅은 했어."

"그래. 제임스 파커는 검색해 봤어? 아니면 졸업 앨범에서 찾아봤어?

캔디스가 DVD를 내밀면서 말했다.

"물론 안 했지. 너 기다렸어."

워싱턴 코치에 대한 헌정 영상은 10분이 채 안 됐고, 옛날 사진에 대한 설명과 예전 교사와 학생과의 인터뷰가 대부분이었다. 비밀 테니스 경기에 대한 언급도, 첫 번째 단서와 관련이 있어 보이는 것도 전혀 없었다. 마지막 30초의 영상을 보기 전까지는 그랬다.

"멈춰 봐! 저거야!"

브랜던이 영상을 멈췄다.

"뭐? 야구?"

"음, 저게 답일 수 있어. 단서에 워싱턴 코치는 테니스가 아닌 다른 스포츠 팀에 푹 빠졌다고 했어."

캔디스가 편지를 꺼냈다. 영상을 되감아 다시 재생하자 해설자가 말했다.

"이넉 워싱턴 코치는 많은 것을 좋아했어요. 유소년일 때는 야구를, 대학교 때와 그 이후로는 육상과 테니스를 좋아했죠. 하지만 자신의 가족을 세상에서 제일 사랑했죠. 그에게는 가족이 전부였어요."

워싱턴 가족의 영상이 화면을 가로질러 떠다녔다. 사진을 본 캔디스는 테니스 팀 사진에 있던 여자아이가 시바운이라고 확신했다.

브랜던이 영상을 다시 멈췄다. 워싱턴의 가족의 흑백 사진이 화면에 있었다. 그들은 벽돌로 지은 건물 앞에 서 있었다. 워싱턴 코치는 짙은 색 양복에 가느다란 타이를 했고, 시바운과 시바운의 엄마는 긴 치마에 레이스 장갑을 끼고 있었다. 브랜던이 말했다.

"이제 훨씬 더 실감 난다. 그러니까, 그 사람들이 실존 인물이라고는 생각했지만 실제로 보니까 달라. 진짜 가족이었네. 진짜 사람이었고. 그런데 단지 피부색 때문에 이 도시에서 도망쳐야 했어."

캔디스가 고개를 끄덕였다. 영상이 끝나자 브랜던이 말했다.

"워싱턴 코치는 야구를 아주 좋아했어. 어느 팀인지를 알아내야겠다, 그치?"

"영상에서 앨라배마로 이사 오기 전에는 텍사스에서 살았다고 했어. 어디서 왔댔지?"

캔디스가 물었다. 브랜던이 자신의 수첩을 봤다.

"룰링인 거 같아."

브랜던은 브라우저를 열어서 그 도시의 이름을 검색했다.

"진짜 작은 도시네."

브랜던이 또 다시 검색했다. 이번에는 룰링과 야구를 입력했다.

"고등학교에 야구부가 있는 것 같은데."

"그러네. 그런데 그 사람은 고등학교를 거기서 다니지 않았잖아, 기억하지?"

"그 도시에 흑인 리그 팀이 있었을지도 모르지."

브랜던은 이미 다른 검색어를 치고 있었다. 브랜던이 멈췄다.

"비즈 매키라는 이름 들어봤어? 매키가 룰링 오일러스라는 팀에서 1916년에 뛰었대. 거기서 2년 있다가 다른 팀으로 이적했고. 명예의 전당이 들었네. 진짜 잘했나 봐."

"1916년이면 워싱턴 코치는 뭐야, 여덟 살 아녔어?"

캔디스가 화면을 좀 더 잘 보려고 침대 끄트머리로 미끄러져 내려왔다.

"룰링 오일러스. 그게 정답이야. 틀림없어!"

캔디스가 매트리스 위에서 폴짝거렸고 얼굴에는 웃음이 번졌다. 심지어 전략 게임을 풀었을 때보다도 더 기분이 좋았다. 이런 속도라면 이번 주말 전에 퍼즐을 풀 수 있을 것이다.

둘은 비즈 매키와 룰링 오일러스에 대해 좀 더 찾아보고 나서, 제임스 파커로 관심을 옮겼다. 위키피디아에 의하면 파커는 미시시피에서 자랐다. 제대 후 콜로라도에서 공업과 건설업으로 시작해서 다른 산업으로 확장해 가면서 백만장자가 되었다. 그는 상황 판단이 빠른 사업가였을 뿐만 아니라, 자신의 재단을 통해서 많은 돈을 기부하기도 하고 장학금을 지원하기도 하는 자선가였다.

그러다가 어느 날 예고도 없이 그는 주식을 모두 팔고 사라져 버렸고, 결국엔 죽은 것으로 공표되었다. 친척이나 상속자가 없어서 찾을 수 있는 자산은 모두 국고로 들어가게 되었다. 파커의 재산은 1억 2천만 달러로 추정되지만 정부는 그 돈의 절반밖에 찾지 못했다. 캔디스가 말했다.

"전부를 찾지는 못했어. 나머지 절반이 어딘가에 묻혀 있다는 거잖아."

"아니면 단순히 못 찾은 걸 수도 있고."

"그렇게 비관하지 좀 마. 여기서 뭔가를 알아냈잖아."

"하지만 이건 단서랑 아무 상관이 없어. 비즈 매키나 룰링 오일러스를 다시 읽어 봐야 할 것 같지 않아?"

캔디스는 고개를 저었다.

"이게 단서가 아니라는 건 알지만, 무시하기엔 뭔가 엄청 중요한 것 같아. 전략 게임에서도 늘 그렇거든. 의도적으로 독자를 다른 곳으로 이끄는 거지. 어쩌면 제임스 파커 자체가 진짜 미스터리일지도 몰라."

캔디스가 침대에 다시 털썩 앉았다.

"그리고 미스터리 너머에 있는 사람의 마음을 읽었다는 건 미스터리를 푸는 데 그만큼 가까이 갔다는 거야."

둘은 제임스 파커를 계속 검색했다. 위키피디아에 실린 그의 모습은 대체로 평범해 보였다. 피부는 햇볕에 그을린 듯했고 콧등에는 주근깨가 있었다. 사진에서 가장 두드러지는 건 눈이었다. 회색의 큰 눈은 화가 나 있었다. 누군가와 싸움이라도 할 듯이.

노크 소리가 나 고개를 들어 보니 토리가 옷 가방을 들고 서 있었다.

"너희 엄마가 전화했어. 집에 올 시간이라고."

"벌써 한 시간이 지났어요?"

"한 시간 반도 더 됐을걸."

토리가 컴퓨터를 훔쳐봤다.

"뭘 하고 있었는지 알아도 돼?"

"옷 고마워."

브랜던이 가방을 가져오면서 슬며시 누나를 문밖으로 밀었다.

"금방 끝낼 거야."

"알았어. 나는 클라우디아 집에 갈 거야. 문 열어 둬. 엄마 아래층에 있어."

"아무 일도 안 생겨."

"알아, 멍청아. 그래도 규칙은 규칙이니까."

캔디스는 머릿속으로 토리의 말을 되풀이했다.

'누나는 뭘 아는 걸까? 둘 사이에 아무 일도 안 생긴다는 걸? 아니면 브랜던이 게이라는 걸?'

캔디스가 가방을 침대에 두고 편지를 집어 들었다.

"제임스 파커, 콜로라도, 솔라라 공장을 쳐 봐."

브랜던이 단어를 입력하고 검색을 시작했다.

"콜로라도 덴버로 공장을 옮겨 오는 걸 경제 발전 기구라는 데서 주관했대. 파커가 그 위원회 위원장이었어."

브랜던이 캔디스를 쳐다봤다.

"사우스캐롤라이나 램버트에서 옮겨온 거야."

"거봐!"

"좋아. 인정할게. 제임스 파커가 이 편지를 보냈나 보다."

브랜던이 의자 뒤로 기대고 눈을 감았다.

"오늘 밤에 졸업 앨범을 뒤져 봐야겠어. 거기 또 단서가 있을지도 몰라."

"졸업 앨범은 내가 가져갈게. 혹시 다른 게 더 없는지 너는 영상을 한 번 더 보는 게 어때? 뭐든 발견하면 바로 전화해."

브랜던이 고개를 끄덕였다.

"워싱턴 가족은 어때? 그 가족에 대해서도 좀 더 검색해 봐야겠지?"

"벌써 해 봤어. 아무것도 안 떴어. 말도 안 돼, 특이한 이름들인데."

브랜던이 손가락으로 딱 소리를 냈다.

"졸업 앨범 어딨어?"

캔디스가 브랜던에게 앨범을 건넸다.

"무슨 생각인데? 우리가 이름 철자를 잘못 썼을까 봐?"

"아니야. 시바운의 중간 이름을 보려고."

브랜던이 앨범에서 그녀의 이름을 찾았다.

"시바운 밀드러드 워싱턴."

브랜던은 이름 전체를 넣어서 재빨리 검색했다.

"뭔가 찾은 거 같아. 어, 이건…… 추모 페이지잖아."

브랜던은 졸업 앨범을 들여다보고 다시 화면을 봤다.

"시바운이 확실해."

캔디스는 화면에 뜬 사진을 찬찬히 살폈다. 나이 든 시바운 워싱턴은 머리칼이 좀 더 희끗했고 주름이 좀 더 있었다.

"초등학교에서 일했어. 사서였어. 그런데 처음엔 수학 학위를 받았어."

브랜던이 스크롤을 내렸다.

"좀 천천히."

캔디스는 빨리 읽으려고 노력했지만, 브랜던이 항상 몇 문장을 앞섰다.

캔디스는 브랜던의 어깨 위로 몸을 숙였다. 시바운 워싱턴은 암으로 죽었다. 메릴랜드의 초등학교에서 30년 넘게 교사로 일했다. 처음에는 수학 교사였다가 나중에는 사서로 일했다. 가장 좋아한 책은 『웨스팅 게임』이었다.

"그러니까 시바운은 운동 코치는 아니었네?"

"아닌 것 같아."

브랜던이 대답했다. 이제는 캔디스가 더 빨리 읽었다. 결혼하지 않았고, 아이도 없고. 퍼즐과 영화를 사랑했으며 묻힌 곳은…….

"가장 좋아한 책 부분까지는 읽었어? 『웨스팅 게임』?"

"그 책이 왜 그렇게 특별한데?"

캔디스가 어깨를 으쓱했다.

"퍼즐 책을 좋아한다면서 아직 『웨스팅 게임』도 안 읽었단 말이야?!"

"나 네 코앞에 있어. 그렇게 소리 안 질러도 돼."

"미안. 어쨌거나 너 그 책 꼭 읽어 봐야 해. 끝내줘. 계속 반전이 있거든. 그리고 진짜 재밌어. 1970년대에 쓰인 책치곤. 나한테 있으니 빌려 가도 돼."

브랜던이 좀 더 부드럽게 말했다.

"그래, 알았어. 보던 퍼즐 책 다 보고 읽을게."

캔디스는 자신은 들어 본 적도 없는 책에 대해서 브랜던이 이렇게나 흥분하는 게 약간 얄미웠다.

"이게 단서가 될지도 모르겠다. 그 책에 있는 뭔가가 편지와 연결되어 있을지도 몰라. 아니면 제임스 파커와."

"맨 아래로 내려 볼래? 누가 웹사이트를 만들었는지 볼 수 있지 않을까? 만든 사람이 파커인지 아닌지 알 수 있을 거야."

브랜던이 웹페이지 끝까지 스크롤을 내렸다. 둘 다 숨을 헉 들이마셨다.

만든 사람의 이름은 없고 최종 업데이트 날짜만 있었다.

2007년 8월 10일. 편지와 똑같은 날짜였다.

"맘이 바꼈어. 그 책 지금 가져가야겠어."

시바운 워싱턴

1956년 3월 29일

시바운 워싱턴이 사서가 된 건 놀랍지 않았다. 시바운은 책에 둘러싸여 자랐고, 테니스 코트에서 보낸 시간만큼 학교 도서관에서도 많은 시간을 보냈다. 시바운이 고등학교에 들어가자 그녀의 아빠는 퍼킨스의 학생들을 위해 방과 후 개인 교습 프로그램을 만들어서 시바운에게 맡겼다. 빅 더브는 그렇게 하는 게 선수들의 실력을 향상시킬 수 있다고 생각했다. 시바운의 아빠는 시바운에게 데이트를 금지했다. 시바운은 아빠의 과보호가 싫었지만 한 가지에는 의견이 일치했다. 남자를 사귈 시간이 없다는 것. 물론 남자아이들은 의견이 달랐다.

어느 오후 시바운이 한 학생의 수학 숙제를 도와주는 걸 막 끝내는데, 시바운의 가장 친한 친구인 엘리 맥엘빈이 시바운을 쿡 찔렀다.

"네 남자 친구 온다."

칩 더글러스가 이를 드러내고 활짝 웃으며 걸어왔다. 짧은 금발 머리에 맑고 푸른 눈의 칩은 퍼킨스 학교 도서관에 있는 유색인들 사이에서 단연 도드라졌다. 시바운은 칩이 '보통' 백인이었다면 어떻게 되었을지 확신할 수 없었다. 그는 더글러스 코치의 아들이었고 원하는 곳이면 어디든 갈 수 있는 통행권을 가지고 있는 것 같았다.

사우스캐롤라이나 서머튼에서 유색인 학생들에게도 백인 학생들과 동등한, 더 나은 버스와 시설을 제공하라며 교육위원회가 소송을 당한 일이 있었다. 비슷한 소송을 사전에 차단하기 위해, 램버트 교육위원회는 퍼킨스 학생들을 위해 새 버스를 사 주고 '분리하되 평등하면 된다'는 법령에 맞춰 더 좋은 선생님을 고용하겠다고 약속했다.

그렇게 해서 윌리스 고등학교의 풋볼 보조 코치였던 애덤 더글러스가 퍼킨스 고등학교의 운동부 감독이 되었다. 처음에는 모두가 못마땅해했지만 더글러스 코치는 직원들, 특히 빅 더브의 믿음을 사기 위해 열심히 일했다. 그는 이목이 집중되는 걸 좋아하지 않았지만 그의 아들은 달랐다.

"안녕, 시-오-본."

칩이 책상으로 와서 말했다. 시바운이 한숨을 내쉬었다. 시바운이 어렸을 때는 칩이 계속해서 이름을 잘못 발음하는 게 귀여웠는데, 이제 더는 귀엽지 않았다.

칩이 시바운의 맞은편에 앉으며 다른 아이들에게 고개를 까닥했다.

"모두들 안녕."

"여긴 왜? 너희 아빠를 찾는 거라면, 아마 운동장에 계실 거야."

"좀 전에 거기 갔다 왔어. 너 보러 왔지. 이거 보여 주려고."

칩이 편지를 펼쳐서 탁자 위에 놓았다. 시바운이 첫 줄을 읽었다.

"조지타운에 들어갔네!"

"응, 오늘 막 알았어."

칩이 시바운을 보고 싱글거렸다. 시바운은 칩을 안아서 축하해 주고 싶은 맘이 들었지만 칩이 자신을 어떻게 생각하는지 알고 있었기 때문에 칩에게 괜히 여지를 줄 만한 행동을 하고 싶지 않았다. 칩은 마음이 따뜻하고 똑똑했지만 시바운은 칩에게 관심이 없었다. 관심이 있었다 하더라도 램버트에서 백인 남자와 흑인 여자 사이의 로맨스는 있을 수 없는 일이었다.

"정말 잘됐다."

"아직은 어떻게 등록금을 댈지 몰라. 아빠와 엄마가 저금해 두신 게 있겠지만 내가 도울 거야. 여름에는 일할 수 있을 것 같아. 글렌의 아빠가 연줄을 써서 보수가 좋은 수영장 일자리를 알아봐 주신대."

시바운은 엘리가 자세를 고쳐 앉는 걸 알아챘다. 엘리가 램버트에서 백인을 절대 신뢰하지 않는 이유는 글렌 앨런과 그 형제들 때문이기도 했다. 그들은 시바운이나 엘리처럼 피부색이 새까만 아이들에게 특히나 무례했다.

"다시 한번 축하해. 난 이제 가르치러 가야 해."

칩이 엘리의 숙제를 들여다보았다.

"기하학? 내가 도와줄게."

"괜찮아."

엘리가 자기 쪽으로 종이를 끌어당기며 말했다.

"시바운, 가야겠어. 엄마가 기다리고 계시거든."

시바운은 엘리가 멀어져 가는 것을 지켜봤다.

"칩, 내 친구들 좀 쫓아내지 마. 엘리는 시험에 통과하려면 받을 수 있는 도움을 다 받아야 한단 말이야."

"그냥 도와주려고 한 거야."

"너 때문에 엘리가 불편해했잖아."

"미안해."

칩이 도서관을 둘러봤다. 시바운은 칩이 자신 때문에 아이들이 모두 얼마나 안절부절못하는지 알면 좋겠다고 생각했다.

"밖으로 나가는 게 좋겠다. 잠시 시간 돼?"

"안 그러는 게 나을 것 같아. 너도 여기 있으면 안 되잖아. 만약 웰리스 고등학교의 네 친구들이……."

"내 친구들 아니야. 올 수 있으면 나는 여기 올 거야. 그럴 거야."

칩이 말했다.

"조지타운은 워싱턴 D. C.에 있어."

칩이 손으로 탁자 모퉁이를 따라 만지면서 계속 말했다.

"흑인 대학교는 하워드 대학교도 있어. 나라에서 제일 좋은 유색인 대학교 중의 하나야. 의대도 있고 법대도 있어."

"우리 아빠처럼 얘기하네."

시바운의 아빠는 이미 계획을 다 짜 두었다. 우선 테니스 스타가 된 다음, 성공한 의사나 변호사가 되는 것이었다. 하지만 시바운의 계획은 달랐다. 시바운은 테니스를 즐겼지만, 시바운에게 테니스는 싸움이 아니라 그냥 운동일 뿐이었다. 반면에 의사는 괜찮다고 생각하면서 사람을 보살펴 주는 다른 직업, 이를테면 가르치는 것에 대해서 생각해 보기 시작했다. 시바운은 자신이 가르친 학생이 성공한 모습을 보는 게 좋았다. 시바운이 덧붙였다.

"어쨌든 나는 이제 겨우 2학년이니까 대학 고민할 시간은 아직 많아."

"알아. 하지만 어쨌든 네가 하워드에 가게 되면 혼자가 아니라고. 내가 근처에 있을 거야. 너는 남부에서 벗어나는 거고."

"버지니아도 남부야."

"그래, 그렇지만 장담컨대 램버트보다 나아. 네가 할 수 있다는 걸……."

학생 하나가 다가와서 칩이 말을 멈췄다.

"나가는 거 확인받아야 하는데요."

남자아이가 시바운을 보고 말했다. 시바운이 출석부를 펼쳤다. 시바운 주위에 있던 다른 아이들이 가방을 챙겼다. 시바운은 운동선수들이 들어오고 나가는 것을 모두 확인해야 했다.

"충고 고마워. 이제, 진짜로 가."

시바운이 칩에게 말했다.

"퍼즐 문제 하나 내 주면 갈게."

탁자 앞에 학생들이 짧게 줄을 섰다.

"칩……."

"내가 이기면 내가 묻고 싶은 걸 너한테 물어보고, 네가 이기면 뭐든 나한테 물어보고."

둘의 아버지는 모두 내기를 아주 좋아했다. 칩도 배운 것 같았다.

"좋아. 수학을 그렇게 잘한다면 이건 쉬울 거야. 잘 들어. 내가 세인트 아이브스로 가는 길에 아내가 7명 있는 한 남자를 지나쳤어. 아내들은 모두 7개의 작은 배낭을 가지고 있었고, 배낭에는 각각 7마리의 고양이가 들어 있었어. 그리고 그 고양이들은 각각 7마리의 새끼 고양이를 데리고 있었어. 고양이, 배낭, 아내. 세인트 아이브스로 가고 있는 것들은 모두 합쳐서 몇일까?"

칩은 학생들이 퇴실 기록을 작성하는 동안 손바닥에 맹렬하게 썼다. 몇몇은 칩을 흘깃 보았지만 아무도 그에게 말을 걸지는 않았다. 칩은 그의 주위에서 무슨 일이 일어나고 있는지도 모를 거라고 시바운은 생각했다.

"다시 한번 말해 줄래?"

칩이 몇 분 뒤에 물었다. 시바운은 칩이 확실하게 들을 수 있도록 수수께끼를 두 번 더 되풀이했다.

"알았다. 2801."

마침내 칩이 말했다. 시바운이 웃었다.

"안됐다."

"틀렸다고?"

칩이 다시 손바닥에 쓰기 시작했다.

"잠깐만, 다시 해 볼게."

"너무 늦었어. 그리고 개인 교습할 때는 나 좀 방해하지 말아 줄래?"

막 퇴실 확인을 하던 풋볼 선수 올턴 매시가 웃음을 꾹 참았다.

"네가 묻고 싶은 걸 물어볼 수 있다고 했지, 내 대답이 네가 원하는 답이어야 한다고는 말 안 했다. 또 보자, 시바운."

칩이 윙크를 하고 자리에서 일어났다.

시바운은 모두가 나갈 때까지 기다렸다가 도서관 문을 잠갔다. 육상 시즌이라 아빠는 학교 뒤에서 더글러스 코치와 같이 있었다. 하지만 시바운은 다시 칩과 마주치고 싶지 않아서, 아빠의 교실에서 기다리기로 했다. 며칠 뒤면 중요한 과학 시험이 있어서 공부할 수 있겠다고 생각했다.

시바운은 사물함에서 화학 교과서를 꺼냈다. 작은 쪽지가 사물함 틈에 끼여 있었다. 엘리가 보낸 걸까.

시바운은 쪽지를 펼쳤다.

세인트 아이브스로 가는 사람은 딱 한 명.

5시에 비커스 공원의 커다란 참나무 앞에서 만날래?

시바운은 주위를 둘러봤다. 복도는 텅 비어 있었다.

서둘러 쓴 글씨였다. 엘리나 시바운이 아는 사람의 글씨체는 절대 아니었다. 칩이 정답을 알아낸 건가? 그럴지도 모른다. 그런데 공원에서 만나자고 한다고? 비커스 공원은 동네에서 가장 오래된 유색인들의 공원이었다. 칩이 대담하긴 했지만, 그 정도는 아니었다.

시바운은 쪽지를 다시 접고, 벽에 걸린 시계를 흘깃 봤다.

달려가면 5분 안에 공원까지 갈 수 있었다.

11장

캔디스가 길을 반쯤 건너는데 엄마가 집에서 나왔다.

"죄송해요. 시간 가는 줄 몰랐어요."

"괜찮아."

엄마는 와인병을 들고 있었다.

"나가시는 거예요?"

"브랜던의 엄마가 저녁 먹으러 오라고 했어. 내가 너랑 아빠 둘이서만 시간을 좀 보냈으면 좋겠다고 했거든. 아빠는 내일 아침 일어나자마자 가실 거야."

"월요일 오후까지 있기로 한 거 아니었어요? 또 일 때문이에요?"

"엄마가 좀 더 일찍 가라고 했어. 그냥 엄마가 아직 준비가 안 됐어."

엄마는 손에 쥐고 있던 와인병을 빙글빙글 돌렸다.

"아빠는 너를 엄청, 엄청 사랑해. '완벽' 하고는 거리가 한참 멀지만, 그래도 너한테는 최고의 아빠야."

캔디스가 집에 들어가니 아빠는 노트북을 펴 놓고 있었다.

"캔디! 네가 없는 동안 아빠가 먼저 컴퓨터 설정해 뒀어."

캔디스는 아빠 맞은편 의자에 앉으며 발치에다 가방을 내려 두었다.

"무슨 일 있었어요?"

"아무 일도 없어. 아빠가……."

"아빠, 저 어린애 아니에요. 저를 보호하려고 거짓말할 필요 없어요."

"아빠한테 너는 늘 애야."

"무슨 일이 있었는지 말해 주실래요? 두 분 또 싸우신 거예요?"

"아니야. 음, 조금. 어렵구나. 아빠가 분간을 잘 못하고 있어. 너한테 좋은 아빠이면서 동시에 네 엄마의 전남편 역할을 하는 게 어렵네."

"엄마가 아빠더러 내일 일찍 가라고 하셨다면서요."

"걱정 마라. 모든 게 잘 될 거야. 진짜야."

"엄마는 저랑 아빠랑 둘만 시간을 가졌으면 하던데요."

"떠나기 전에 우리 딸내미와 시간을 좀 더 보내고 싶어서 그렇지."

여전히 대니엘에 대한 얘기는 없었다. 캔디스는 놀랍지 않았다.

"아빠는 브랜던이 어떤 애인지 좀 더 알고 싶구나. 여름 과제를 같이 한다고 들었는데."

"그래서 같이 기념관에 간 거예요."

"브랜던이 너한테 관심 있는 거 아냐? 아빠 경험으로는……."

"아빠."

"남자애들은 이상한 방식으로 관심을 표현하거든. 아빠가 네 나이였을 때는, 관심이 있는 여자애한테 일부러 못되게 굴거나 무시했거든."

"말도 안 돼요."

"남자애들은 원래 말이 안 되는 짓을 하니까."

캔디스는 마일로가 브랜던에게 한 말을 머릿속에서 지울 수가 없었다.

"브랜던은 여자애를 좋아하는 것 같지 않아요. 거기까지예요."

"확실해?"

아빠의 억양이 확 변했다. 캔디스가 어깨를 으쓱했다. 캔디스는 아빠와 이런 이야기를 하는 게 좀 놀라웠다. 보통 이런 이야기는 엄마에게 했다.

"모르겠어요. 하지만 어제 어떤 남자애들이 그걸로 놀렸어요."

"애들이 잔인하구나. 그 애들이 브랜던을 때리기도 하니?"

아빠가 말했다.

"브랜던을 놀리기 좋아하는 그냥 찌질한 동네 아이들이에요."

"캔디, 찌질한 사람은 없어."

'찌질하다'는 말도 아빠가 싫어하는 단어였다.

"아빠도 그 애들을 만나 보면 마음이 바뀔걸요."

아빠는 캔디스의 손을 꼭 쥐었다가 놓아주었다.

"나중에 사람들이 게이를 어떻게 대했는지 돌이켜보면 경악할거야. 하지만 그게 지금 브랜던에게 무슨 소용이겠니. 만약 상황이 나빠지면……."

"엄마한테 말할게요. 약속해요."

"그래. 저녁으로 포크촙이랑 아스파라거스를 준비했어. 다 식겠다."

캔디스는 아빠를 따라 부엌으로 들어갔다. 맛있는 냄새가 났다. 그날 아침의 베이컨 냄새가 아직도 났다.

엄마 말이 맞았다. 아빠는 완벽과는 거리가 먼 사람이지만, 여전히 무척 좋은 아빠였다.

캔디스는 현관에 서서 아빠 차가 진입로에서 빠져나가는 모습을 지켜봤다. 태양이 딱 건너편 집 위에 걸려 있었다. 눈물이 차올랐지만, 꾹 참았다.

길 건너 브랜던 집 현관문이 열렸다. 브랜던이 밖으로 나오더니 캔디스에게로 재빨리 걸어왔다. 손에 종이를 들고 있었다.

"시간 돼?"

브랜던은 교회 가는 복장을 하고 있었다. 윤이 나는 구두를 신고, 빳빳하게 다린 셔츠와 깔끔하게 줄을 세운 검정 바지를 입고, 나비넥타이까지 하고 있었다.

"내가 밖에 있는지 어떻게 알았어?"

"너희 엄마가 너희 아빠 오늘 아침에 떠난다고 하시더라고. 일찍 일어나니까 뛰지 않고 길을 건너도 돼서 좋네."

브랜던의 농담에 웃어 줘야 하는 건 알지만, 캔디스의 마음은 애틀랜타로 돌아가는 아빠 차 조수석에 앉아 있었다.

"캔디스, 너……."

캔디스의 얼굴에서 캔디스조차 알지 못했던 어떤 표정을 읽었는지, 브랜던이 하던 말을 멈췄다.

"나중에 다시 오는 게……."

"괜찮아. 뭔데?"

"너도 우리랑 같이 교회에 가야겠어."

브랜던이 캔디스에게 종이를 건넸다. 영상에서 봤던 워싱턴 가족이 잘 차려입은 사진을 인쇄한 거였다.

"이 사진에 있는 뭔가가 낯익어. 예전 교회 건물 앞에 서 있는 것 같아. 교회는 몇 년 전, 우리가 이사 오기 전에 새로운 곳으로 이사했거든."

"교회 사람이 그 사람들을 알지도 모른다는 거야?"

"당연하지. 그즈음에 교회에 계셨던 분들도 있을 거야. 물어보는 거야, 뭐. 어떻……."

그들 뒤로 문이 열렸다.

"캔디스, 너 왜 아직도 아, 브랜던 안녕?"

캔디스의 엄마가 재빨리 가운으로 몸을 꼭 감쌌다.

"여기 있는 줄 몰랐네. 안으로 들어올래? 후딱 아침 만들어 줄게."

"아니에요. 가 봐야 해요."

캔디스가 브랜던에게 다시 종이를 건넸다.

"엄마한테 물어보고 알려 줄게, 알겠지?"

"그래. 예배는 10시야."

캔디스의 엄마가 물었다.

"교회 가자고 초대한 거야?"

"가도 돼요?"

"물론이지. 엄마는 안 가도 되길 바란다만."

캔디스의 엄마는 신앙심이 아주 깊은 것처럼 가식을 떨지 않았다. 이혼하기 전에는 다 같이 교회에 나갔지만, 아빠와 달리 성가대에서 노래를 부른다거나, 좌석 안내원을 자원한다거나 하지는 않았다.

교회에 가기 전까지 시간이 많이 남아서, 캔디스는 옷을 챙겨 입는 대신 퍼킨스의 졸업 앨범을 펼쳤다. 몇 페이지를 살펴보던 캔디스는 그 졸업 앨범에서는 제임스 파커를 찾을 수 없다는 것을 마침내 깨달았다. 그는 당연히 거기 있을 수가 없었다.

그는 백인이었고 퍼킨스는 흑인만 다니는 학교였다.

스테인드글라스 창문으로 들어오는 빛 덕분에 교회 안이 밝고 따뜻했다.

좌석 안내원이 그들을 중간 자리로 안내했다. 브랜던이 작게 말했다.

"제일 좋은 자리야. 설교대에서 너무 가깝지도 않고 너무 멀지도 않고."

캔디스가 몇몇 가족이 교회 안으로 들어서는 모습을 보고 인상을 썼다.

"마일로야. 저 애도 여기 다녀?"

"재 아빠가 집사야."

좌석 안내원이 마일로의 가족을 빈자리로 안내했지만, 마일로의 엄마가 고개를 저으며 더 앞쪽의 좌석을 가리켰다. 좌석 안내원이 뭔가를 마일로의 엄마에게 속삭이고는 손으로 공간의 크기를 표현했다. 마일로의 엄마가 다시 손가락질을 하더니 좌석 안내원을 지나쳐 앞쪽으로 걸어갔다. 나머지 가족도 마일로의 엄마를 따라 앞쪽 좌석에 비좁게 끼어 앉았다. 결국 그 좌석의 맨 끝에 있던 사람이 일어나 다른 쪽에 앉았다.

몇 분 뒤 오르간이 울렸다. 노예 해방 기념일 특별 예배였다. 성가대는 『흔들리는 전차』라는 오래된 찬송가를 불렀다. 처음에는 고전적인 방식으로 불렀다. 신도들 모두 차분하게 웃으며 고개를 끄덕였다. 반쯤 부르자 드럼 연주가 시작되었고, 또 베이스 기타가 들어왔다. 노래의 박자가 빨라지자 브랜던의 엄마, 누나 그리고 앉아 있던 사람들 절반 정도가 일어나서 손뼉을 치기 시작했다. 캔디스도 일어서서 음악에 맞춰 리듬을 타며 노래를 불렀다. 자리에 앉아 있던 브랜던까지도 박자에 맞춰 몸을 흔들었다.

성가대는 노래를 두 곡 더 불렀는데 뒤로 갈수록 더 좋았다. 캔디스는 성가대가 종일 노래를 불러 주면 좋겠다고 생각했지만, 마침내 노래가 끝났고 목사가 설교단으로 나왔다.

캔디스는 자신의 몸을 감싸 안았다. 지루해질 시간이었다.

목사는 노예 해방 기념일의 중요성을 이야기하며 설교를 시작했는데, 흑인 노예의 역경을 고대 이집트에서의 이스라엘 민족의 고난에 비유했다.

목사는 희망과 믿음에 대해서 얘기했다. '약속의 땅'이 보이지 않을 때라도 올바른 길을 가야 한다고 말했다.

캔디스는 바짝 긴장했다. 손가락과 발가락, 심장에서 느낄 수 있었다. 마치 목사가 캔디스를 위해서 설교 주제를 고른 것만 같았다.

캔디스는 할머니의 메모를 다시 생각했다. 유산을 찾을 수 있는 길이 거기 있었다. 벌써 첫 번째 단서를 풀었다. 믿음을 가지기만 하면 됐다.

"엄마, 우리는 드레이퍼 집사님이랑 얘기 좀 하고 갈게요. 밖에서 만나요."

예배가 끝나고 브랜던이 말했다. 캔디스가 자리에서 나오면서 물었다.

"드레이퍼 집사님이 누구야?"

"오래되신 분 중의 한 분이야."

브랜던이 교회 앞쪽에 서 있는 키가 작고 동그란 얼굴의 남자를 가리켰다.

70년대에 그대로 머물러 있는 듯, 양복 조끼까지 차려입고 폭이 넓은 노란 넥타이를 매고 있었다.

"정말 좋은 분이셔. 하지만 용처럼 숨을 내쉬니까 미리 조심해."

"워싱턴 가족에 대해서 이야기를 나눌 만한 다른 사람은 없어?"

캔디스가 나이가 든 다른 사람을 고갯짓으로 가리켰다.

"저분은 어때? 중요한 사람 같아 보이는데."

"호크 집사님은 아냐. 좀 지나치게 친한 척해. 엄마 말로는 꼭 뭘 팔려는 사람처럼 말한대."

교회 앞쪽으로 갔더니 이미 어떤 여자가 드레이퍼 집사와 이야기를 나누고 있었다.

여자는 금방 이야기를 끝낼 것 같지 않았다. 캔디스가 시계를 보려고 고개를 돌리는데, 마일로 가족이 그들 쪽으로 걸어오고 있었다. 브랜던의 몸이 곧바로 굳었다. 마일로의 엄마가 캔디스에게 손을 내밀며 말했다.

"안녕, 네가 애비게일 콜드웰 씨의 손녀구나. 나는 밀리센트 스탠퍼드야. 친한 사람들은 밀리라고 불러."

마일로의 엄마는 자기 아들을 가리켰다.

"마일로는 벌써 만났지?"

"동네에서 서로 본 적 있어요."

캔디스는 자기 아들과 친구라고 여기지 않게, 건조하게 말하려고 노력했다.

"너희 집에 들러서 한번 인사해야 했는데, 미안해. 마일로 때문에 내가 너무 바쁘거든. 보이 스카우트에 교회 합창 연습에 수영 수업이랑 농구까지. 어쨌든, 얘가 그래."

마일로가 미소를 지었다.

"지난번에 조지아주 번호판이 달린 큰 트럭이 진입로에 있는 걸 봤는데. 이 동네에 너희 엄마 친구가 있니? 염탐하려고 한 건 아니고 근처에 갈 일이 있었거든, 확실히 하고 싶은……."

마일로의 엄마가 말했다.

"우리 아빠였어요. 잠깐 방문하신 거예요."

"어머, 너희 부모님이 이혼한 것 같다고 생각하긴 했어. 아버지랑 어머니는 모두 괜찮으시니?"

"괜찮으세요. 그래도 물어봐 주셔서 감사해요."

캔디스는 엄마가 엄마의 결혼 생활에 대해서 야단법석을 떠는 사람들에게 하듯이 얼굴에 환한 가짜 미소를 장착했다.

마일로의 엄마는 캔디스가 속으로 부글거리는 건 전혀 모르는 것처럼 윙크를 했다.

"그냥 좋은 이웃이 되려고 노력하는 거야."

이번에는 브랜던에게 시선을 고정했다.

"이번 여름에 마일로 팀에서 못 봐서 슬프구나. 다른 리그에서 뛰니?"

브랜던이 고개를 저었다.

"쉬고 싶어서요."

"정말 아쉽다. 팀이 정말 잘하고 있긴 하지만, 다른 잘하는 선수들이 좀 필요하긴 해."

마일로의 엄마는 주위를 둘러보고 브랜던 가까이로 몸을 숙였다.

"그런데 네 친구 퀸시는 어딨어?"

"여름 동안은 할머니 할아버지랑 같이, 시애틀에요."

"어머, 잘했다. 정말 잘했어."

마일로의 엄마가 자신의 목에 매달린 금 십자가를 만졌다.

"한동안 도시를 벗어나서 지내는 게 도움이 될 거야. 조부모님들이 그 애에게 잘 알아듣게 얘기하실 수도 있고. 그 애를 위해서 우리 기도하자."

브랜던이 시선을 여전히 발에 둔 채 어깨를 으쓱했다.

캔디스는 무슨 이야기를 하는지 몰랐다. 브랜던이 농구하는 건 알았지만 팀에서, 더군다나 마일로와 같이 뛰었다는 건 몰랐다. 그리고 퀸시는 누구지? 마일로가 여전히 빙글거려서 캔디스는 더 기분이 나빴다. 브랜던이 당황하는 모습을 즐기는 건가?

캔디스는 필사적으로 마일로를 피하려는 브랜던을 탓할 수 없었다. 캔디스도 똑같이 했을 것이다. 그러다가 캔디스에게 어떤 생각이 떠올랐다.

캔디스는 목청을 가다듬었다.

"마일로, 너 경기가 언제야? 네 경기를 보러 가면 좋을 것 같아서."

브랜던이 캔디스를 아주 사납게 쳐다봐서 캔디스도 말 그대로 브랜던을 쏘아보았다. '날 믿어' 라고 말해 주고 싶었다.

"일요일 아침 10시야."

마일로가 대답하자 마일로의 엄마가 덧붙였다.

"온다면 정말 환영이지. 솔직히 이 근방의 경기는 정말 형편없어. 다음 달에 캠프를 떠날 건데, 거기서는 마일로와 상대가 될 만한 아이들과 운동할 수 있을 거야."

"훈련은요? 훈련도 볼 수 있어요?"

캔디스가 물었다.

"음, 그럴걸. 훈련은 일주일에 세 번 해."

마일로의 엄마가 말했다.

"질문이 너무 많아서 죄송해요."

캔디스가 약간 콧소리를 섞어서 말했다. 할머니가 특별히 남부 출신처럼 보이고 싶을 때 하는 것처럼.

"엄마가 여름에 제가 할 활동들을 알아보고 계시거든요. 마일로가 수영 수업도 듣는다고 하셨죠? YMCA에서요?"

"시 수영장에서. 다른 질문 있으면 나한테 전화하라고 하렴. 내 번호는 브랜던의 엄마가 알아."

"엄마한테 알려 드릴게요."

캔디스가 대답하자 마일로와 그의 엄마는 호크 집사를 만나러 갔다.

"대체 그게 다 무슨 소리야?"

브랜던이 물었다.

"나중에. 우리 차례다."

드디어 우리 앞에 있던 여자가 드레이퍼 집사와 이야기를 끝냈다.

집사가 브랜던의 손을 잡고 힘차게 악수했다.

"뭘 도와줄까, 얘야?"

집사가 숨을 내쉬자 매운 소시지와 양파 냄새가 풍겼다.

"제 친구 캔디스예요. 시간 잠깐 있으세요? 예전 교회에 다녔던 사람들에 대해서 좀 여쭤보고 싶은 게 있어서요."

"물론이다. 그런데 내 차로 가면서 해도 괜찮겠니?"

둘은 고개를 끄덕이고 집사를 따라 교회 바깥으로 나갔다.

"이넉 워싱턴이라는 이름 들어 보셨어요? 아니면 그 사람의 아내, 리앤은요?"

"더브 코치, 알지. 풋볼에서 내 포지션 코치였어. 고등학교 때 3년 동안 라인배커*로 뛰었거든."

캔디스가 브랜던 앞으로 걸어 나왔다.

---

* 라인배커: 풋볼의 포지션 중 하나로 상대팀 선수의 전진을 막거나 패스를 차단하는 수비수 역할을 담당함.

"언제 졸업하셨어요? 1957년요?"

"1950년. 그리고 곧바로 군대에 갔지. 한국으로."

집사가 자랑스럽게 말했다.

"1957년이라고 했니? 그 테니스 경기를 물어보는 거니? 그때 나는 국내에 없었어. 그 사람한테 일어난 일은 참 안됐지. 좋은 사람이었어. 못 통처럼 거칠긴 했어도 좋은 사람이었어. 공정하고, 승부욕도 있었고."

"그날 밤에 있었던 사람 중에, 아시는 분 있어요? 경기에서 뛴 사람이요."

캔디스가 물었다.

"없어. 그게 50, 60년 전 아니니? 친구들도 대부분 이제는 여기 없는데. 신의 의지로, 나는 여기서 좀 더 어슬렁거리고 있을 계획이다만."

캔디스가 웃었다. 숨 쉴 때 냄새만 빼고는, 드레이퍼 집사가 좋았다.

"그분의 아내에 대한 정보도 좀 알고 싶어요. 사진을 갖고 있어요. 제 생각엔 예전 교회 건물 같은데."

브랜던이 주머니에서 사진을 꺼내서 펼치자 드레이퍼 집사가 눈을 가늘게 뜨고 얼굴 가까이로 사진을 가져갔다.

"그래, 워싱턴 가족이구나. 더브 코치랑 리앤 부인, 릴 더브."

"그게 별명이었어요?"

"그래. 그 애가 어렸을 때 별명이었지."

집사가 워싱턴 가족 뒤에 있는 건물을 손가락으로 툭툭 쳤다.

"예전 교회네, 맞아. 거리 따라 몇 킬로미터 내려가면 있단다. 좋은 건물이었지만 교회에 사람이 많아져 계속 쓸 수가 없었지."

"교회에는 워싱턴 가족에 대한 기록 같은 게 있나요?"

집사가 고개를 저었다.

"없을 게다. 창고에 뭐가 좀 있겠지만 글쎄다. 다른 신도들이 그 사람들에 대해서 기억하고 있을지도 모르겠구나. 이걸 어디서 구한 거니?"

집사가 사진을 다시 들여다봤다. 브랜던과 캔디스가 서로 시선을 교환했다. 둘은 서로를 보고 어깨를 으쓱했다.

"퍼킨스 기념관에서요. 워싱턴 코치에 대한 헌정 영상에 있던 거예요."

"아, 어쩐지 어디서 많이 본 것 같더라. 교회에 똑같은 사진이 있었어."

"아직도 있어요?"

캔디스가 물었다. 어쩌면 사진 뒷면에 단서가 있을지도 몰랐다.

"그럴걸. 사진을 엄청나게 갖고 있었어. 교회가 커뮤니티 센터로 바뀌고 나서 바로 정리해서 걸어 두었거든."

집사가 눈을 감고 고개를 들었다.

"가만있자……. 그레타가 아직 살아 있었고…… 우리 손자 네이선이 그때 태어났으니까. 아마 그때가 2006년이나 2007년, 그즈음이었을 게야."

2007년! 어쩌면 그 사진에서 편지의 날짜와 시바운의 추모 페이지 간의 연관성을 찾을 수 있을지도 모른다. 캔디스가 말했다.

"그 사진들을 볼 수 있으면 정말 좋겠네요."

"지금은 그 사진이 안 걸려 있을 텐데. 그래도 벽장이나 창고나 뭐 어디든 있지 않을까 싶다."

"여쭤도 될지 모르겠지만, 교회가 어떻게 커뮤니티 센터에 돈을 대죠?"

브랜던이 흥분해서 소리쳤다.

"기부금과 헌금으로. 그래, 이제야 좀 생각이 나는구나. 2007년 초까지 건물을 개관한다는 조건으로 보수비 명목의 엄청난 기부금을 약속받았어. 누가 그 돈을 줬는지는 기억이 안 난다만, 아무튼 엄청난 금액이었지."

'또 다른 익명의 기부금이군' 이라고 캔디스는 생각했다. 전면에 나서지 않는 제임스 파커의 또 다른 사례.

"일정을 맞췄어요?"

브랜던이 묻자 드레이퍼 집사가 고개를 끄덕였다.

"힘들긴 했지만 해냈지. 시 행정 담당관이 연줄을 좀 써 줬지."

캔디스의 몸이 굳었다.

"괜찮니? 머리 셋 달린 노새를 본 것 같은 표정이구나."

드레이퍼 집사가 물었다. 캔디스는 길게 숨을 내쉬었다.

"그때 시 행정 담당관이 애비게일 콜드웰 씨였나요?"

"그렇지. 그 사람이 없었다면 못 해냈을 거다."

"제 외할머니세요."

캔디스가 조용히 말했다.

"그렇구나. 음, 너도 알겠지만, 콜드웰 씨는 대단한 사람이었단다. 이 교회와 흑인 공동체의 진정한 친구였지. 후임자가 오고 나서야 우리도 알게 된 사실이지만. 조지아로 이사했다고 들었는데, 잘 지내시니?"

"2년 전에 돌아가셨어요."

"아, 몰랐구나. 돌아가셔서 정말 유감이다."

캔디스가 고개를 끄덕였다. 할머니가 돌아가시고 나서 그 말을 무척 많이 들었지만, 아직도 어떻게 반응을 해야 하는지 알 수가 없었다.

"그 건물에 오늘 가 봐도 될까요?"

"나한테는 열쇠가 없다만, 내일은 문을 열 거야. 그 사진을 찾아 줄 사람이 있는지 한번 알아보마."

집사는 다시 캔디스를 바라보았다.

"애비게일 콜드웰 씨의 손녀한테 적어도 이 정도는 해 줘야지."

월요일 아침, 브랜던의 엄마가 커피를 손에 든 채로 문을 열었다.

"안녕, 캔디스. 브랜던은 뒷마당에서 농구하고 있어. 그리로 가 볼래? 더 있다가 저녁 먹고 가도 돼. 스파게티 먹을 거야."

캔디스는 가방을 내려놓고 부엌을 가로질러 뒷문으로 걸어갔다. 브랜던이 농구 골대에서 몇 미터 떨어진 곳에서 손으로 공을 돌리며 서 있었다. 브랜던은 어깨를 쭉 펴고 팔을 뻗어서 슛을 쐈다. 골이었다.

"나이스 슛!"

"미안, 시간 가는 줄 몰랐어. 몇 번만 더 던질게."

브랜던이 굴러가는 공을 쫓아가면서 말했다.

"여기서는 주로 슈팅 연습만 해. 3점 슛 성공률을 높이려고."

브랜던은 정말 잘했다. 어쩐지 캔디스는 좀 미안한 마음이 들었다. 브랜던이 작고 너무 책만 읽게 생겨서 운동을 잘할 거라고는 생각하지 못했다.

잠시 뒤에 둘은 컴퓨터 방으로 갔다.

"네가 좋아할 만한 걸 누나가 몇 개 더 찾았대."

브랜던이 침대 위에 있는 작은 비닐봉지를 턱으로 가리키면서 말했다.

봉지는 꽉 묶여 있었지만 잡아당겨서 충분히 안을 들여다볼 수 있었다.

"몇 개는 상표도 안 뜯었는데?"

"누나는 자기가 좋아하지 않는 건 안 입어. 자, 그래서 다음 단계는 뭐야? 옛날 교회 건물? 드레이퍼 집사님한테 부탁해서 시간 좀 잡아……."

"잠시만."

캔디스가 가방을 뒤져서 손으로 그린 달력을 찾아냈다.

"너 주려고. 마일로의 주간 일정이야."

브랜던이 캔디스가 내민 종이를 받았다.

"뭐? 왜?"

"이것 때문에 어제 그 애 엄마한테 계속 질문한 거야. 그 애 일정을 알아내려고."

일정표를 짜는 건 할머니가 캔디스에게 처음 알려 줬던 퍼즐 게임인 스도쿠와 비슷했다. 하지만 칸 안에 숫자 대신, 날짜와 시간 그리고 장소를 써넣었다. 엄마의 휴대 전화로만 인터넷을 할 수 있어서 쉽지는 않았지만, 마일로가 언제 어디서 훈련을 하는지 일정표를 다 채웠다.

"시 웹사이트를 찾아보니 마일로는 일주일에 두 번 수영 수업을 하는 것 같아. 제일 가까운 수영장도 꽤 멀어서 분명히 누군가가 차로 데려다주고 데려올 거야. 그래서 그건 초록색으로 표시해 뒀어. 농구 훈련은 빨간색이야. YMCA는 무척 가까우니까 거긴 자전거를 타고 갈 거야. 지난번에도 거기서 오는 길이었을 거야. 보이 스카우트 일정은 어림짐작했고 교회 합창 연습은 온라인에서 찾은 예전 교회 달력을 보고 채워 넣었어. 완벽하진 않지만 그래도 지난 금요일 일에 대해서 내 방식대로 사과하는 거야."

"대체 무슨 소리야?"

"자전거 타고 가기 싫어했고, 끝나고 나서도 뭘 먹고 싶어 했잖아. 자전거를 타고 돌아다니고 싶지 않았던 거잖아. 내가 주의 깊지 못했어."

"사실, 샘스에 가자고 한 건 꼭 마일로를 피하려고만 그랬던 건 아니었어."

"그럼 왜?"

캔디스가 기다렸지만, 브랜던은 말이 없었다.

"그럼, 뭐 때문인데?"

"그냥 점심을 사 주고 싶어서 그랬어."

캔디스는 토리가 준 옷 봉지를 흘깃 보았다. 그리고 캔디스의 엄마가 저녁 초대한 것에 대해서 생각했다.

"우리가 가난하다고 생각해서 나한테 잘해 주는 거야? 우리가 제대로 먹지도 못한다고 생각하는 거야?"

"꼭 그런 건 아니야."

"그럼 이 옷들도? 네가 토리 언니한테 부탁한 거야?"

"누나가 내 말을 듣냐?"

"동정은 싫어, 브랜던."

"그런거 아냐. 나도 좀 더 바깥에서 돌아다니고 싶어. 네가 오기 전까지, 이번 여름은 완전 구렸다고."

캔디스는 청바지의 구멍이 더 커진 것을 보면서 무릎을 구부렸다.

"우리 가난하지 않아."

"알아."

"그렇다고 부자는 아니지만. 작가는 돈을 많이 못 벌어. 아빠는 직장에서 잘하고 계시지만, 지금 상황은 그래."

캔디스는 브랜던을 슬쩍 훔쳐봤다. 얼굴에 표정이 없었다.

“애틀랜타 집을 팔려고 하는 건 알지?”

“엄마한테 들었어. 여기 집도 팔 거야?”

“아닐 거야. 엄마는 벌써 가을에 세줄 사람들을 정리해 뒀어. 그럼 돈이 좀 들어오겠지만, 그렇다고 예전 집을 안 팔아도 될 만큼은 아니야.”

“그래서 파커의 돈을 찾고 싶은 거야? 집을 안 팔려고?”

캔디스가 고개를 끄덕였다.

“물론, 너랑 같이 찾은 건 뭐든 나눌 거야. 반반으로.”

“괜찮아. 집을 사는 게 가장 중요하니까. 그러고 나서 나머지를 어떻게 나눌지 생각해 보자.”

캔디스는 팔짱을 끼고 옆구리를 꼬집었다. 이런 문제를 입 밖으로 내는 게 싫었다. 더 현실로 다가오는 느낌이었다.

“이제 적어도 네가 왜 그 돈을 그렇게 찾고 싶어 하는지는 알겠다. 오랫동안 살던 곳을 떠나는 건 나도 싫을 것 같아.”

캔디스는 브랜던의 말을 고쳐줄 뻔했다. 꼭 돈 때문만은 아니었다. 할머니 때문이기도 했다. 할머니가 남겨 놓은 유산을 바로잡고 싶었다.

“여기서 산 지 얼마나 됐다고 했지?”

“3년 정도 됐어. 여름 동안 오곤 했는데 엄마가 전문대학에 직장을 잡고는 아예 이사를 왔지. 나는 아직도 적응 중이야.”

브랜던이 웃었다.

“그래도 샘스의 그 칠리치즈핫도그는 진짜 끝내줘.”

“알겠어, 알겠다고. 좀 더 조사해 보고 나서 그 맛있는 핫도그 먹으러 가

자. 그렇지만 내 핫도그값은 내가 낼 거야."

"좋아. 그리고 옷에 대해서는 내가 누나한테 말할게. 우리 엄마도 너희 집 사정을 훨씬 더 심각하게 생각하시는 것 같아."

캔디스는 볼 안쪽을 씹었다. 어쩌면 재정 상황이 캔디스가 생각하는 것보다 더 나쁠 수도 있었다.

"그럼…… 드레이퍼 집사님한테 연락해 볼까?"

"여기 오기 전에 벌써 전화해 봤어. 오래된 사진 상자를 몇 개 찾았는데, 가져다주실 수 있대."

캔디스가 졸업 앨범을 꺼내 놓고, 또 다른 종이를 브랜던에게 건넸다.

"그리고 이건 졸업 앨범에 실린 테니스 팀 사진에 있던 선수와 코치들 명단이야. 기념관 유리장 안에 이것과 똑같은 사진이 있었어. 제임스 파커라는 이름을 가진 사람은 없었지만, 어쩌면 관련이 있을지도 몰라."

브랜던은 움직이지 않고 종이를 빤히 쳐다봤다.

"왜 그래?"

캔디스가 마침내 묻자 브랜던이 말했다.

"그냥…… 이런 게 시바운이랑 무슨 상관이 있어? 편지에서는 시바운이 열쇠라고 했어, 제임스 파커가 아니라. 그 사람은 주목받는 게 싫어서 익명을 유지하는 걸 수도 있잖아."

"날 믿어, 브랜던. 이건 중요해. 그 사람에 대해서 아는 게 많을수록 좋아. 게다가 이 사람들이 시바운에 대해서 더 많은 정보를 줄 수도 있다고."

브랜던이 깊게 숨을 들이마시고 나서 고개를 끄덕였다. 아이들은 명단을 따라 내려가면서 하나하나 인터넷으로 검색하기 시작했다. 대부분 사람에 대한 정보를 찾을 수 있었다. 반 정도는 이미 세상을 떠났고, 아직까지 램버트에 사는 사람은 아무도 없는 것 같았다.

"운동부 감독인 애덤 더글러스로 돌아가 보자. 그 사람이 제임스 파커일 가능성은 없을까?"

캔디스가 확인해 본 바로는 그 해에 그 사람이 유일한 백인 교사였다.

"그 둘이 동일 인물인 것 같지는 않아. 턱이랑 코, 눈동자 모두 달라."

브랜던이 자신의 수첩을 흘깃 봤다.

"게다가 그 사람의 사망 기사에 의하면, 제임스 파커가 콜로라도에서 사업체들을 운영할 때 그 사람은 여전히 퍼킨스에 있었어. 둘을 동시에 하는 건 불가능해."

"사망 기사 링크 가지고 있어? 아들이 있을지도 모르잖아."

"찰스 더글러스라는 아들이 있던 것 같아."

"좋아, 그럼 그 사람이 제임스 파커일까?"

"그건 가능하겠다. 그런데 그 사람이 시바운을 알고 지냈는지조차도 우리는 모르잖아. 그 사람이 열 살 많을 수도 있고, 더 적을 수도 있어."

캔디스는 퍼킨스의 졸업 앨범 쪽으로 손을 뻗다가 멈췄다. 찰스 더글러스도 거기 있을 리가 없었다.

"윌리스 고등학교의 졸업 앨범을 볼 수 있는지 다시 고등학교로 가 봐야겠어. 드레이퍼 집사님한테 지금 거기에 사진을 가져다 달라고 하고. 내 일정표가 맞다면, 마일로는 곧 수영 수업을 갈 거야."

"맥밀런 선생님께 전화해 볼게."

브랜던이 방을 나가자, 캔디스는 졸업 앨범에서 테니스 팀 사진이 있는 페이지를 펼쳤다. 애덤 더글러스와 이넉 워싱턴이 선수들 뒷줄에 서 있었다. 흑인과 백인이 나란히. 캔디스는 그 둘이 친구 사이였을지 궁금했다.

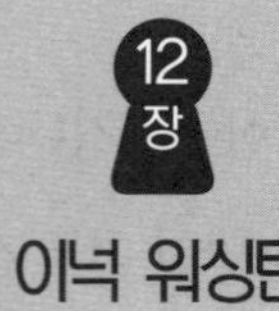

이넉 워싱턴

1957년 7월 24일

빅 더브가 스카치를 거의 다 마시고 얼음만 남은 유리잔을 흔들고 있을 때, 퍼킨스의 풋볼 코치인 로버트 힉스가 빅 더브의 집에 차를 세웠다. 이제 막 밤 9시가 넘은 시간이었다.

"벌써 시작한 거야, 더브? 게임하면서 마시게 좀 아껴 두라고."

"앨시아 깁슨이 경기하는 걸 본 적 있어. 코트에 있던 흑인 중에 제일 잘했어. 그리고 이제는 어떤 백인보다도 더 잘하는 거지."

로버트가 신문을 들여다봤다. 앨시아 깁슨의 윔블던 우승을 축하하며 펼쳐진 뉴욕 퍼레이드 기사가 보이도록 접혀 있었다. 깁슨은 윔블던 단식에서 우승한 최초의 흑인이었다.

"북부에 있다는 사촌이 보내 준 거야?"

"어제 받았어. 릴 더브도 몇 년 뒤면 저렇게 될 수 있을 텐데. 윔블던에서 이길 수도 있어. 다 이길 수 있을 텐데. 어리석은 녀석, 고집불통이야."

"누굴 닮았겠는가?"

"시바운 일로 자네랑 싸우기 싫네. 이미 리앤하고 충분히 싸웠어. 하지만 그 아이는 자신이 좋든 싫든 간에 테니스를 할 걸세. 대학 등록금을 내가 대 주기를 바란다면 할 거야."

"잘되길 바라네."

"자네는 자식이 없어서 이해 못 해. 부모의 역할이란 자기 자식을 보호하는 거야. 특히나 자기 자신으로부터 말일세."

"릴 더브는 따로 생각이 있어 보이던데."

로버트가 주머니에서 열쇠를 꺼냈다.

"가자고. 빨리 가야 빨리 스미스의 돈을 따지."

그들은 한 달에 한 번 스미스의 집에 모여서 게임을 했다.

로버트가 마당을 빠져나와 도로를 내려가기 시작하자 빅 더브가 말했다.

"여기서 왼쪽으로. 로욜라 쪽으로 가."

"왜?"

"그냥 가. 뭘 좀 보고 싶어서."

로버트는 빅 더브가 시키는 대로 운전했다. 보통 때라면 달링 가에서 고속도로를 타서 백인 동네를 최대한 피해서 갔다. 그런데 오늘은 빅 더브가 백인 동네 쪽으로 가자고 했다. 워터링 홀이라는 바에 가까워졌다.

"저기 있군."

빅 더브가 말하면서 계기판을 손으로 쾅 쳤다.

"들어가."

"미쳤어?"

"나도 건물 안으로는 안 들어갈 거야. 터너 코치 차에 뭐 좀 두고 오려고."

빅 더브가 말했다. 토마스 터너는 윌리스 고등학교의 화학 교사이자 테니스 코치였다. 터너가 가르치는 남자 팀이 그해 주 대회에서 우승을 했다. 빅 더브는 토너먼트를 치를 수 있을 만큼 유색인 테니스 팀도 충분히 많다면 자기가 가르치는 팀도 우승했을 거라고 종종 말했다.

"터너 코치와 뭘 하려고? 그 사람이 자네한테 어쩌기라도 했어?"

빅 더브는 신문을 접어서 퍼레이드 사진이 앞쪽 중간에 오도록 했다.

"아니. 나는 테니스가 더 이상 백인 전용이 아니라는 걸 알게 해 주고 싶어."

로버트는 운전대를 꽉 잡고 주차장으로 운전해 들어갔다. 그는 재빨리 차를 댔다.

"이제 서둘러. 자네 때문에 린치 당할 생각은 없네."

빅 더브는 신문을 자동차 와이퍼 아래에 끼워 놓고 차로 달려 돌아왔고, 악어처럼 입을 쩍 벌리고 활짝 웃었다.

자정이 다 되었을 때, 어떤 차가 드웨인 스미스의 집 진입로로 달려 들어왔다.

"대체 누구야?"

스미스가 식탁에서 비틀거리며 일어섰다. 스미스는 한참 전에 포커 칩을 다 잃었지만, 그의 집이었기 때문에 계속 게임을 할 수 있었다. 스미스가 창문 밖을 흘깃 내다보았다.

"더글러스 코친데?"

스미스가 애덤 더글러스에게 문을 열어 주었다. 애덤은 방 안을 둘러보더니 빅 더브에게 시선을 고정했다.

"사실대로 말해. 토마스 터너의 차에 신문 뒀어?"

"그럴걸."

"이런 젠장, 더브!"

애덤이 주먹으로 자신의 손바닥을 쳤다.

"지금 그 사람들 이리로 오고 있어. 아마 곧 들이닥칠 거야."

"좋아, 오라고 해."

바로 그때, 차 경적이 밤의 정적을 찢었다. 방에 있던 모두가 놀랐다.

"젠장. 그들이야."

다시 경적이 울렸다. 길게 세 번. 빅 더브와 로버트는 창문에 서 있던 애덤 쪽으로 갔고, 스미스는 부엌으로 달려갔다. 빅 더브가 킬킬거리며 말했다.

"저자들은 그 기사가 맘에 안 들었던 모양이군."

"웃을 일 아냐. 로버트, 현관에 불 좀 켜요."

애덤이 말했다. 스미스가 엽총과 탄약이 든 상자를 들고 돌아왔다.

"대체 뭐 하는 거요?"

애덤이 물었다. 스미스는 총을 내려놓았다.

"나는 나를 방어할 권리가 있소. 저들이 무단 침입한 거니까."

"당신은 취했고 저들은 백인이요. 당신은 눈 깜짝할 사이에 체포돼서 유죄 선고를 받고 전기의자에 앉게 될 거라고."

애덤이 다시 바깥을 내다봤다.

"총은 안 들고 있어. 내가 나가서 말해 볼게. 무슨 볼일이 있는지."

빅 더브가 문 쪽으로 움직였다.

"나도 같이 가겠네."

"절대 안 돼. 여기서 기다려. 금방 올게."

다른 사람들은 창문 근처에 모여 있었고, 애덤은 현관으로 걸어 나갔다.

"전조등 좀 꺼. 안 보여."

애덤이 요청하자 전조등이 꺼졌다. 빅 더브는 어둠에 눈이 적응하기를 기다렸다. 집 쪽으로 걸어오는 남자가 네 명 보였다. 세 명은 윌리스 교사였고, 다른 한 명은 도시에서 가장 영향력 있는 사람의 아들인 매리언 앨런이었다.

"당신들 코치는 이제 신문도 배달하나?"

터너 코치가 신문을 들고 물었다.

"더브 짓 아니라고 거짓말할 생각은 마. 리치가 주차장에서 봤으니까."

"그냥 장난이었어, 토마스."

애덤이 말했다.

"여기 누구 웃고 있는 사람 있나?"

매리언 앨런이 두 눈을 아주 가늘게 뜨고 비꼬았다. 빅 더브는 앨런이 무기를 가지고 있지 않다고 생각했지만, 확신할 수 없었다. 만약 무기를 가지고 있다면 자신이 시작한 일로 인해 애덤을 다치게 할 수는 없었다. 빅 더브는 사람을 좋아하지 않았지만, 애덤 더글러스는 항상 빅 더브를 공정하게 대했다. 빅 더브는 눈을 깜박이고 머릿속의 잡음이 깨끗해지기를 바라며 고개를 흔들었다. 당장 술이 다 깨지는 않았지만, 차분해지는 걸 느꼈다. 통제가 가능했다. 백인들이 애덤을 괴롭히게 두지 않을 작정이었다.

"스미스, 엽총 좀 준비해 둬."

빅 더브는 이렇게 말하고 밖으로 나갔다. 현관 계단이 삐걱거렸다.

"안녕하신가, 더브."

터너 코치가 말했다.

"잘 있었나, 코치. 무슨 문제 있나?"

"망할, 당연히 있지."

매리언 앨런이 말하면서 현관 계단 앞까지 달려들었다. 빅 더브는 겁내지도 않았다. 그는 자신이 얼마나 크고 거친지 매리언 앨런이 보기를 바랐다.

"신문 때문이라면 유감일세."

애덤이 빅 더브와 매리언 사이로 끼어들며 말했다.

"이제 우리 모두 집으로 갈 거야. 토마스, 내일 정리해 보세. 모두들 말짱한 정신으로 말일세."

"유색인이 백인보다 잘한다고, 응?"

매리언 앨런이 물었다.

"그렇게 말한 적은 없네."

빅 더브는 꿈쩍도 하지 않으려고 애를 써야 했다. 계단을 내려가서 매리언 앨런의 멱살을 움켜잡지 않으려면.

"유색인 여자가 테니스 경기에 이기든 말든 영국에선 아무 관심 없어."

매리언이 말했다.

"뉴욕시 사람들은 관심 있었지. 퍼레이드를 열어 줬으니까."

"북부에서 뭘 하든 관심 없어. 장담하는데, 내 남동생이 그 흑인을 후려쳐 줄 수 있……."

"매리언! 그만해!"

터너 코치가 말을 잘랐다.

매리언이 히죽거렸다.

"제가 하려던 말은 제 남동생이 더브 팀에 있는 녀석들을 모두 다 이길 수 있다는 거였어요."

매리언 앨런이 하려던 말은 절대 그 말이 아니었다. 빅 더브가 팔짱을 끼고 매리언 앨런을 똑바로 쳐다봤다.

"증명해 보시지."

"뭐라고?"

"증명해 보라고. 자네 남동생을 데려와서 우리 팀 선수랑 한번 겨뤄 보라고."

매리언은 어떻게 대응해야 할지 모르겠는지 자기 뒤에 있는 남자를 돌아보면서 얍삽하게 킬킬거렸다.

"좋은 생각이긴 하다만, 그런 일은 없을 거라는 거 알 텐데."

터너 코치가 말했다.

"이리 와, 매리언. 가자."

"왜 없어? 왜 안 되냐고?"

빅 더브가 물었다. 몸을 움직여서 터너 코치를 똑바로 쳐다보았다.

터너 코치가 눈을 위로 굴렸다.

"애덤, 너희 코치 입 좀 닥치라고 말해 줄래?"

애덤 더글러스는 잠깐 동안 말이 없다가 길게 한숨을 내뱉었다.

"이봐 토마스, 더브가 무슨 생각이 있나 본데."

"진심이야?"

터너 코치가 인상을 썼다.

"자네 같은 얼간이나 그게 말이 된다 생각하지, 우리 감독이랑 교장이 하게……."

"그럼 말하지 마."

빅 더브가 말했다.

"학교에 코트를 새로 만들지 않았어? 체육관 뒤쪽에. 고속도로에서 보이지도 않는다며."

빅 더브가 현관 난간에 기댔다. 쪼개진 나뭇조각이 손을 파고들었지만, 꿈쩍도 하지 않았다.

"그냥 친선 토너먼트. 시범 경기. 공식적인 거 말고. 자네들이 너무 겁먹은 게 아니라면 그건……."

"더브. 토마스도 알아들었어."

애덤의 말에 빅 더브의 미소도 깊어졌다.

"어쩔 텐가, 터너 코치? 이러고 말만 할 게 아니라 코트에서 결정하자고. 당신 선수랑 우리 선수랑."

터너 코치가 턱을 긁었다.

"속임수 쓰지 말고. 공식화하지 말고. 우리랑 선수들만?"

"우리랑 선수들만."

빅 더브가 다시 한번 반복해서 말했다.

"그럼 합의 본 건가?"

터너 코치가 현관으로 걸어와서 악수했다.

"내일 애덤을 불러서 자세한 건 정리하도록 하지."

매리언 앨런이 빅 더브를 손가락으로 가리키고는, 땅에다 침을 탁 뱉었다.

"이봐, 오랫동안 이날을 후회하게 될 거야."

터너 코치의 차가 거리로 내려가자 로버트와 스미스가 집에서 나왔다. 애덤은 심하게 인상을 써서 얼굴이 일그러져 있었다.

"더브, 자네를 위해서 나는 내 목을 내놓았네. 자네가 뭘 했는지 알았으면 하네."

"왜, 우리가 질 거로 생각해?"

빅 더브가 묻자 애덤이 대답했다.

"아니. 우리가 이길까 봐 걱정하는 걸세."

캔디스와 브랜던이 자전거를 타고 동네를 다닐 때는 캔디스가 만든 일정표가 도움이 됐다. 한 번도 마일로를 만나지 않았다. 둘이 고등학교에 도착했을 때, 교문이 열려 있어서 곧장 기념관으로 향했다.

"다시 와서 너무 다행이야. 금요일에 너무 서둘러서 미안했는데, 오늘은 시간이 좀 더 있어. 뭘 도와줄까?"

맥밀런 선생님이 말했다.

"다른 졸업 앨범을 좀 더 봐도 될까요? 퍼킨스 거랑 월리스 거, 둘 다요."

캔디스가 말했다.

"당연하지. 몇 년도 거?"

"1954년에서 1960년까지요."

"좀 찾아볼게. 상자에 담아서 위에 뒀을 것 같은데. 참, 드레이퍼 집사님이 너희들 주라고 뭘 놓고 가셨어."

선생님이 손수레 위에 올려놓은 상자들을 가리켰다. 둘은 선생님이 자리를 뜨자마자 손수레 쪽으로 달려갔다. 상자 안은 모두 먼지가 수북한 사진 액자로 가득 차 보였다.

둘은 책가방을 벗어 놓고 위에 있는 상자부터 들춰 보기 시작했다.

"여기 있어. 그 사람들이야. 이 날짜를 봐."

캔디스는 워싱턴 가족의 사진에 붙은 설명을 읽었다.

이넉, 리앤 그리고 시바운 워싱턴

1955년 8월 10일

"8월 10일이야. 편지랑 추모 페이지 그리고 테니스 경기 날과 같은 날짜야."

브랜던이 말했다. 캔디스는 사진을 더 들여다보며 단서를 찾으려고 했다.

"너무 많은 게 일치해. 편지에 의하면 리앤 워싱턴은 교회에서 봉사 활동을 했댔어. 뭘 했든 간에 그건 중요해."

캔디스는 상자 안에 남은 사진을 흘깃 보았다.

"아마 더 있을 거야. 나는 계속 더 찾아볼게. 너는 사진을 자세히 살펴봐."

"이것 좀 봐."

잠시 후에 캔디스가 말하면서 치마 귀퉁이로 액자의 유리를 닦았다.

"이 사람이 워싱턴 부인인 것 같아."

리앤 워싱턴이 각기 다른 모양의 디저트를 들고 서 있는 여자들 사이에서 파이를 들고 있었다. 사진 설명에는 '마운트 카멜 선교회가 브리그스 대 엘리엇 기금 마련을 위해 빵 판매를 준비하다. 1951년 3월 14일'이라고 쓰여 있었다. 브랜던이 숨을 죽이고 사진을 자세히 봤다.

"브리그스 대 엘리엇이 뭔지 알아? 소송 사건 같은데."

"찾아보자. 맥밀런 선생님 책상에 와이파이 비밀번호가 있어."

"좋아, 그러니까 리앤 워싱턴은 선교회에서 활동했어. 그리고 이넉 워싱턴은 야구를 좋아했고. 그 편지와 워싱턴 가족의 사진, 시바운의 추모 페이지 그리고 트로피에 있는 날짜는 모두 8월 10일이야. 하지만 여성 선교회 사진에 있는 날짜는 달라."

"이 단서들은 이해가 안 돼. 이게 어떻게 숨겨진 돈이랑 연결이 돼?"

"제임스 파커. 그 사람이 이걸 다 연결할 수 있는 열쇠야. 생각해 봐. 그 사람이 이 기념관도 짓고 교회 수리비도 댔잖아."

"엄밀히 말하면 교회에 익명으로 기부한 사람이 그 사람이 맞는지는 우리도 모르지."

브랜던이 한숨을 내쉬었다.

"그 사람인 것 같긴 하지만. 그건……."

"나 왔어! 내가 방해한 거 아니지?"

맥밀런 선생님이 말하면서 방으로 들어섰다.

"졸업 앨범을 찾긴 했는데 너무 무거워서 말이야. 도와줄래?"

선생님이 브랜던을 보고 말했다.

"저는 메모 좀 하고, 이것들 다시 정리해 둘게요."

캔디스가 사진을 고갯짓하면서 말했다.

"사진도 찍어 두는 게 좋을 거야."

브랜던이 선생님과 함께 나가면서 말했다.

캔디스는 토리의 휴대 전화로 재빨리 사진을 찍고 사진들을 상자에 다시 넣었다.

캔디스의 할머니도 여기까지 온 걸까? 왔다면, 여기서 어떻게 비커스 공원을 팔 만한 단서를 찾았던 걸까? 캔디스는 브랜던에게 이번 주에 공원에 가 보자고 말해야겠다고 생각했다.

캔디스는 상장과 명판이 잔뜩 붙어 있는 벽 쪽으로 걸어갔다. 제임스 파커의 이름이 새겨진 명판을 금세 찾아냈다.

에이다 마리 퍼킨스 고등학교의 훌륭한 학생들을 기리며,

—뉴 에어 재단 이사장, 제임스 파커

나 또한 아메리카를 노래하네

나는 더 검은 형제
손님이 오면
그들은 부엌에서 먹으라며 나를 쫓아냈으나
나는 웃으며
잘 먹고
강해졌다네

내일
손님이 오면
나는 식탁에 있을 것이니
그때는
아무도 감히 내게
"부엌에서 먹어"라고
말하지 못하리라

그리고
그들은 내가 얼마나 아름다운지 보고

부끄러워하리라

나 또한 아메리카라네

—랭스턴 휴스

캔디스는 손으로 시를 따라 읽고 나서, 제임스 파커의 이름도 따라 만져 보았다. 이 사람은 대체 누굴까? 왜 이 사람은 자신이 다니지도 않은 학교를 기리는 데 그 많은 수고를 마다하지 않은 걸까? 왜 자신이 활동하지도 않은 교회에 돈을 댔을까?

그 남자는 진심으로 시바운 워싱턴을 사랑했을까? 그리고 시바운도 그를 사랑했을까?

캔디스가 막 탁자에 앉아서 와이파이에 로그인을 하는데, 브랜던과 맥밀런 선생님이 돌아왔다. 브랜던이 탁자 위에 앨범을 놓으며 말했다.

"보기보다 무겁네. 뭐 흥미로운 거라도?"

"없어, 없는 것 같아."

캔디스가 토리의 휴대 전화를 건네고 졸업 앨범을 펼쳤다.

"여기서 그 사람에 대해서 뭔가 알 수 있을지도 몰라."

"좋아, 노트북 나한테 주고 수첩도 줄래? 내가 브리그스 대 뭐시기를 찾아볼게. 네가 졸업 앨범 뒤지는 동안."

캔디스는 우선 애덤 더글러스의 아들부터 찾기로 했다. 1960년부터 시작해서 거꾸로 거슬러 올라가다가 마침내 1956년 졸업 앨범에서 그를 찾았다. 그때 애덤의 아들은 4학년이었다. 별명은 칩이었다. 캔디스가 물었다.

"야, 노트북 좀 써도 돼? 제임스 파커 사진을 찾아서 찰스 더글러스랑 비교해 보고 싶어."

"잠시만."

브랜던이 캔디스가 볼 수 있게 노트북을 돌렸다.

"브리그스 대 엘리엇은 1950년대에 사우스캐롤라이나 서머튼에서 있었던 소송이야. 학교 분리 정책에 반기를 들었대."

"그 소송 들어 봤어. 그런데 이름이……."

"'브라운 대 교육위원회'였어. 대법원으로 가기 전에는 '브리그스 대 엘리엇'이었는데, 이것까지 포함해서 5개의 소송을 묶어서 '브라운 대 교육위원회' 소송이라고 한대. 이거 진짜 웃긴다. 1954년에 대법원에서 이겼는데도 여러 주에서는 여전히 인종차별 철폐를 위해서 싸웠대. 어떤 지역에서는 수년간."

"여기서도 오랫동안 그랬을까?"

"모르지. 하지만 문을 닫을 때까지 퍼킨스가 흑인 학교였던 건 확실해."

브랜던이 말했다.

"그러면 리앤 워싱턴이 분리 정책에 맞서서 기금을 모았던 거네. 편지랑 맞아떨어진다. 학교가 통합된 건 적어도 흑인 아이들에겐 도움이 됐어."

"백인 아이들도 마찬가지지. 누가 똑같은 아이들만 있는 학교를 가고 싶어 하겠어?"

"그렇지만, 우리 엄마는 전통 있는 흑인 대학*인 클라크 애틀랜타 대학교

* 흑인 대학: 1964년 시민권법 제정 이전에 미국 흑인을 위해 지어진 대학.

를 졸업했는데. 언젠가 엄마가 그런 말을 했어. 그 학교를 정말 좋아했다고. 엄마는 성취감을 느끼면서도 안전하다는 느낌도 받았대. 어쨌거나, 제임스 파커 사진 좀 불러와 볼래?"

캔디스 말대로 브랜던이 사진을 불러왔다. 칩 더글러스보다는 그의 아버지가 파커에 좀 더 가까웠다.

"됐어, 칩은 아닌 것 같아. 제임스 파커가 월리스의 학생이었을지도 몰라. 한번 봐야겠어."

둘은 졸업 앨범을 나눠서 재빨리 페이지를 넘겼다. 제임스 파커라는 학생은 없었다. 둘은 조금이라도 제임스 파커를 닮은 사람이 있으면 이름을 적어 두었다가, 인터넷으로 검색해 보고 고려 대상에서 한 사람씩 지워 나갔다. 캔디스가 마지막 이름에 가위표를 했다.

"우리가 뭘 놓쳤을까? 파커랑 이 도시랑 어떤 연관성이 있어야 하는데."

"달가운 말은 아니겠지만, 우리가 엉뚱하게 돌아다니고 있는 거 아닐까. 나는 계속 『웨스팅 게임』을 생각하게 돼. 그 책 아직 시작 안 했어?"

"미안, 마일로 일정표 만드느라고 너무 바빴어."

"좋아, 봐줄게. 그런데 읽어 봐야 해. 그것도 빨리. 어쨌든 우리가 어디서 단서를 놓쳤는지 궁금해졌어. 그 편지 다시 읽어 봐야겠다."

"천 번도 넘게 읽어 봤어."

캔디스가 퍼킨스 졸업 앨범 무더기를 자기 쪽으로 끌어오면서 말했다.

"나는 여기서 찾아볼게."

어쩌면 1950년대 초반에 파커는 교사였을지도 모른다. 캔디스는 1956년도 졸업 앨범을 펼쳤다. 몇 분 뒤 캔디스는 앨범을 탁 닫고 눈을 꾹 감았다가 떴다. 삐뚤빼뚤 보라색으로 쓴 낙서가 캔디스의 뇌리에 남았다.

"캔디스, 왜 그래?"

"누가 졸업 앨범에 뭘 써 놨어. 멍청하고 지저분하고 인종차별적인 말을."

캔디스는 그 말들이 못 빠져나오게 하려는 듯 졸업 앨범을 꾹 눌렀다.

"음, 그때는 다른 시절이었잖아."

"옛날에 쓴 거 아냐. 날짜가 적혀 있어."

브랜던은 앨범에서 살그머니 캔디스의 손을 치우고 앨범을 펼쳤다. 캔디스는 역겨운 말들에 브랜던의 시선이 갈 곳을 잃은 것을 보았다.

"흑인, 게이, 여성을 어떻게 이렇게 한꺼번에 모욕할 수 있는지 정말 놀랍네. 심지어 철자도 틀렸어. g가 하나인 니제르(Niger)*는 아프리카에 있는 나라 이름인데."

어떤 이유에선지 브랜던의 말에 캔디스는 픽 웃음이 터졌다. 그러자 브랜던도 웃었다. 웃기 시작하자 멈출 수가 없었다.

"뭐가 그렇게 웃겨?"

맥밀런 선생님이 아이들에게 걸어오면서 물었다.

"인종차별주의자들은 철자도 제대로 몰라요."

"뭐라고?"

캔디스가 졸업 앨범을 집어서 선생님에게 건넸다.

"누가 여기다 낙서를 해 놨어요."

웃고 났더니 이제는 그 말이 그렇게 강력하지 않았다.

맥밀런 선생님이 그 페이지를 읽었다.

---

* g가 두 개 들어간 'nigger'는 '깜둥이'라는 뜻으로 흑인을 가리키는 대단히 모욕적인 말이다.

"흠, 그렇구나. 그래, 그렇지. 그 애들이 내 책을 훼손하려고 한 정성을 보면, 맞춤법 검사도 했을 거로 생각할 만도 하지."

"누가 그랬는지 아세요?"

캔디스가 물었다.

"아마도 학교에서 정학 받고 여기서 봉사 활동을 했던 멍청이들이겠지. 다른 앨범으로 갖다줄게. 가져가도 돼. 곧 문을 잠가야 하거든."

"이 사진들은요?"

캔디스가 손수레를 고갯짓하며 물었다.

"걱정 마. 드레이퍼 집사님이 이번 주에 사람을 보내서 가져가겠다고 했어. 그렇지만 한쪽으로 좀 밀어 놓는 걸 도와주면 고맙겠다."

캔디스와 브랜던은 선생님을 도와 사진들을 한쪽으로 옮겼다. 다 끝내자 캔디스는 1956년과 1957년도 윌리스와 퍼킨스의 졸업 앨범을 챙겨서 브랜던의 책가방에 넣었다.

"꼭 깨끗하게 볼게요."

"아무렴 그렇겠지. 너희들이 찾고 있는 걸 찾으면 좋겠구나."

캔디스와 브랜던이 문을 열고 밖으로 나오자 햇살에 너무 눈 부셨다. 브랜던이 시계를 봤다.

"네 일정표에 의하면, 마일로가 다른 활동에 묶일 때까지 두 시간 정도 시간을 죽여야겠는데."

"칠리치즈핫도그 타임?"

"좋아!"

브랜던이 손가락으로 딱 소리를 내고 주머니를 만져 봤다.

"누나 휴대 전화를 두고 온 것 같아."

브랜던이 가서 문을 열었지만 꼼짝도 하지 않았다. 몇 번 더 두드렸다.

"저기요? 누구 없어요?"

"맥밀런 선생님 전화번호 혹시 기억해?"

"아니, 그런데 누나한테 전화하면 선생님이 벨 소리를 들을지도 몰라."

브랜던이 캔디스 엄마의 휴대 전화를 가져가서 번호를 눌렀다.

"음성 사서함으로 넘어가. 조금 있다가 다시 걸어야겠……."

그때 왼쪽에서 문이 활짝 열렸다.

"너희들 여기서 뭐 하는 거냐?"

카키색 폴로 티셔츠를 입은 깡마른 남자가 밖으로 나와 아이들을 빤히 쳐다봤다. 회색 머리를 뒤로 번드르르하게 넘겼고, 햇빛 아래에 너무 오래 있었던 사람처럼 피부는 빨갰다.

"안녕하세요, 리튼하우어 선생님."

브랜던이 캔디스 쪽을 돌아봤다.

"교감 선생님이셔."

리튼하우어 선생님은 뒤로 문이 쾅 닫히는 대로 두고 팔짱을 꼈다.

"내 질문에 답을 안 했지? 너희 둘 여기서 뭐 하냐고?"

"연구 과제를 하러 왔어요. 기념관에서……."

브랜던이 말했다.

"이봐, 내가 도둑보다 싫어하는 게 거짓말쟁이야. 다시 한번 말해 볼래?"

브랜던이 얼굴을 찡그렸다.

"선생님, 무슨 말씀이신지……."

"내가 오후 내내 여기 있었어. 너희를 들여보낼 선생님이 아무도 없었는데, 기념관은 어림도 없지."

선생님이 주차장을 가리켰다.

"저기 차가 딱 한 대밖에 없거든. 내 거."

캔디스가 입을 열기로 했다.

"맥밀런 선생님이 저기 안에 계세요. 장담할게요. 확인해 보세요. 저희는 여기서 기다릴게요."

"내가 돌아와도 여기 있을 것처럼 말하는군. 여기 학생도 아닌 것 같은데. 학생증 좀 보자."

선생님이 손가락으로 딱 소리를 냈다.

"어…… 어, 학생증은 없어요."

캔디스가 말했다.

"저도요."

브랜던이 말했다.

"그거참 편리하네. 너희들 이름이랑 전화번호 대. 부모님께 전화해야……."

선생님이 말했다.

"저희가 잘못한 게 없잖아요!"

브랜던이 말했다.

"목소리 낮춰라, 학생. 가방에 든 건 뭐야?"

모든 일이 순식간에, 완전히 잘못되고 있었다. 캔디스는 아빠에 대한 질문에 답하는 엄마를 보면서, 무례하거나 오지랖 넓은 사람들을 다루는 방법을 배웠다. 하지만 이건 좀 달랐다. 좀 더 암담했다.

캔디스와 브랜던이 가방 지퍼를 여는데 맥밀런 선생님이 걸어 나왔다.

"브랜던, 너 휴대 전화를 잊어버…… 어머, 안녕하세요, 리튼하우어 선생님."

교감 선생님의 입이 떡 벌어졌다.

"맥밀런 선생! 여기서 뭐 하는 거요? 차는 어디다 두고?"

"사촌 차가 가게에 있다고 해서 오늘만 제 차를 쓰라고 했어요."

맥밀런 선생님이 브랜던에게 휴대 전화를 건넸다.

"여기 있다, 얘. 가기 전에 너희를 따라잡아서 다행이야."

브랜던이 시선을 계속 땅에 둔 채 휴대 전화를 가방에 쑤셔 넣었다.

"감사합니다."

브랜던이 중얼거렸다. 맥밀런 선생님이 얼굴을 찌푸렸다.

"브랜던? 캔디스? 무슨 일 있니?

"이제 다 괜찮아요. 오해가 좀 있었어요."

리튼하우어 선생님이 브랜던의 어깨를 툭 치자 브랜던은 움찔했다.

"너희 둘 다 집으로 가거라."

캔디스는 주먹을 쥐고 있었고 눈이 따끔거렸다. 오해가 아니었다. 캔디스는 알았다. 하지만 어쩌면 그건 중요한 게 아니었다.

"앨범 다시 한번 감사드려요."

브랜던이 마침내 고개를 들고 맥밀런 선생님에게 말했다. 브랜던의 눈가가 촉촉했지만 눈물을 흘리지는 않았다.

둘은 자전거를 가지고 걸어 나왔다.

"다음번엔 학생증을 들고 와야겠어."

브랜던이 약간 씩씩거리면서 웃었다.

"나는 학생증도 없어. 예전 것만 있지."

"그래, 나도 그래."

"칠리치즈핫도그는 나중에 먹을까? 배가 안 고파졌어."

"나도 그래."

캔디스가 말했다.

"그럼 마일로는 어떡해?"

"부딪쳐 보는 거지. 그냥 집에 가고 싶어."

브랜던이 말했다. 캔디스는 고개를 끄덕이고 자전거에 올랐다.

리앤 워싱턴

1957년 7월 25일

리앤 워싱턴이 침실로 들어와서 커튼을 젖혔다. 빛이 방으로 밀려들었다.

"일어나요, 더브. 10시가 다 됐어요."

리앤은 부엌으로 돌아가서 커피 두 잔을 따랐다. 오늘 아침에만 벌써 세 번째 커피였다. 리앤은 일찍부터 일어나 기금 마련을 위해 전화를 돌렸다. 늘 투쟁해야 할 일이 생기는 것 같았고, 투쟁하려면 늘 돈이 들었다.

몇 분 후 빅 더브가 부엌으로 느릿느릿 걸어 들어왔다.

"자게 둬서 고마워. 어젯밤 게임이 좀 끝내줬거든."

"더글러스 코치가 전화했어요."

리앤은 침착하고 조용하게 말하려고 노력했다. 더브는 더글러스 코치를 성이 아닌 이름으로 불렀다. 그렇게 부를 만큼 용감하거나, 아니 정신 나간 흑인은 더브가 유일했다.

"가만있자, 애덤이 토마스 터너와의 내기에 대해서 얘기를 했나 보네."

"얘기했어요."

리앤이 머그잔을 들었다가 내려놓자 탁자 위에 커피가 철벅 쏟아졌다.

"대체 당신은 무슨 생각을 하는 거예요?"

"소리 지르지 마. 릴 더브가……."

"밖으로 내보냈어요."

리앤이 말했다.

"어디로? 혼자서는 이 집 밖으로 못 나가는 거 몰라?"

"그건 당신 규칙이지, 내 규칙은 아니에요."

리앤이 냅킨을 집어서 커피를 닦았다.

"시바운은 가게에 심부름 보냈어요. 걱정 말아요. 그 아이는 안 만날 테니까. 그건 지금 당신 걱정거리도 안 돼요."

더브가 컵에 설탕을 부었다.

"그냥 친선 경기야, 여보."

"말도 안 되는 소리 말아요. 이건 당신과 당신의 자존심이 걸린 거예요."

리앤이 고개를 절레절레 저었다.

"당신은 그냥 싸움을 지나칠 수가 없었던 거예요, 그렇죠?"

"그 백인 녀석들이 더럽게 잘난 척하잖아. 나는 공정했으면 하는 거야."

"당신은 당신을 그릇된 시선으로 봤던 백인들에게 앙갚음하고 싶은 거예요. 우리가 얼마나 열심히 일하는지 몰라요? 우리가 얼마나 희생하는지? 이제 드디어 조금씩, 진짜로 앞으로 나아가고 있어요. 언젠가 유색인 아이들이 통합 학교에 가게 될 거예요."

"미국 유색인 지위 향상 협회가 3년 전 브라운 소송에서 이겼어. 내가 마지막으로 확인했을 때, 우리 아이들은 여전히 퍼킨스에 다니면서 낡은 교과서에 오래된 시설을 쓰고 있었다고."

"당신은 길이 보이지 않으면 길이 없다고 생각하니까요. 나아가는 데 시간이 걸려요. 우리는 성공할 거예요. 하지만 당신이 다른 학교를 계속 곤란하게 만들면 힘들어요. 그건 우리 조직에 도움이 안 된다고요."

더브가 한숨을 쉬고 커피를 한 모금 마셨다. 그리고 또 한 모금 마셨다.

"만약…… 만약에 말이야, 통합에 대해서 당신이 생각한 게 틀렸다면? 앨시아 깁슨을 예로 들게. 깁슨은 윌리스턴을 졸업했어. 윌밍턴에 있는 흑인 학교야. 그리고 플로리다 A&M 흑인 대학교에 다녔어. 그러고 나서 윔블던에서 우승했어."

더브가 코웃음을 쳤다.

"깁슨한테 백인들은 하나도 필요가 없었다니까."

"깁슨이랑 경기했던 백인들은 제외한 거겠죠? 그들이 우리의 적은 아니라고요."

"당신은 백인들이 진짜로 자기 자식들을 우리 학교에 보낼 거라고 믿는 거야? 그들은 우리 학교 문을 닫게 하고, 교사들을 모두 해고하고, 우리 아이들을 다른 학교로 실어 나를 거야. 그리고 내가 장담하는데, 그 교사들은 우리 아이들한테 털끝만큼도 관심이 없어."

"더글러스 코치는 안 그래요."

더브가 팔짱을 꼈다.

"만약에 애덤이 진짜 생각이 있었다면, 운동부 감독으로서 받는 추가 수당을 모두 포기하고 학교에 기부했겠지. 아니면 그 자리를 내려놓고 우리 중 누군가에게 그 위치에 설 기회를 줬거나."

"당신이 운동부 감독을 원했던 것처럼 말이죠. 당신 성격에 더글러스 코치가 아니었다면 당신은 벌써 한참 전에 잘렸을 거예요."

리앤이 말했다.

"음, 그 사람이 책임자인 한, 알 수가 없겠군."

리앤이 커피를 한 모금 마셨다. 시바운이 곧 돌아올 테고 리앤은 시바운

앞에서 다투는 모습을 보이고 싶지 않았다. 시바운이 테니스를 치라는 아빠의 말을 거부하면서 집안 분위기는 이미 껄끄러워져 있었다. 리앤은 시바운의 결정에 동의하지 않았지만 이해는 했다.

"이넉, 나는 오기 싫었지만 당신을 따라 여기 램버트로 왔어요. 당신이 원해서 교사도 관두고 딸을 키우면서 집에 있었어요. 이제야 나는 내가 잘하는 걸 찾았어요. 내가 열정적으로 할 수 있는 일을요. 그런데 당신이 하는 일들 때문에 위태로워졌어요."

"말했잖아, 이건 그냥 친선 경기야. 시범 경기라고. 그게 다야. 약속할게."

리앤 워싱턴은 한편으로는 남편을 믿고 싶었다. 하지만 이넉과 20년 넘게 알고 지내며 리앤은 이넉이 자기도 모르게 하는 거짓말을 알아챌 수 있었다.

15 장

학교에서 나와 캔디스는 몇 시간 동안 방에서 시간을 보냈다. 제임스 파커일 수도 있는 사람을 찾기를 바라면서 윌리스의 졸업 앨범을 다시 훑어봤다. 브랜던에게 진전이 있었는지 전화를 걸어 볼까 했지만 지금 당장은 브랜던과 얘기하고 싶지 않았다. 얘기하면 교감 선생님과의 언쟁만 떠오를 것 같았다. 엄마가 캔디스의 방에 머리를 디밀자 결국 캔디스는 파커를 찾는 일을 포기하고 말았다.

"저녁 할 건데, 도와줄래?"

캔디스는 침대에서 나와 엄마를 따라 복도를 내려갔다.

"뭐 먹고 싶은 거 있어? 고를 거 많아."

"엄마가 골라요. 저는 별로 배가 안 고파요."

엄마는 냉장고에서 연어 꾸러미를 들어 올려 보였다.

"너희 아빠의 고급 식재료. 그릇 가져와. 샐러드부터 시작하자."

캔디스가 찬장에서 커다란 샐러드 그릇을 찾는 동안 엄마는 냉장고에서 음식 재료를 꺼냈다. 둘은 잠시 말없이 나란히 서서 재료를 씻었다.

"브랜던하고 무슨 일 있었니?"

"아뇨. 왜 그렇게 생각하세요?"

"한 시간 전에 브랜던 엄마가 전화했어. 브랜던이 집에 왔을 때 굉장히 기분이 안 좋았는데 뭐 때문인지 말을 안 한다고. 아무 일 없는 거 맞아?"

캔디스는 상춧잎을 잘게 찢었다. 손으로 뭔가를 하는 기분이 좋았다.

"아무 일도 아니에요. 좀 찌질한, 아, 어이없는 일이 있었어요."

"찌질하건, 어이없건, 무슨 단어를 쓰든 엄마는 상관없어. 무슨 일이야?"

엄마가 캔디스 앞에 있는 샐러드 그릇을 치워 버렸다.

"어떤 사람이 우리가 보던 졸업 앨범에 낙서를 해 놨어요. 그리고 교감 선생님이 우리를 학교에 무단으로 들어온 것으로 의심하셨어요."

캔디스가 바닥을 내려다봤다.

"우리가 고등학생처럼 보이지 않아서 그랬나 봐요."

"그래서 그런 거 확실해?"

"아니면 우리가 흑인이라서요?"

엄마가 팔을 벌려서 캔디스를 와락 안았다.

"사람들은 왜 그렇게 무례해요? 우리가 잘못한 것도 없는데요."

어떤 일이 있었는지를 설명하고 나서 캔디스가 물었다. 엄마의 셔츠에 기댄 캔디스의 얼굴이 찌그러졌다.

"오래된 습관, 오래된 생각은 잘 안 고쳐져. 그 선생님은 흑인 아이들이 모두 불량배라고 생각하시나 보다."

"부당해요."

엄마가 캔디스를 더 꽉 끌어안고 흔들면서 말했다.

"알아."

"엄마, 나 짜부라지겠어요."

"미안. 엄마가 당장 그 교감 선생님을 찾아내고 싶은 걸 겨우 참고 있어."

엄마가 뒤로 몸을 빼서 캔디스를 보았다.

"브랜던의 엄마한테 밤에 전화할 거야. 같이 무슨 일인지 알아볼게. 그 선생님 이름이 뭐라고?"

"리튼하우어 선생님요. 그런데 엄마……."

"그런데라고 하지 마. 나는 네 엄마야. 이런 일을 처리하는 게 엄마의 임무라고. 이런 일이 다시는 일어나지 않도록 확실히 해 두고 싶어. 너한테든 다른 아이들한테든."

"엄마 글 쓰는 건 어쩌고요? 일정 맞춰야 하잖아요."

"네가 더 중요해. 알지? 네가 필요할 때면 엄마는 언제나 거기 있다는 거."

엄마가 캔디스의 코를 톡톡 쳤다.

"알아요, 엄마."

"엄마한테 더 할 말 없니?"

캔디스는 샐러드 그릇 쪽으로 돌아섰다. 할 말은 백만 개쯤 있었다. 편지에 대해서, 마일로에 대해서, 아빠와 대니엘에 대해서. 캔디스는 머리에서 그것들을 치웠다. 그런 것들은 중요하지 않았다. 적어도 지금은.

"우리 가난해요?"

"엄마가 작가잖아. 물론 가난하지."

"장난치지 말고요, 엄마. 정말 애틀랜타에 있는 집이 너무 커서 파는 거예요? 아니면 너무 비싸서 파는 거예요?"

"뭐 둘 다. 그 여분의 방들이 다 필요하진 않잖아. 집을 데우고 시원하게 하는 데도 돈이 많이 들고. 집 담보 대출금이 너무 비싼 것도 맞아. 너희 아빠가 이혼 수당을 주긴 하지만, 우리가 감당하기에는 너무 벅차."

"집을 팔면 괜찮은 거예요?"

"그럴 것 같아. 상황 봐서, 엄마가 글을 좀 더 쓸 수도 있고."

"벌써 세 편이나 쓰고 있잖아요."

"가르칠 수도 있고. 지역 전문대학에서는 늘 강사를 구하니까."

"가르치면서 동시에 쓸 수는 없다고 해 놓고는."

"그럼 안 쓰지 뭐. 걱정 마. 그렇게 상황이 나빠지진 않을 거야. 너희 아빠랑 나는 늘 만약을 대비해서 계획도 세우고 있으니까."

엄마가 값비싼 연어를 내려다봤다.

"어쨌거나 너희 아빠의 소비 습관은 좀 고쳐 줘야겠다."

캔디스는 팔짱을 끼고 옆구리를 꼬집었다. 엄마가 돈에 대해서 솔직하게 대답했기 때문에 다른 문제에 대해서도 솔직해질 수 있겠다고 생각했다.

"아빠가요, 아빠 혼자만 먹으려고 식료품을 사는 거 아닐지도 몰라요."

캔디스가 말했다.

"지난번에 아빠를 안았는데 새로운 향수를 뿌린 것처럼 다른 냄새가 났어요. 감귤 향요."

엄마는 찬장에서 향신료를 꺼냈다. 소금, 후추, 파프리카 가루, 백리향 그리고 오레가노와 요리용 와인을 집었다. 진짜 와인처럼 도수가 세지는 않았지만 그래도 캔디스는 엄마가 그걸 사용할 때마다 근사하게 느껴졌다.

"아빠는 여자 친구가 있나 봐요, 그렇죠? 저번에 엄마 아빠가 부엌에서 얘기하는 거 들었어요. 엄마가 대니엘인가 하는 사람을 언급했잖아요."

"엿들으면 안 되지. 네가 항상 제대로 듣는다고 장담할 수도 없고."

"그래서 아빠가 누구를 만나는 게 아니라는 거예요?"

"그런 말은 안 했다."

"그럼 누굴 만나는 거네요!"

"이건, 너희 아빠랑 얘기해야 하는 문제야. 엄마가 말할 수 있는 건 너희 아빠가 행복하면 좋겠다는 게 다야. 엄마는 아빠한테 안 맞는 사람이야."

"엄마랑 아빠가 똑같은 말을 하는 거 알아요?"

"결혼 생활을 오래 해서 그래."

엄마가 몸을 숙이고 캔디스의 이마에 입맞춤했다.

"네 아빠 연애 이야기는 그만하자. 이번 주 토요일에 노예 해방 기념일 축제가 있어. 가고 싶니?"

"그럼요. 엄마는 글 써야 하지 않아요?"

"그때까지 다 쓸게. 약속해. 네 할머니가 시 행정 담당관으로 있을 때 시작한 축제야. 할머니는 늘 그 축제를 자신의 최고 업적으로 여겼어."

엄마는 향신료 몇 가지를 생선에 문질러 발랐다.

엄마가 말을 멈춰서 캔디스는 엄마가 뭔가 더 이야기할 줄 알았지만, 엄마는 말 없이 생선을 뒤집어서 뒷면에 양념을 발랐다.

"축제에 브랜던 초대해도 돼요?"

"벌써 초대했어. 오늘 오후에 브랜던의 엄마랑 얘기했거든. 정신적인 안정을 위해서 친구들이랑 같이 가는 게 좋을 것 같아서."

"네? 왜요?"

"비커스 공원에서 열리니까. 범죄 현장이잖아."

화요일, 브랜던에게 구박을 당하고 나서야 캔디스는 윌리스의 졸업 앨범을 밀쳐놓고, 룰링 오일러스 야구단이나 램버트에 있던 학교 인종차별 철폐 정책을 검색하는 일을 도왔다. 둘 다 시바운의 부모님과 관련이 있었기 때문이다. 하지만 몇 시간을 뒤져도 전혀 소득이 없었다. 브랜던이 방에서 나갈 때마다, 캔디스는 애틀랜타의 집이 매물로 나왔는지 확인하러 부동산 사이트로 들어갔다. 올라와 있지 않았다. 아직은.

좀 더 웹 검색을 했지만 아무 것도 찾지 못한 그날 늦은 오후, 브랜던이 말했다.

"계속 생각했는데…… 너희 할머니만 그 편지를 받은 게 아니잖아. 파커는 다른 네 명에게도 연락했어. 시장, 교육감, 교육위원회장, 그리고 『램버트 트레이더』의 편집장. 이 사람들을 찾아봐야 할 것 같아."

캔디스는 벌써 고개를 젓고 있었다.

"안 돼!"

"왜 안 돼? 그 사람들이 뭘 알고 있을지도 모르잖아."

"음, 그 사람들이 아는 게 있었다면 그 정보를 이용해서 우리 할머니를 도왔어야 해. 그럼 돈을 발견했을지도 모르고. 할머니가 해고당하지도 않았겠지."

캔디스는 할머니의 팔찌를 만지며 '할머니가 미친 여자로 알려지지도 않았을 거야' 라고 생각했다.

"분명히 우리랑 돈을 나누려고 할 거고. 더 최악은, 우리 엄마한테 말하는 건데, 그러면 엄마는 우리를 그 일에서 손 떼게 할 거야. 이건 어때? 내일까지도 진전이 없으면 그때 그 사람들한테 전화해서 편지에 대해서 물어보는 거야."

"결국엔 어른들한테 이 편지에 대해서 말해야 할 거야."

"알아. 그래도 지금은 아냐, 알겠지?"

캔디스는 다음 날 일어나자마자 브랜던의 집으로 가는 대신 『웨스팅 게임』을 읽기 시작했다. 브랜던에게 이 사실을 인정할 생각은 아니었지만 정말 좋았다. 캔디스가 두 번째 폭탄이 터지는 부분을 읽는데, 브랜던에게 전화가 왔다.

"나야. 집으로 올 수 있어?"

"어, 그래. 그럴게."

"1957년 퍼킨스 졸업 앨범 좀 들고 와. 누구한테 좀 보여 주게."

"브랜던……."

"편지 얘기는 안 할 거야. 빨리 오기나 해."

벨을 누르자 브랜던이 열려 있다고 소리쳤다. 캔디스는 브랜던의 목소리를 따라 부엌으로 갔다. 브랜던은 할아버지와 처음 보는 여자와 같이 있었다.

"캐시 할머니셔. 우리 할아버지의……."

"여자 친구는 나쁜 단어가 아니란다."

캐시 할머니가 식탁에서 일어서면서 말했다. 캔디스가 악수하려고 다가가자 캐시 할머니가 캔디스를 껴안았다. 하도 세게 껴안아서 캔디스는 숨이 막혔다. 할머니가 캔디스를 놓아주며 말했다.

"네가 콜드웰 씨의 손녀구나. 참 좋은 사람이었어. 너무 일찍 세상을 떴지."

캔디스가 고개를 끄덕였다. 이 도시에 있는 사람들 모두가 할머니를 아는 것 같았다. 기브스 할아버지가 캐시 할머니가 앉을 때 의자를 잡아 주었다. 캔디스는 졸업 앨범을 꺼내 기브스 할아버지와 브랜던 사이에 앉았다.

"할아버지랑 캐시 할머니께 우리 연구 과제에 대해서 말씀드렸어."

"그래, 연구 과제겠지."

기브스 할아버지가 활짝 웃었다.

"나 때는 교제한다고 했는데."

"할아버지. 약속하셨잖아요."

브랜던이 으르렁댔고 어른들은 소리 내 웃었다.

캔디스는 얼굴이 달아오르는 게 느껴졌다. 브랜던이 말했다.

"할아버지가 그때 퍼킨스에 다녔던 사람을 인터뷰해 보는 게 어떻겠냐고 하셨어. 캐시 할머니도 그럴 만한 사람을 찾아봐 주신대."

"나도 퍼킨스를 다녔거든."

할머니가 말했다.

"74학번. 동창들이 다들 많이 떠났어. 주간 고속 도로 제26호선의 건설 현장이 북쪽으로 옮겨 가면서 램버트에서는 일자리를 많이 잃었지. 섬유 공장이랑 자동차 공장이 문을 닫았을 때 또 한 번 그랬고."

캔디스는 캐시 할머니가 말한 섬유 공장이 앨런가 소유라고 생각했다. 그리고 자동차 공장은 파커가 콜로라도로 이전한 솔라라 공장이 확실했다.

"50년대 동창들은 아는 사람이 별로 없지만, 들어 본 이름이 있을지도 모르니까 손해 볼 건 없지."

할머니가 캔디스에게서 졸업 앨범을 가져갔다.

"1957년이라. 그때 나는 아기였는데. 기저귀 차고."

캐시 할머니가 앨범을 넘겨 보기 시작했다. 이름마다 소리 내서 중얼거리다가 고개를 저었다. 그녀가 아는 사람들은 대부분 죽었거나 일자리 때문에 이주했거나 자식들과 가까운 곳으로 떠난 것 같았다.

"음, 혹시…… 이거 엘리 파머 아니우?"

캐시 할머니가 기브스 할아버지가 볼 수 있게 앨범을 돌려 보여 줬다.

"응, 그런 것 같구먼. 처녀 적 이름이 맥엘븐 맞아."

"고등학교 졸업하자마자 진 파머랑 결혼했던 것 같은데. 몇 년 전에 콜롬비아로 이사하지 않았우?"

할머니가 말했다. 캔디스가 캐시 할머니 쪽으로 당겨 앉았다. 엘리 맥엘븐은 말랐고 피부색은 짙었고 앞머리는 짧은 일자였다.

캔디스는 여전히 사진을 응시했다. 어떤 기억이 떠올랐다.

"혹시……."

캔디스가 앨범을 뒤쪽으로 넘기면서 말했다. 아니나 다를까 엘리 맥엘븐이 시바운와 같이 찍은 사진이 있었다. 둘 다 신문반이었다.

캔디스는 브랜던에게 앨범을 밀었다. 브랜던이 그걸 보자마자 활짝 웃었다.

"이 사진에서 또 다른 사람 아는 분 없어요, 캐시 할머니?"

"없는 것 같은데."

"괜찮아요. 이 여자분을 찾은 것만으로도 큰 도움이 됐어요. 감사해요."

"우리 자기는 언제든지 도울 준비가 돼 있단다."

기브스 할아버지가 몸을 숙여서 할머니의 입술에 가볍게 입을 맞췄다.

"키스가 세균을 제일 잘 옮긴대요."

브랜던이 말했다.

"나는 세균 안 퍼뜨린다. 사랑을 퍼뜨리지."

그리고 캐시 할머니에게 키스했다. 이번에는 좀 더 길게.

브랜던이 토하는 시늉을 했다.

"인상 쓰지 마라, 애야. 너도 언젠가는 한번 시도해 봐야지. 여자들은 다정한 남자를 좋아한단다."

기브스 할아버지가 할머니에게서 떨어지면서 말했다.

"할아버지!"

캐시 할머니가 웃었다.

"그냥 둬요, 루돌프."

기브스 할아버지가 계속했다.

"너무 계집애처럼 굴지 마라. 내내 책에만 코 박고 있지 말라고. 키스가 누구를 해친 적은 없다."

캔디스는 대화 중에 브랜던의 몸이 굳는 순간을 정확히 봤다. 브랜던은 계집애처럼이라는 말을 좋아하지 않았다.

캐시 할머니가 캔디스에게 앨범을 건네며 말했다.

"그만해요, 루돌프. 소용이 있어서 다행이다. 내 졸업 앨범도 한번 꺼내 보고 싶네. 나는 운이 좋았지. 우리 아들은 퍼킨스에 다닐 수도 없었어. 그 애가 고등학교에 갈 때는 통합되었거든."

브랜던이 물었다.

"램버트 고등학교가 퍼킨스나 윌리스보다 훨씬 좋지 않아요?"

"퍼킨스 졸업생이라는 건 뭔가 특별했어. 물론 건물은 다 허물어질 정도고 최신 장비는 하나도 없었지만, 우리는 그 학교를 사랑했단다. 자식이 거기에 다니든 안 다니든 상관없었어. 흑인이라면 퍼킨스가 자신들의 학교였으니까. 역사와 수학을 가르치는 선생님들이 교회에서는 학생의 부모들과 함께 교회 성가대에서 노래를 불렀어. 그들은 선생님 이상이었어. 그들은……. 더 설명을 잘할 수 있으면 좋겠구나."

캐시 할머니가 고개를 젓자 기브스 할아버지가 말했다.

"요즘에는 너희들에게 대학 진학을 기대하지만 그때만 해도, 특히 흑인에게는 고등학교가 대학이었어. 고등학교 배지를 단다는 건 대단한 의미였지. 졸업생이 된다는 것도 대단한 의미였고. 지역 사회 전체가 그 학교를 중심으로 모였단다."

"그래서 할아버지 할머니가 고등학교 동창회 때문에 매년 테네시로 가셨던 거예요?"

기브스 할아버지가 고개를 끄덕였다.

"동창들을 보러 간 게 아니었어. 그들은 우리 가족이었어. 우리 핏줄."

"언제 나도 한번 데려가 달라고 해야겠네."

할머니가 말했다. 장난이었지만 목소리는 진지했다.

"좋아."

할아버지가 말하고 할머니에게 몸을 기대기 시작했다.

"브랜던, 너는 눈을 감는 게 좋을 거다."

다음 날, 캔디스는 토리의 빨간색 혼다 시빅의 조수석에 앉아 있었다. 콜롬비아로 가는 176번 고속도로로 올라섰다. 운이 좋았다. 캐시 할머니가 엘리 파머의 전화번호를 찾아서 통화했고, 캔디스와 브랜던이 찾아뵙고 싶다는 뜻을 전했다. 더 잘된 건, 토리가 쉬는 날이었다는 점이다. 약간의 사탕 발림이 필요했지만(그리고 브랜던이 세차를 약속했다) 결국에는 토리가 운전해 주기로 했다.

캔디스가 뒤에 앉겠다고 했지만, 브랜던이 자기가 뒤에 앉겠다고 했다. 브랜던은 뒷좌석에 앉아 펼친 책을 손에 꼭 쥔 채 폭 고꾸라져 있었다. 20분쯤 전부터 자고 있었다.

"브랜던을 깨울까요? 목 아프겠어요."

"괜찮을 거야. 밤에 어떻게 자는지 봐야 하는데. 침대에서 얼마나 많이 떨어졌는지 셀 수도 없어. 그런데 말야, 너희들 이 연구 과제가 진짜 뭔지는 언제 말해 줄 거야? 브랜던 학교 과제가 아닌 건 알아."

토리가 백미러로 브랜던을 훔쳐보았다.

"뭔가 다른 걸 하거나 아니면 데이트를 하는 거지."

"데이트하는 거 아니에요!"

캔디스는 소리를 지르면서 동시에 씩씩거렸다.

"농담이야. 브랜던은 '데이트'가 뭔지도 몰라. 어쨌든 데이트하는 거 아니라면, 그 말은……."

브랜던한테 그랬던 것처럼 캔디스는 토리도 믿고 싶었다. 다른 누군가에게 털어놓으면 좋을 것 같았다. 자신들을 어린애라고 부르지 않으면서 진심으로 믿어 주는 사람, 캔디스의 할머니에 대해 나쁘게 말하지 않을 사람에게.

"웃지 마세요, 알겠죠? 제 생각, 아니 우리 생각에는 이 도시 어딘가에 돈이 숨겨져 있는 것 같아요."

토리가 웃지 않아서 캔디스는 계속했다. 캔디스는 할머니 앞으로 온 편지와 왜 그 편지가 제임스 파커가 보냈다고 생각하는지 말했다. 심지어 비밀스런 테니스 경기에 대해서도 말하고, 워싱턴 가족이 어떻게 도시에서 떠나야 했는지도 말했다. 하나씩 말해 줄 때마다 토리는 고개를 끄덕였다.

"어떻게 생각해요? 우리가 정신 나간 거예요?"

"너희들은…… 상상력이 풍부한 거지."

토리가 대답했다. 토리의 내비게이션이 고속도로로 들어가라고 알려 줬다.

"너희 엄마한테는 말 안 한 것 같네."

"엄마는 이 미스터리 때문에 할머니한테 엄청 화가 나 있어요. 엄마는 할머니가 남겨 놓고 간 걸 파헤치는 거 안 좋아하실 거예요."

"그렇겠네."

토리가 고속도로 순찰차 옆을 지나면서 속도를 늦췄다. 캔디스는 몸을 숙여서 속도계를 봤다. 제한 속도보다 이미 훨씬 느리게 달리고 있었다.

"어쨌든 그래도 그것 때문에 브랜던에게 할 일이 생겼어. 퀸시가 없어서 힘든 여름이었거든. 퀸시는 브랜던의 절친이야. 지금 할아버지 할머니와 함께 시애틀에 있어."

"마일로의 엄마가 그 얘기했어요."

"그래, 그러고도 남지. 어떤 사람들은 자기 앞가림이나 해야 할 때라는 걸 모른다니까."

마일로의 엄마 얘기라는 걸 눈치챘지만, 더 이상 묻지 말라는 분위기도 알아차렸다. 속도계를 다시 보고 캔디스가 말했다.

"이렇게 속도를 줄일 필요는 없지 않아요?"

"미안. 경찰을 못 믿어서 그래. 차를 세워 보라고 할 여지를 주기 싫거든. 경찰한테 죽거나 맞은 흑인들 알지? 심지어 무기도 안 가지고 있었는데?"

캔디스는 고개를 끄덕였다. 기사를 많이 읽어 보지는 못했다. 캔디스의 아빠는 뉴스라도 캔디스가 폭력적인 걸 보는 걸 좋아하지 않았다.

"모든 경찰관이 나쁘다고 생각하진 않아. 그렇지만 차를 한쪽으로 뺄 일이 없으면 걱정할 일도 줄어드니까. 게다가 딱지라도 끊겼다간, 면허증은 엄마한테 압수야."

"우리 데려다줘서 고마워요."

"천만에. 이러지 않았으면 우리를 밖으로 내보내려고 엄마가 분명히 다른 일을 시켰을 거야. 이제 곧 교육감이 집에 올 거거든."

"진짜요?"

"응! 우리 엄마들이 어제 너랑 브랜던이 겪은 일을 리튼하우어 선생님과 교장 선생님께 말씀드렸거든. 들은 내용이 심상치 않으니까, 교육감을 불렀을 거야. 엄마들이 사무실로 갈 약속을 잡는 대신 자기들이 우리 집으로 오는 게 낫다고 생각한 거지. 서류에 안 남기려고."

토리가 한숨을 내쉬었다.

"그나저나, 너희 엄마 완전 폭죽이더라. 어젯밤에 우리 엄마한테 얘기하는 걸 들었는데, 너희 엄마 화나니까 뭐랄까…… 엄청 요란했어."

"우리 때문에 이 모든 난리라니 안 믿겨요."

"리튼하우어 선생님은 흑인 아이들을 부당하게 대한 게 이번이 처음이 아냐."

"해고당할까요?"

"아닐걸? 아니라고 해서 엄마들이 입 다물고 있어야 하는 건 아니지. 이제 다 왔어. 브랜던 깨우는 게 좋겠다."

토리가 커다란 2층짜리 빨간 벽돌집 앞에 차를 세우면서 말했다. 커다란 승합차가 진입로에 있었다. 정식 번호판도 없는 걸 보니 새 차 같았다.

집 한쪽 끝의 울타리 뒤에서 한 노인 일어서기 전까지, 캔디스는 거기 사람이 있는 줄도 몰랐다.

"무슨 일이시죠?"

"엘리 파머 씨를 만나러 왔는데요."

"아, 그 사람이 말하던 아이들이구나."

노인이 장갑을 벗고 서둘러 다가왔다.

"나는 남편 진이란다."

악수를 마저 끝내기도 전에 분홍색 블라우스와 칠부바지를 입은 여자가 문을 열었다. 희끗한 머리는 뒤로 넘겨서 짧게 묶고 있었다.

"아빠, 뭐 하세요? 다음 주면 잔디 깎는 사람이 올 거예요."

"내가 공짜로 할 수 있는 일을 왜 돈 주고 하냐?"

"선크림은 바르셨어요?"

"이 피부는 더 이상 안 검어져."

"피부암요, 아빠! 들어 보셨죠, 네?

"로잘리, 난 괜찮다. 이 아이들을 엘리한테 데려다주렴."

"선크림 가지고 바로 올게요."

여자가 토리 쪽으로 돌아섰다.

"미안해요. 엄마는 안에 계세요. 무척 만나 보고 싶어 해요."

로잘리가 아이들을 안으로 데려갔다. 벽에는 사진들이 줄지어 있었다.

"집이 정말 예쁘네요."

토리가 말했다.

"감사해요. 그런데 제 집은 아니에요. 엄마 아빠가 몇 년 전에 여기로 이사 오셨는데, 증손주들이 한꺼번에 방문해도 될 만큼 큰 집으로 하시겠다고 우기셨죠."

"엄마, 손님들 오셨어요."

몸집이 작은 여자가 스타킹 신은 다리를 위로 올린 채 등받이가 넘어가는 안락의자에 앉아 있었다. 옆에는 지팡이가 놓여 있었다.

"탄산음료 어디서 나셨어요? 아빠가 갖다줬어요?"

로잘리가 말했다.

"아니다. 내가 부엌에 걸어가서 가져왔다."

할머니가 대답했다. 로잘리가 탁자에 있던 캔을 집었다.

"앉아요. 쿠키랑 레모네이드 좀 가져올게요. 엄마는 안 돼요."

캔디스와 브랜던, 토리는 오긴 왔는데 어떻게 시작해야 할지 몰랐다.

파머 할머니가 스위치를 누르자 의자의 발 받침이 내려왔다.

"내가 당뇨에다 고혈압, 갑상선 기능 항진증이 있는 데다, 다리에 혈액 순환도 잘 안 돼서. 카페인을 조금만 섭취해도 딸내미가 걱정해."

"두 캔이 조금은 아니죠."

딸이 부엌에서 소리쳤다.

"그리고 설탕요. 카페인이 아니라 그것 때문에 걱정하는 거예요."

"귀도 밝다니깐."

파머 할머니가 좀 더 조그맣게 말하고, 의자 앞쪽으로 조금 당겨 앉았다.

"뭘 도와줄까? 퍼킨스 고등학교에 대해서 질문이 많다며."

"저는 운전만 했어요. 이 두 사람이 꼬마 탐정이죠."

토리가 브랜던과 캔디스를 엄지손가락으로 가리켰다.

"저희는 시바운 워싱턴이라는 분에 관심이 있어요. 졸업 앨범을 봤는데 시바운이라는 분과 같은 동아리셨더라고요. 잘 아세요?"

캔디스가 시작했다. 할머니의 입술에 미소가 서렸다.

"아주 오랜만에 듣는 이름이구나. 그럼, 알지. 내 친한 친구였는데."

캔디스는 옆에 앉아 있던 브랜던이 몸을 똑바로 세우는 것을 느꼈다.

"어땠어요?"

"시바운은 내가 아는 여자애 중에 제일 똑똑했어. 시바운은 특히 수학과 관련된 퍼즐을 좋아했어. 사람들이 적어서 풀어도 5분이 걸리는 곱셈이나 나눗셈을 암산으로 했어. 아빠를 닮았지."

"테니스는 어땠어요? 그분 아빠만큼 좋아했나요?"

"아, 엄청 좋아했지. 훌륭한 선수였어. 그 애 아빠는 시바운이 제2의 앨시아 깁슨이 되기를 바랐지. 그때는 여자 테니스 팀이 없었어. 남자 팀 꾸리기도 어려웠으니까. 주위에 같이 겨룰 유색인 학교도 없었고."

로잘리가 쿠키와 레모네이드를 들고 돌아와서 커피 탁자에 놓은 다음 가볍게 파머 할머니의 어깨를 툭 쳤다.

"저는 밖에 있을게요."

"윌리스의 남자애들과 했던 테니스 경기 이야기를 해 주실 수 있어요?"

할머니가 담요를 끌어다 허벅지를 덮었다.

"나는 거기 없었어. 시바운은 있었지만. 시바운이 설명하기로는 우리 팀 남자애들이 정정당당하게 이겼대. 아주 손쉽게 이겼대. 그런데 경기만 그랬지. 경기가 끝났을 때 그걸로 끝이었어야 했어."

"그런데 안 그랬나요?"

토리가 물었다. 토리도 브랜던과 캔디스처럼 몸을 앞으로 기울이고 있었다. 할머니가 고개를 끄덕였다.

"그날 밤에 소문이 퍼지기 시작했어. 왜 안 그랬겠어? 퍼킨스 남자애들이 주 최고 팀을 이겨 버렸는데. 주 최고의 백인 팀을. 우리 대부분은 테니스에 관심이 없었지만 그게 무슨 상관이었겠어. 우리 팀이 이겼다는데."

캔디스는 기브스 할아버지와 캐시 할머니가 흑인 고등학교에 대해서 했던 이야기가 생각났다. 파머 할머니는 자랑스러워하는 것 같았다.

"어쨌든 매리언 앨런은 우리가 그 경기에 대해서 아는 걸 싫어했어. 그 사람이 친구 몇 명을 끌어모아서 더브 코치를 공격했지. 더브와 선수 하나를 정말 심하게 구타했어. 그때 이후로 더브 코치는 절대 이전 같지 않았지. 하지만 매리언 앨런도 마찬가지였어. 그날 밤 왼쪽 눈을 잃었거든."

담요를 잡는 파머 할머니의 손이 떨렸다.

"더 지독한 건, 그 겁쟁이들이 더브 코치와 선수들만 협박한 게 아니었어."

할머니의 목이 메었다.

"시바운에게 끔찍한 짓을 하겠다고 협박했어."

캔디스는 고개를 돌려야 했다. 파머 할머니의 얼굴을 차마 볼 수가 없었다. 고통스러우면서도 슬퍼 보였고 동시에 분노에 차 있었다.

"물론 경찰은 아무것도 하지 않았어. 매리언을 체포할 생각도 안 했다니까. 했더라도, 더브 코치를 체포할 방법이나 찾았겠지. 시바운과 그 가족들은 메릴랜드로 이사 갔어. 시바운은 겨우 몇 번 다시 들렀지만 절대 오래 머무르지 않았어. 나쁜 기억들이 너무 많이 떠올랐을 거야."

"워싱턴 씨에게 무슨 일이 있었어요?"

"그 사람은 램버트를 떠나고 나서 몇 년 뒤에 세상을 떴어. 사람들이 비커스 공원에 테니스 코트를 만들어서 그 사람에게 헌정했어. 그는 메릴랜드에 묻혔는데……."

"잠깐만요."

캔디스가 앞으로 휘청거렸다.

"죄송하지만, 그 테니스 코트가…… 더브 코치에게 헌정됐다고요?"

"그랬지. 내가 그 헌정식에 있었으니까, 확실해."

"그게 언제였는지 아세요? 2006년이나 2007년이에요?"

"그보다 더 전이지. 80년대였어. 시바운이 아직 살아 있을 때니까. 헌정식이랑 다른 일들을 보러 왔었어."

"테니스 코트를 다시 지은 적 있어요? 몇 년 후에? 기부금 같은 걸로요."

캔디스가 물었다. 할머니는 고개를 저었다.

"그 테니스 코트는 아주 멀쩡했어. 시에서 온 그 정신 나간 멍청이가 파뒤집기 전까지는. 참 나 원. 대체 그 여자는 무슨 생각이었던 건지."

파머 할머니가 자신의 할머니를 욕하자 캔디스의 속이 뒤틀렸다. 캔디스는 주먹을 쥐고 자신의 허벅지 아래로 손을 집어넣었다. 파머 할머니는 오래전부터 그렇게 생각해서, 뭘 하더라도 캔디스가 그 생각을 바꿀 수는 없었다.

"시바운이라는 분 이야기로 돌아가서요. 고등학교에 다녔을 때 사귄 사람이 있었나요? 아니면 도시를 떠난 다음에라도."

브랜던이 조용하게 말했다. 파머 할머니가 쿠키를 하나 집었다.

"한 번 결혼은 했지만 아주 짧은 기간이었어. 그것 말고는 누구도 진지하게 만난 적 없었어. 고등학교 때는 데이트 같은 건 안 했어. 물론, 그랬다가는 더브 코치한테 둘 다 맞아 죽었겠지. 릴 더브의 상대로는 그 누구도 더브 코치의 성에 차지 않았거든."

캔디스가 손을 바지에 문질러 닦았다.

"파머 할머니, 혹시 제임스 파커에 대해서 들어 보셨어요?"

"음…… 못 들어본 것 같은데. 그건 왜?"

파머 할머니가 고개를 갸우뚱하고는 몇 번 눈을 깜박였다.

"그 사람이 엄청난 돈을 기부해서 퍼킨스에 기념관을 지었어요. 대부분 콜로라도에서 살았는데 아마도 램버트에서 자란 것 같아요."

"내가 퍼킨스를 졸업한 사람들은 거의 아는데. 그 이름이 확실하니?"

파머 할머니가 말했다. 캔디스가 어깨를 으쓱했다.

"음, 내가 도움이 되면 좋겠다만. 시바운에 대해서 더 알고 싶은 건 없니?"

파머 할머니가 말했다. 캔디스와 브랜던이 서로 마주 봤다.

"괜찮은 것 같아요. 질문이 더 있으면 전화 드려도 될까요?"

"되다마다. 내가 질문 하나 하마. 혹시 졸업 앨범을 가지고 온 게 있니?"

"하나 가지고 왔어요. 차에 있는데, 가지고 올게요."

브랜던은 곧 로잘리와 함께 돌아왔다.

"약 드실 시간이에요. 그리고 이제 좀 누우셔야 해요."

로잘리가 그녀의 엄마에게 말했다.

"난 괜찮다."

말은 그렇게 했지만, 할머니의 몸이 의자에서 푹 꺼져 갔고 대화가 이어질수록 점점 더 하품을 많이 했다.

"가지고 왔다던 그 졸업 앨범은 어디 있니?"

"이건 할머니가 4학년 때 졸업 앨범이에요."

파머 할머니가 깨지기 쉬운 유리처럼 졸업 앨범을 받아 들고 말했다.

"네 엄마가 젊고 섹시했을 때 모습 보고 싶지 않니?

"엄마……."

하지만 로잘리는 의자 팔걸이에 앉아서 엄마가 졸업 앨범을 펼치는 모습을 봤다. 파머 할머니는 앨범을 넘기면서 혼잣말을 했고, 오래전의 누군가에 대해서 말하느라 이따금 멈추곤 했다. 어쩌면 사진 속의 사람들에게 말하는 건지도 몰랐다. 파머 할머니가 시바운이 있는 페이지에서 멈추고 손가락으로 사진을 쓸어 보았다.

"시바운은 정말 착했어. 그리고 너그러웠지. 시바운이 없었다면 나도 졸업을 못 했을 거야. 졸업을 못 했다면 통신 회사에 취직도 못 했을 거고, 그러면 진을 만나지도 못 했을 거야. 그리고……."

파머 할머니의 눈이 자신의 딸을 보면서 촉촉해졌다.

"시바운에게 얼마나 많은 빚을 졌는지 너는 모른다."

로잘리가 앞으로 몸을 숙이고 엄마의 이마에 입맞춤했다. 딸의 눈도 촉촉해져 있었다.

"음, 보여 줘서 정말 고맙구나."

할머니가 졸업 앨범을 닫고 캔디스에게 건네줬다.

"그때로 돌아가서 참 좋았다. 이건 대체 어디서 났니?"

졸업 앨범을 받으려고 팔을 뻗었던 캔디스의 몸이 얼어붙었다.

"네?"

"팔찌 말이야."

파머 할머니가 졸업 앨범을 무릎 위에 내려놓고 캔디스의 팔을 잡는 바람에 캔디스는 앞으로 고꾸라질 뻔했다. 로잘리가 엄마의 등에 손을 갖다 댔다.

"엄마, 진정하셔요."

"팔찌 말이야. 그게 어디서 났어?"

파머 할머니가 딸의 말을 자르고 다시 물었다.

"우리…… 우리 할머니 거예요."

캔디스가 잠시 후에 말했다. 캔디스는 할머니의 진짜 모습을 파머 할머니가 말한 대로 인정하고 싶지 않았다.

"그거 시바운 거였는데. 나는 어디서나 알아볼 수 있어. 봐, 여기 있지. SW. 시바운 워싱턴의 약자야."

캔디스의 눈이 커다래졌다. 캔디스는 그 약자가 늘 미시시피를 뜻하는 MS라고 생각했다. 그렇게 확신했었다. 로잘리가 말했다.

"늦어지네요. 이제 가는 게 좋겠어요."

"파머 할머니, 이 팔찌 안쪽에도 뭐가 새겨져 있나요?"

캔디스가 자신이 팔목을 문지르며 물었다.

파머 할머니가 입술을 굳게 다물고 고개를 저었다.

"아니, 안쪽은 한 번도 본 적이 없어. 하지만 시바운 것인 건 확실해."

파머 할머니가 얼굴을 찌푸렸다.

"또 모르지, 기억력이 예전 같지 않으니까. 집에 가거든 네 할머니한테 그걸 어디서 얻었는지 꼭 물어보렴."

"그럴게요."

"그럼, 그때 무슨 일이 있었던 걸까? 이게 진짜 시바운의 팔찌일까?"

브랜던이 차에 도착하자마자 물었다.

"모르겠어. 할머니는 이게 다른 사람 거였다고 하신 적 없어."

"또 새겨져 있다는 건 뭐야?"

"안에는 '사랑'이라는 글자가 새겨져 있어."

캔디스가 팔찌를 벗어서 자세히 들여다봤다.

"나는 내내 그 글자가 MS라고 생각했어. 우리 할머니가 태어나신 곳, 미시시피를 뜻하는 걸로. 이런 바보. 글자를 거꾸로 본 줄도 몰랐어."

"그런데 어떻게 너희 할머니가 시바운의 팔찌를 갖고 있는 걸까?"

토리가 집에서 빠져나오면서 물었다.

브랜던은 오랫동안 말이 없었다. 마침내 고속도로에 이르자 브랜던이 말했다.

"너희 할머니가 테니스 코트 아래에서 아무것도 발견한 게 없다고 했었지? 그런데 그게 사실이 아니라면?"

"할머니가 거기서 팔찌를 발견했다는 거야?"

토리가 물었다.

"그 방법밖에 없어. 어떻게 생각해, 캔디스?"

하지만 캔디스는 팔찌를 들여다보느라 대답이 없었다. 브랜던 말이 맞다면, 만약 할머니가 팔찌를 거기서 발견한 거라면, 할머니는 헛다리를 짚은 게 아닐 수도 있었다. 할머니는 그 테니스 코트들을 파 봐야만 했을 것이다. 그러니까, 할머니가 실수한 게 아닐 수도 있었다.

칩 더글러스

1957년 7월 31일

칩은 수영장 울타리를 지나자 머뭇거렸다. 글렌 앨런과 안전요원으로 일하는 글렌의 예전 팀 동료들이 글렌의 트럭에서 빈둥거리고 있었다.

"칩, 보기 좋네."

칩이 가까이 다가가자 빌리 메이너드가 말했다.

"데이트는 끝내줬어? 나랑 페넬로페랑 더블데이트 어때?"

"진짜 차에 진짜 돈을 가져와, 그러면 내 동생과의 데이트 생각해 볼게."

글렌이 열린 창문 너머로 말했다. 빌리는 몇 년 동안 페넬로페에게 푹 빠져 있었지만, 페넬로페는 전혀 곁을 주지 않았다. 칩은 그럴 만하다고 생각했다.

"다들 연습에 늦지 않았어? 터너 코치님이 화내실 텐데."

"한여름이잖아. 그 사람이 어쩌겠어?"

글렌이 말하면서 차에 다시 시동을 걸었다.

칩이 대학에 가 있는 동안 글렌은 그의 형을 많이 닮아갔다.

"네 제삿날이 되겠지."

칩이 말하자 글렌이 트럭에서 내렸다.

"너는 유색인을 도우러 다닌다며?"

"아버지를 도우러 간 거야."

"유색인을 돕는 사람 말이지."

"아버지 직업이니까. 그게 아버지 일이야."

"그래, 그런데 그게 네 일은 아니지."

해럴드 버크너가 말했다. 그래야 할 상황이 생긴다면, 칩은 앨런과는 일대 일로 붙어서 때려눕힐 수 있다고 생각했다. 해럴드는 알 수 없었다.

"내 생각엔 네가 좋아서 하는 것 같아."

"그렇다면 어쩔 건데?"

해럴드가 뒷주머니에서 담뱃갑을 찾아서 담배 한 개비를 꺼냈다.

"그 잘난 대학에 가 놓고 깜둥이 애인한테 돌아온 건 어떻게 생각해?"

해럴드는 입에 담배를 물었다.

"그들을 문명인과 같은 물을 사용하게 내버려 두면 그렇게 되는 거야. 너는 오염되기 시작했어. 그들이 여기서 수영할 수 없어서 다행이지."

'아직은' 이라고 칩은 덧붙여 주고 싶었다. '아직은 여기서 수영할 수 없겠지.'

빌리가 목청을 가다듬었다. 페넬로페 앨런에 대한 애정은 차치하고, 빌리는 확실히 셋 중에서 가장 현실적이었다.

"네 도움을 받을 수 있을 것 같은데, 칩."

"나는 경기 못 뛰어. 규칙이잖아."

칩이 말했다. 터너 코치와 빅 더브가 올해 졸업생들까지는 참가를 허락했지만, 더 이전의 졸업생은 출전할 수 없다는 데 의견을 모았다.

"그래도 너는 걔들이 실제로 뛰는 걸 봤잖아. 걔들 약점을 알 거 아냐."

"다들 긴장한 거 같다? 질 것 같아?"

칩 말에 글렌이 대답했다.

"안 지지. 근데 완전히 박살 내 주고 싶거든. 한 수 가르쳐 주려고."

칩이 고개를 저었다.

"너희들 잘할 거야. 그리고 잊지 마, 이건 그냥 친선 경기라고."

"아닐걸. 그리고 칩, 이 경기에 친선 같은 건 없어."

글렌이 말하고 칩의 차에서 떨어져 걸어갔다.

칩은 사이드미러로 자기 모습을 보고 정수리에 솟은 머리를 두드려 눌렀다. 칩은 그 주에 두 번 퍼킨스의 연습에 갔다. 주로 선수들에 대해서 아버지에게 조언해 주기 위해서였다. 시바운이 들러 주기를 기대하는 마음도 있었다. 여름 내내 시바운을 한 번도 보지 못했다. 칩은 시바운에게 자신이 대학에 가 있는 동안 얼마나 변했는지 보여 주고 싶었다.

칩은 학교에 가는 데에만 너무 집중한 나머지 길을 가던 시바운을 놓칠 뻔했다. 하지만 시바운이 지나가는 여자와 이야기하느라고 걸음을 멈추고, 고개를 옆으로 살짝 돌리는 순간 칩은 그녀의 아름다운 갈색 얼굴을 단번에 알아봤다.

칩은 서둘러서 차를 한쪽으로 댔다. 칩은 비스타 하이츠의 중심인 달링가에 있었다. 이발소, 구두 가게 그리고 다른 상점들이 거리에 늘어서 있었다. 백인은 손가락으로 꼽을 정도였다. 칩은 예전에도 이곳에 온 적이 있었다. 피제이스에서 점심을 먹었고, 길거리 구두 수선대에서 구두를 닦았다. 하지만 아버지하고 같이 있었다. 칩은 이곳에 속한 사람이 아니었지만, 개의치 않았다. 시바운이 있는 곳이라면 어디든 있고 싶었다.

칩이 시바운에게 다가갔을 때도 시바운은 그 여자랑 이야기하고 있었다.

어떻게 설명해야 할지 알 수 없었지만, 시바운은 예전과 똑같으면서도 달라 보였다. 머리는 보통 때처럼 묶었고 체크무늬 치마도 여느 때와 비슷해 보였다. 그리고 작은 가방을 메고 있었다.

시바운이 칩을 발견하고 잠시 머뭇거리는 것 같더니 앞으로 걸어왔다. 칩은 시바운의 태도와 걸음걸이가 다르다는 걸 알아챘다. 당당했고 자신감 있게 움직였다. 그녀는 더 이상 릴 더브가 아니었다.

"시바운, 잘 있었어? 만나서 반갑다."

칩은 시바운이 포옹이라도 해 주기를 바랐지만 시바운은 떨어져 섰다.

"이번 여름에는 한 번도 마주치지 못할 거라고 생각했어."

시바운이 웃으면서 가볍게 고개를 끄덕이며 물었다.

"음, 지금 보잖아. 여긴 왜 온 거야?"

칩의 모든 호기로움이 사라져 버렸다.

"나는, 어, 학교로 가는 길이었는데 너를 보고 차를 세웠지. 들어 줄까?"

칩이 이미 시바운의 가방을 가져오며 말했다. 칩이 가방을 잡다가 시바운의 손목에 찬 얇은 금속 팔찌를 보았다.

"언제부터 팔찌를 찼어?"

시바운은 황급히 손을 들어서 팔찌를 가렸다.

"아마도 네가 매일 면도를 하기 시작했을 때부터?"

칩이 활짝 웃었다. 그 말은 칩이 면도한 걸 알아챘다는 뜻일까? 순전히 시바운 때문에 깔끔하게 하고 다녔다고 생각하는 걸까? (물론, 그랬지만, 칩은 시바운이 모르기를 바랐다.)

"구두 수선하려고 가져가는 거야?"

"광만 내려고."

"같이 걸을게."

구두 닦는 곳은 점심시간에만 바빠 보였다. 사람들, 주로 백인들이 음식을 기다리는 동안 구두를 닦을 것이다. 나이 든 흑인 두 명이 위쪽 의자에 앉아 있었지만, 오늘은 둘 다 구두를 닦고 있지 않았다. 10대 남자아이 두 명이 더 아래쪽에 앉아 있었다. 시바운이 말했다.

"선수들 경기 준비를 돕는다고 들었어. 애들은 어때?"

"잘해. 진짜 잘해. 와서 꼭 봐야 해."

"아빠랑 말을 안 하는 중이야."

칩은 자신의 얼굴에 나타난 놀란 표정을 시바운이 못 보기를 바랐다.

"그리고 웬만하면 나 봤다는 얘긴 아빠한테 안 했으면 좋겠어."

"당연하지. 그런데 왜? 더브 코치가 너를 너무 가둬 둬?"

"할 수만 있다면 그러실 거야."

둘이 구두 닦는 곳에서 멈춰 섰다.

"이것 좀 닦아 줘."

칩은 가방을 아래에 앉아 있는 남자아이 중 한 명에게 건넸다.

"고마워. 그런데 학교에 가 봐야 하지 않아? 연습 시작하지 않았어?"

시바운이 말했다.

"이제 워밍업 시작했을 거야. 아직 시간 많아."

칩이 키가 크고 피부색이 밝은 남자아이를 보고 말했다.

"피제이스에 들어가서 콜라 두 잔 갖다 줄래?"

"칩, 나는 진짜 괜찮아."

시바운이 말했다. 칩이 주머니를 뒤져서 동전을 찾았다. 5센트짜리와 10센트짜리는 제쳐 두고 마침내 25센트짜리를 찾아서 아이의 손에 떨어뜨렸다.

"감사합니다."

콜라 가격보다 15센트는 족히 더 많은 금액이었다. 칩은 시바운이 그의 너그러움을 알아봐 주기를 바랐다. 아이는 생전 처음 본 것처럼 돈을 쳐다보았다.

"어서 가, 얘야. 가서 젊은 분께 음료를 갖다 드려."

의자에 앉아 있던 한 남자가 말했다. 아이는 주먹을 말아서 동전을 쥐고 피제이스로 향했다.

"아직 대학교 결정 안 했어?"

잠시 뒤 칩이 시바운에게 물었다.

"아직도 하워드랑 햄프턴 생각해?"

"아직 생각 안 해. 아직 1년 남았잖아."

시바운은 팔로 자신의 몸을 감싸 안았다.

"칩, 너 진짜 가. 네가 못 풀었던 퍼즐이나 물어보는 건 어때?"

"좀 있다가. 이건 중요한 얘기야."

칩은 그런 놀이를 하기에는 나이가 들었다는 걸 시바운이 알았으면 했다.

"조지타운 대학생 중에 몇몇이 하워드 애들을 만나. 그 애들은 킹 목사가 몽고메리에서 한 일을 알고 흥분했어. 변화가 일어나고 있지만, 너무 느려. 나는 좀 더 빨리 변하도록 뭔가를 하고 싶어."

"예를 들면?"

칩은 아직 그 부분은 생각하지 못했다. 책을 읽고 강의를 들으러 다녔지만, 그것만으로는 충분하지 않은 것 같았다.

"내려가서 시위를 도울 수도 있고."

"위험한 것 같아."

시바운이 더 말을 하기도 전에 그 남자아이가 뚜껑을 덮지 않는 콜라 두 잔을 들고 돌아왔다. 남자아이가 칩에게 거스름돈을 주려고 했지만, 칩은 손사래를 치고 콜라를 쭉 들이켰다.

"먹어 봐. 엄청 시원해."

칩이 시바운에게 말했다. 시바운이 재빨리 한 모금 마셨다.

"칩, 찰스. 학교에 가야지."

시바운은 거리를 둘러보고, 잠시 후 또다시 같은 행동을 했다. 몇몇 흑인들이 그들을 불편하게 흘깃거렸다. 한 백인은 차를 타고 지나가면서 둘을 빤히 쳐다봤다.

"연습 때 보러 갈게. 아니면 경기 보러 갈게. 학교 얘기는 그때 더 하자."

"그러자."

칩은 자신의 가치를 증명할 기회가 또 있기를 바라며 자리를 떴다.

칩이 퍼킨스 고등학교에 갔을 때는 연습이 한창이었다. 2개의 코트에서 두 명씩 짝을 지어 네 명이 연습했다. 빅 더브와 팀에서 가장 우수한 선수 재키 해리스가 세 번째 코트를 차지했다. 재키는 기진맥진해 있었지만 빅 더브는 전혀 지쳐 보이지 않았다. 빅 더브는 재키가 물을 마시고 돌아오기를 기다렸다가, 네트 건너편으로 또 공을 날렸다.

"왜 이렇게 오래 걸렸냐."

애덤 더글러스가 물었다.

"잠시 들를 데가 있었어요."

칩이 고갯짓으로 코트를 가리켰다.

"얼마나 됐어요?"

"몇 분 안 됐다. 재키 빼고. 재키는 더브가 벌써 한 시간째 데리고 있어."

"저렇게 계속하다간 다음 주면 재키 다리가 고무처럼 흐늘거리겠네요."

"더브가 그 말 좀 들었으면 좋겠다. 하지만 지금은 저 사람들 무시해라. 다른 애들이나 봐줘."

칩은 다음 두 게임 동안 아이들을 면밀히 관찰하면서 본 것들을 머릿속으로 기억해 두었다. 1년 전이었다면, 직접 내려가서 조언하려고 했을 것이다. 하지만 칩이 시바운에게 말하려고 했던 것처럼, 칩은 떠나 있는 동안 인종관계에 대해서 좀 더 알게 되었다.

"모데카이는 백핸드를 할 때 몸을 더 옅어야 해요."

마침내 칩이 말했다. 칩은 서너 번 더 발리를 지켜보았다.

"프랫은 괜찮은데, 너무 긴장했어요. 서브를 넣을 때마다 득점하려고 해요. 윌리스의 코트는 완전 새것이라, 저렇게 해서는 공을 컨트롤 못해요."

애덤이 급히 받아썼다. 칩이 재키를 흘깃 보았다. 재키는 목에 수건을 두른 채 코트에 앉아 있었고 빅 더브는 그 옆에 쪼그리고 있었다.

"애들, 준비는 됐어요?"

"모르겠다. 잘하긴 하는데, 토마스의 애들도 잘하니까. 그리고 우리가 그쪽 홈 코트에서 경기하잖니. 오히려 그게 잘된 걸 수도 있어. 이 아이들은 경기에서 이길 필요가 없잖아."

"이 경기는 이 아이들한테도 엄청 큰 의미가 있을 거예요."

칩이 말했다.

"짧게 보면 그렇지, 우리 아이들한테도 좋을 거다. 자신감을 갖게 되겠지. 길게 보면 자신감이라는 건 매우 위험해. 여기 사는 흑인 아이들한테는."

칩이 다리를 긁었다.

"지난번에 이야기한 거, 좀 더 생각해 봤는데요. 미국 유색인 지위 향상 협회에 가입하거나, 내년 여름에는 남부로 내려가서 돕는 거 말이에요."

"내년에 수영장에서 일하면서 계속 생각해 봐."

"하지만……."

"내가 너 그러라고 이 돈 모은 거 아니다. 여자애한테 잘 보이려고 네 인생을 허비할 셈이냐."

"이건 시바운이랑 아무 상관 없는 일이에요."

칩이 말했다. 애덤이 칩을 노려보았다.

"이건 전적으로 시바운과 상관있는 일이다. 너는 열세 살 때부터 쭉 시바운에게 홀려 있지."

"시바운에게 느끼는 감정하고는 상관없어요. 이건 옳은 일이라고요."

"시바운은 그냥 내버려 둬라. 여기 있는 흑인 여자아이들은 다 내버려 둬. 네 공부에나 신경 써. 학위나 따라고."

애덤이 말했다.

"흑인 여자애랑 사귀는 게 잘못된 건 아니에요."

"잘못된 거다."

칩이 일어섰다. 그의 아버지도 수영장에서 만난 아이들과 똑같았다.

"그 애들에게 병이 있는 게 아니라고요! 제 피부가 갑자기 검게 변하진 않는다고요."

"앉아, 이놈아!"

애덤이 칩의 팔을 그러잡아서 도로 자리에 앉혔다.

"더위를 먹었는지 머리에 물이 찬 건지 모르겠다만, 네가 지금 누구랑 얘기하고 있는지 잊은 모양이구나."

칩이 팔을 문질렀다.

"그 애들은 괴물이 아니라고요."

"내가 그걸 모른다고 생각하니? 그렇게 생각했다면, 여기서 가르치지도 않았다."

애덤이 코트를 바라봤다. 빅 더브는 재키에게 네트 바로 앞에서 공격하는 시범을 보이고 있었다.

"그 얘긴 그만해라. 경기에 집중해. 누군가를 돕고 싶거든 이 아이들을 도와."

"그거 아세요. 아버지가 결혼하셨을 때 저보다 겨우 몇 살 더 많았어요."

"하, 뭐냐? 그래서 이제 데이트에서 결혼까지 간 게냐?"

애덤이 두 팔을 공중으로 뿌리치며 일어섰다.

"저는 다만,"

"첫째, 네 엄마와 나는 둘 다 백인이다. 둘째, 나는 군인이었다. 순진해 빠진 대학 신입생이 아니라. 그리고 셋째, 너희 엄마에게는 빅 더브 같은 아버지가 없었다. 네가 시바운의 환심을 사려고 한다는 걸 알면 아마 더브가 널 죽이려 들 거다."

"그분이 알 필요는 없을 거예요. 시바운이 하워드에 간다면요."

"더브는 일단 제쳐 두자. 이 남부 백인들이 너랑 시바운이 사귀게 내버려 둘 것 같으냐? 심지어 버지니아에서도 백인이랑 유색인의 결혼이 불법이라는

데, 하물며 남부에서는 그런 곳 없다."

"우리가 북부로 이사 갈 수도 있죠."

"거기도 인종차별주의자는 있어. 시바운을 어떻게 보호할 거냐? 너에게 침을 뱉으면 어떻게 할 거야? 병을 던지면? 너를 공격하면? 젠장, 너는 시바운이 너를 어떻게 생각하는지도 모르잖아. 다른 녀석이랑 사랑에 빠졌는지 알게 뭐냐."

"적어도 시도는 해 봐야죠, 안 그래요? 원하는 게 있다면 늘 해 보라고 말씀하셨잖아요."

"운동 얘기다. 공부 얘기지, 흑인이랑 사귀라는 말은 아니었다."

칩의 아버지가 눈을 비볐다.

"말해 봐라. 흑인 교회에 몇 번이나 가 봤냐? 한 번? 두 번? 아니, 어떻게 느꼈니? 음악에 맞춰 몸을 흔들어 봤어? 뛰면서 손뼉을 치고 싶었어? 아니면 다른 사람이 너를 쳐다보지 않기를 바라면서 그냥 앉아만 있었냐?"

칩은 자신의 다리만 내려다보고 있었다. 대답으로 충분했다.

"네가 강의를 얼마나 많이 듣든, 책을 얼마나 읽든 나는 관심 없다. 흑인이란 게 어떤 의미인지 너는 절대 이해 못 한다. 그들이 매일 겪는 차별을 너는 절대 안 겪을 거고, 절대로 그들처럼 고생하지는 않을 테니까. 이만하면 충분히 말했다. 더브 온다."

빅 더브가 어깨에 라켓을 얹고 그들 쪽으로 걸어오자 칩의 눈에 그늘이 졌다. 확실히 시바운의 키는 아버지에게 물려받았다.

"안녕하세요. 오늘 애들 제대로 훈련시키시네요."

칩이 손을 뻗으면서 말했다.

“팀에 해 줄 조언 있어?”

“네, 이미 아버지께 말씀드렸어요.”

“내일 애들 점검해 볼까 하는데. 어떻게 생각해, 더브?”

애덤 더글러스가 일어서면서 말하자 빅 더브가 인상을 쓰면서 코트를 봤다.

“2주만 더 있으면…….”

“없어. 애들 잘해…….”

빅 더브가 라켓을 다른 쪽 어깨로 옮겼다.

“충분하진 않아.”

애덤이 아들을 흘깃 보고는 한숨을 쉬더니, 다시 빅 더브 쪽을 봤다.

“스타 플레이어를 데려오는 건 어때?”

“안 돼.”

“이기고 싶어 하는줄 알았는데. 하지만, 알겠네. 이기는 게 전부는 아니니까.”

칩이 두 사람을 쳐다봤다.

“누구 얘기하시는 거예요?”

“자네 아버지는 레지 브래들리를 다시 데려왔으면 하는 거야.”

“레지요?”

칩은 이름을 들은 기억이 어렴풋이 났지만, 얼굴은 기억이 안 났다.

“그 애가 그렇게 잘했나요?”

“작년에 엄청 좋아졌어. 연습을 많이 했더라고.”

애덤이 머뭇거리다가 말했다. 빅 더브가 눈을 가늘게 떴다.

“레지 필요 없어.”

"그 아이를 벌주고 싶은 거야, 이기고 싶은 거야? 내가 얘기해 볼게."

마침내 더브가 말했다.

"알았어. 하지만 그게 그 아이와 릴 더브를 허락…… 어쨌든 그런 건 아니네. 그 둘이 만나는 건 여전히 용납할 수 없어."

칩은 티 내지 않으려고 노력했다. 시바운이 칩이 없는 사이에 레지 브래들리라는 남자를 만났다고?

칩은 고개를 저었다. 칩은 자신이 시바운을 좋아하는 만큼 시바운도 자신을 좋아한다는 걸 이제 막 확인했다고 생각하던 참이었다.

"레지가 사과하지는 않을 거네."

"잘됐군. 나도 그럴 생각 없으니까."

칩은 빅 더브가 코트 쪽으로 돌아갈 때까지 기다렸다 말했다.

"왜 진작 말씀 안 하셨어요?"

"지금 말하고 있잖아. 레지라는 애도 너보다 나을 거 하나 없다. 더브가 자기 딸을 비스타 하이츠 출신의 가난한 연갈색 흑인이랑 사귀게 놔두지는 않을 테니까. 심지어 제 아비가 누군지도 모르는 애와."

애덤이 시간을 확인했다.

"집에는 늦을 거다. 레지를 설득하려면 시간이 좀 걸릴 거야."

"그냥 전화하지 그래요?"

관중석을 나서면서 칩이 물었다. 칩은 아버지가 그 아이와 이야기하는 게 싫었다. 그의…… 라이벌과.

"모두가 전화기를 갖고 있지는 않단다, 아들. 게다가 그 애는 지금 집에 있지도 않아."

애덤이 몇 발자국 가다가 멈췄다.

"네 엄마한테 나는 달링 가에 있을 거라고 말씀드려라. 피제이스에서 저녁 사 가마."

애덤의 말에 칩이 얼굴을 찌푸렸다.

"레지를 만나러 가시는 줄 알았는데요."

"맞아. 거기서 구두를 닦아. 생선 먹을래? 아니면 오늘의 특선 메뉴?"

칩도 피제이스의 음식을 아주 좋아했지만, 지금은 구두닦이대에 있던 남자아이를 생각하고 있었다. 콜라 두 잔을 사 오라고 부탁했던, 키가 껑충한 연한 갈색 피부의 남자아이를.

그 애다. 그 애가 레지였다.

금요일 아침, 캔디스는 비커스 공원에 가기 위해 브랜던의 집으로 향했다. 노예 해방 기념일 축제 때문에 내일 그곳에 가려고 했지만 좀 조용할 때 둘러보는 게 좋겠다고 생각했다. 둘이 테니스 코트에서 어슬렁거리는 걸 보면 캔디스 엄마가 질문을 엄청 해 댈 수도 있으니까.

토리가 현관문을 열고 10분만 더 기다려 달라며 브랜던은 농구 슈팅을 하고 있다고 했다. 캔디스가 뒷마당으로 갔더니 브랜던이 잔디밭을 가로질러 벽돌을 옮기고 있었다.

"매번 이렇게 구시대적인 방식으로 운동해?"

브랜던이 농구 골대 옆 잔디에 벽돌을 내려놓는 걸 보고 캔디스가 물었다. 브랜던이 빗자루를 집었다.

"벽돌로 이 빗자루가 안 넘어지게 받치려고. 수비수를 제치고 슈팅하는 연습이 필요해서."

캔디스가 잔디밭을 가로질러 걸어가서 브랜던에게서 빗자루를 뺏었다.

"다음번엔 그냥 나더러 도와달라고 해. 이 정도 높이면 돼?"

캔디스가 비 부분이 위로 가게 해서 빗자루를 들었다.

"조금만 더 낮게."

브랜던이 캔디스에게 한 발자국 더 앞으로 오라고 하고는 공을 집었다.

"보통은 여기서 쏘면 골대를 돌고 들어가."

브랜던이 말했다.

"나만 계속 따라와. 어쨌든 이렇게 해 줘서 진짜 너무너무 고맙다."

둘은 마당을 따라 돌기 시작했다.

"이런 건 어디서 배웠어?"

"내 친구 퀸시한테서. 퀸시랑 퀸시 아빠랑 같이 연습했거든. 우리 둘 다 키가 작아서 퀸시 아빠가 이렇게 연습시켰어."

브랜던이 손으로 공을 돌리면서 미소를 지었다.

"퀸시가 빗자루를 들고 있을 때마다 내 집중력을 흩뜨려 놓으려고 소리를 질렀지. 하지만 한 번도 안 먹혔어."

"너는 그 애한테 소리 지른 적 없어?"

"매번 그랬지. 그리고 먹혔어."

브랜던이 골대에서 더 먼 곳에 자리를 잡았다. 캔디스가 빗자루를 다시 들어 올렸다.

"퀸시는 코트에서 무슨 소리가 나면 절대 성공 못 해. 죄다 쓰레기 같은 말들인데."

브랜던이 말했다. 브랜던은 슛을 쏠 준비를 하면서 입술을 핥았다.

"퀸시는 모든 사소한 것들에도 펄쩍 뛰었거든."

"아아아아악!"

캔디스가 소리를 질렀다. 브랜던이 공을 던지는 바로 그 순간에 손이 획 틀렸다. 공이 완전히 골대에서 빗나가서 왼쪽으로 날아가 방금 쌓아둔 벽돌 더미에 부딪혔다. 캔디스가 활짝 웃었다.

"내가 1점 땄다."

토리가 준비하는 데 20분은 더 걸린 것 같았지만, 어쨌든 모두 비스타 하이츠로 가는 길에 올랐다. 공원에 가까워지자 캔디스는 파머 할머니가 자기 할머니에 대해서 했던 말들을 곱씹는 자신을 발견했다.

'정신 나간. 멍청이. 대체 무슨 생각이었던 건지.'

공원을 뒤져서 파커의 재산을 찾는다면, 팔찌가 정말로 시바운의 것이라면, 사람들은 할머니에게 했던 모든 무례한 말들을 주워 담아야 할 것이다. 캔디스는 할머니의 팔찌를 만져 보았다. 아니면 이제는 시바운의 팔찌라고 생각해야 하는 걸까. 팔찌를 다르게 보도록 뇌를 재구성하는 게 쉽지 않았다.

캔디스와 브랜던은 차에서 내렸다. 비커스 공원은 캔디스 동네의 공원과는 완전히 달랐다. 놀이터는 거의 비어 있었고, 그넷줄과 철봉은 녹슬어 있었다. 농구 코트에만 사람들이 있었는데, 남자아이들이 공을 던지며 지저분한 얘기를 지껄이고 있었다.

캔디스는 테니스 코트로 향했지만, 브랜던이 따라오지 않아서 멈췄다. 브랜던은 농구 경기를 빤히 쳐다보고 있었다. 코트 위아래로 움직이는 아이들을 따라 브랜던의 고개가 앞뒤로 왔다 갔다 했다. 캔디스가 물었다.

"같이 하고 싶어?"

"아니, 나는 너무 어려."

"내가 빗자루 들어 올려 줬던 거 잊었어? 너, 저 사람들 위로 충분히 슛할 수 있어."

캔디스가 말하자 브랜던이 고개를 저었다.

"저 애들은 마약 이야기를 너무 많이 해."

"그냥 무시하면 되지. 아니면 맞받아치거나."

캔디스가 말했다. 브랜던은 이미 멀어지고 있었다.

"나중에. 뭐 어쨌든 그것 때문에 온 거 아니잖아."

캔디스는 브랜던을 따라 테니스 코트로 갔다. 2개의 초록색 코트를 둘러싸고 있는 울타리도 놀이터의 기구들처럼 녹슬어 있었다.

"그 사람이 뿌려댄 돈을 생각해 보면 분명 이곳에도 기부금을 냈을 거야."

브랜던이 말했다. '이녁 워싱턴 기념 테니스 코트'라는 작은 나무 표지가 울타리 바깥에 걸려 있었다. 코트 중 하나는 오래되어서 바닥 여러 군데가 갈라지고 움푹 패어 상태가 좋지 않았다. 다른 하나의 모양새는 훨씬 나았다.

캔디스는 새 코트 가운데로 걸어갔다.

"이 코트가 틀림없어."

캔디스가 깊게 숨을 들이마셨다. 할머니는 왜 이 코트를 파헤쳤을까? 정말 여기서 팔찌를 발견한 걸까? 왜 그 얘기를 아무에게도 안 했을까?

브랜던은 캔디스에게서 떨어져서 하얀 선 위에 섰다. 일부러 캔디스와 거리를 두는지는 몰랐지만, 캔디스는 브랜던이 그래 줘서 고마웠다.

"그 사람들이 비밀 경기를 했을 때, 이 코트들은 여기 없었을 거야. 하지만 어쨌든 여기서 경기를 하려고 했을 지도 몰라."

캔디스가 주위를 둘러봤다.

"뭔가가 할머니를 이 코트로 이끌었어. 여기 단서가 있을 거야. 날짜가 적힌 뭔가가."

캔디스가 코트 앞에 길을 따라 놓인 벤치를 가리켰다.

"저 벤치에 명판이 있을까?"

"응, 그럴 거 같기도 하네."

"확인해 보자. 나는 다른 쪽 끝에 있는 벤치들을 살펴볼게."

캔디스가 코트의 다른 쪽으로 가기도 전에 브랜던이 캔디스를 소리쳐 불렀다.

"뭘 찾았어?"

"응."

브랜던이 웃으면서 말했다. 벤치는 오래되었고 명판은 긁히고 색이 바랬지만 여전히 글귀를 읽을 수 있었다.

사랑하는 시바운 밀드러드 워싱턴을 기리며

"그녀는 모두를 사랑했다."

"'그녀는 모두를 사랑했다.' 편지에 있던 글이야!"

캔디스가 주머니를 뒤져서 편지를 펼치고는 고개를 끄덕였다.

"그래, 맞아. 그런데 날짜는 없네."

캔디스가 벤치를 다시 쳐다봤다.

"편지 좀 줘 봐."

브랜던은 편지를 받은 다음 벤치에 앉아서 꼼꼼히 읽었다. 브랜던이 편지를 따라 내려가며 숫자를 세면서 편지를 다시 읽고 말했다.

"이게 단서야."

"그래. 그렇지만 그게 무슨……."

"아니. 내 말은 편지가 모두 단서라고. 단서로 가득 차 있어."

브랜던이 속사포로 말했다.

"『웨스팅 게임』에 있는 대로야."

"잠깐만. 아직 다 안 읽었어."

"다 안 읽었다고?"

"너는 몰랐겠지만, 내가 좀 바빴다고."

"얼마나 봤어?"

"거의 다 봤어."

"좋아. 가자. 그 책을 끝내야 한다니까."

"지금? 좀 더 둘러봐야지."

"필요하면 다시 오면 되지. 일단 책부터 끝내. 더 얘기하면 초 치는 거니까."

시바운 워싱턴

1957년 8월 9일

열일곱 살 시바운 워싱턴은 정말로 모두를 사랑했다.

하지만 레지 브래들리를 가장 사랑했다.

처음에 시바운은 레지를 별로 진지하게 생각하지 않았다. 그냥 남자아이일 뿐이었다. 재미있어서 만났고, 아빠에 대한 반항이기도 했다.

하지만 레지를 알게 되면서 그 아이가 그냥 남자아이 이상이라는 걸 알게 되었다. 아빠 팀의 테니스 선수 그 이상이었다. 레지는 똑똑했다. 수학을 좋아했고 책 읽는 것도 좋아했다. 둘은 공원 뒤쪽에 보이지 않게 앉아서 책 이야기를 하면서 몇 시간을 보내곤 했다. 『블랙 보이』, 『미국의 아들』, 『투명인간』에 대해 이야기했다. 항상 의견이 같지는 않았지만, 그래서 대화가 더 재미있었다.

시바운은 오늘처럼, 레지가 자신보다 먼저 공원에 와 있을 때를 특히 좋아했다. 해가 거의 졌지만 공원에는 아직도 아이들이 가득했다. 시바운은 나무 뒤에 서서, 레지가 그네 타는 네 명의 아이들 사이를 왔다 갔다 뛰어다니며 아이들이 "더 높이! 더 높이!"라고 외칠 때마다 일일이 밀어 주는 모습을 지켜봤다. 그리고 매달려서 철봉을 가로지르는 다른 아이를 도와줬다.

혹시 떨어지면 잡을 수 있게 아이의 허리에 가볍게 손을 둘렀다.

한번은 시바운이 레지에게 왜 아이들과 노는지 물어본 적이 있었다. 레지의 대답은 이랬다. "내가 어릴 때 이렇게 놀아 준 사람이 아무도 없었거든."

여자아이가 안전하게 철봉을 건너게 해 준 뒤, 레지는 시간을 확인했다. 그러면 그때 시바운이 나무 뒤에서 앞으로 나왔다. 레지가 자신을 알아보게 한 뒤, 공원 안쪽까지 가서 놀이터와 농구 코트를 지나 참나무 아래로 갔다.

몇 분 뒤면 레지의 발소리가 들렸다. 심지어 지금도 시바운은 레지가 다가올 때면 설레였다. 레지는 키가 크고 말랐지만, 발걸음은 기운찼다. 어딘가 있어야 할 곳이 있는 것처럼, 목숨을 걸고 뭔가를 하려는 것처럼.

시바운이 참나무 아래에서 일어났다.

"내 쪽지를 봐서 다행이다."

시바운이 말했다. 시바운이 구두닦이대에 쪽지를 남겨 놓아도 가끔은 다른 아이들이 그 쪽지를 전해 주는 것을 깜빡할 때도 있었다. 레지가 시바운의 손을 잡고 함께 풀 위에 앉았다.

"네 차례야? 아니면 내 차례?"

레지가 물었다.

"네 차례."

처음 만났을 때부터 내내 둘은 퍼즐을 풀면서 데이트를 시작했다. 시바운은 수학 퍼즐을 좋아했다. 레지는 좀 더 속임수를 쓰는 퍼즐을 좋아했다.

레지의 수수께끼는 늘 반전이 있었다.

"어느 날 밤, 왕과 왕비가 아무도 없는 배에 올랐어. 밤낮으로 항해하면서 프랑스로 향했지. 그들이 도착했을 때, 배에 있던 모든 사람이 해변에 내렸어. 몇 명이 배에서 내렸을까?"

시바운은 꼬여 있는 부분을 찾으려 애쓰며 머릿속으로 수수께끼를 다시 생각해 봤다. 마침내 시바운이 말했다.

"포기할래. 두 명이야?"

"힌트 줄까?"

시바운이 고개를 끄덕이자 레지가 말했다.

"체스판 말을 생각해 봐."

시바운이 눈을 감고 체스판을 떠올렸다. 킹과 퀸, 비숍, 나이트

"세 명!"

시바운이 소리쳤다.

"킹이랑 퀸 그리고 나이트*, 철자는 K-N-I-G-H-T."

레지가 시바운을 더 가까이 끌어당겼다.

"정확하게 말하면, 아직도 내가 이기고 있는 거지? 20대 18이야."

레지는 그동안 누가 퍼즐을 풀었는지를 다 기억했다. 어떤 면에서 레지는 시바운의 아빠만큼이나 승부욕이 있었다.

"여자 친구에게 져 주는 게 이기는 거라는 거 몰라?"

레지의 몸은 이미 시바운에게로 기울고 있었다.

"음, 내가 보너스 점수를 주면 되잖아."

둘은 키스를 했지만 몇 분 뒤 곧 떨어졌다.

"코치는 네가 지금 어디 있는 걸로 알고 있어?"

레지가 시바운의 손목에 두르고 있는 팔찌를 손끝으로 만지며 물었다. 레지가 시바운의 생일 선물로 기술 시간에 만든 것이었다. 포장한 작은 상자를 시바운에게 내미는 레지의 손이 무척 떨렸었다. 그리고 시바운이 상자를

* "어느 날 밤"에서 '밤'을 뜻하는 '나이트(night)'와 체스판의 '기사'를 뜻하는 '나이트(knight)'는 발음이 같다.

열자, 레지는 팔찌가 너무 값싸고 작다고 투덜대면서 더 좋은 것을 줬어야 했다고 말했다. 결국 시바운이 키스로 레지의 입을 막아야 했다. 시바운은 그 팔찌가 무척 마음에 들어서 그날 이후로 매일 차고 다녔다.

“아빠는 내가 엘리네 집에 있는 걸로 알아. 엘리는 통신 회사에 다니는 남자랑 데이트 중이야. 엘리가 그 사람 좋아해. 어떻게 되는지 보자.”

“그 사람들은 어디 갔는데?”

“엘리가 소풍 가자고 했어. 머리 계곡 옆에서 별을 볼 거야.”

“남자 친구에게 음식을 싸 오는 여자 친구? 엘리 여동생은 없어? 다음 주에 뭐 하나 봐야겠네.”

“어머, 그만해. 소풍 가고 싶은 거야? 칠면조샌드위치랑 감자샐러드, 콜라 그리고 사과파이 큼직한 거 가지고 갈까? 어려울 거 없……”

시바운이 레지의 얼굴이 구겨지는 것을 보고 말을 멈췄다.

“왜 그래?”

“아무것도 아냐.”

“레지.”

“진짜야, 아무것도 아냐. 그냥 콜라가 싫어서 그래. 그게 다야.”

“레지, 지난번에 구두닦이대에서 있던 일 때문이야? 일주일도 더 지났어.”

“너 그거 안 마셔도 됐잖아.”

“그럼 내가 어떻게 했어야 해? 나는 너랑 같이 있잖아. 그 사람이 아니라.”

“미안해. 그냥 그 사람이 나를 무시해서. 얼굴에다 그 돈을 바로 던져 버렸어야 했는데. 하지만……”

“알아.”

시바운이 엄지손가락으로 레지의 아주 작은 주근깨를 만졌다. 레지에게는 푼돈이라도 도움이 됐다. 10센트나 5센트짜리라도. 낮에는 구두를 닦고, 밤에는 술집에서 빈 그릇을 치우고, 마운트 카멜 교회에서 잡역을 하는 등 수많은 일을 했다. 얄궂게도 이 일자리들은 모두 시바운의 아빠가 소개해 준 것들이었다. 물론, 둘이 사귄다는 사실을 알기 전의 일이었다. 모두 괜찮은 일이긴 했지만, 시바운은 레지가 자신의 능력보다 못한 일을 하고 있다고 느낀다는 걸 알고 있었다. 레지는 훨씬 더 괜찮은 일을 할 수 있었다. 기회가 없었을 뿐이었다. 램버트에 있는 다른 흑인들처럼.

"내일 준비는 됐어?"

"그 녀석들 목젖에 공을 꽂아 버리려고. 특히 앨런 녀석. 그 자식은 최악이야. 사실, 그 녀석들 다 못됐지만."

시바운은 몇 주 전에 엿들은 부모님의 대화가 떠올랐다. 아빠가 윌리스 팀과의 경기를 제안한 그다음 날이었다. 시바운은 창밖에서 엄마가 복수와 정의의 차이점에 대해서 이야기하는 걸 들었다. 레지와 이야기를 하면 그 모든 것이 고스란히 재현되는 것 같았다. 레지에게 엄마가 한 말을 할 뻔했지만, 그러면 또 다른 싸움만 된다는 걸 알았다.

레지가 다시 시바운에게 키스를 했고, 둘은 테니스 경기와 탄산음료와 세상의 다른 것은 모두 잊었다. 적어도 잠깐 동안은.

"곧 가야 해."

"알아."

"어젯밤에 꿈을 꿨는데, 우리가 시카고에 살고 있었어. 나는 일하고 너는 학교에 다니고 있었어. 우리한테 작은 아파트가 있었는데 가구는 낡았고 싱크대에서는 물이 샜지만, 그래도 우리 집이었어. 우리가 함께 있었어."

"레지……."

"알아. 하지만 사내가 꿈은 꿀 수 있잖아, 안 그래?"

"대학 가는 거 다시 고려해 봐야 한다고 생각해."

"당장 오늘 먹을 음식이 궁한데 어떻게 4년이나 학교에 다니겠어."

"하지만 너는 훨씬 더 많은 돈을 벌 수 있어."

"누가 그래? 이 주변에서 흑인에게 괜찮게 돈을 쳐주는 곳은 도시밖에 없어. 쓰레기를 줍거나 하수구를 치는데 대학 학위가 무슨 소용이야."

"군대는 어때? 네가 멀리 가는 건 싫지만 진짜 돈이 필요하다면."

"빅 드레이퍼 기억하지? 황소처럼 크고 숨 쉴때 하수구 냄새가 나던.

1950년 선수권 대회에서 최고의 라인배커였는데. 어쨌든 그 사람이 군대에서 뭘 했는지 알아? 달걀을 풀고 비스킷을 구웠어. 너는 요리사보다는 더 나은 사람을 만나야 해. 하수구 치는 사람보다는 나은 사람."

"레지, 네가 뭘 하든 나는 널 사랑해. 내가 졸업하고 나면 달라질 거야. 아빠도 영원히 이러진 않을 거야."

시바운이 레지를 꼭 안았다.

어떻게 달라질지는 몰랐지만, 시바운에게는 모든 게 잘될 거라는 믿음이 있었다. 레지가 믿지 않을 때도, 시바운은 믿었다.

"가기 전에 네가 좋아하는 시, 그거 또 읊어 줘. 랭스턴 휴스 시 말이야."

시바운은 이 순간을 영원히 기억할 수 있길 바라며 레지를 꼭 안았다. 그리고 랭스턴의 시를 읊기 시작했다.

"나 또한 아메리카를 노래하네."

19장

"드디어! 책 다 읽었어?"

늦은 금요일 오후, 브랜던이 소리를 질렀다.

브랜던와 토리는 쿠키가 든 접시를 앞에 놓고 앉아 있었다.

"그 책 진짜 재밌더라. 후 가족 빼고. 그 가족은 좀, 너무 뻔해."

"그래, 좋은 지적이야. 이제 그걸 어떻게 편지에 적용할지 준비가 된 건가?"

"생각해 봤는데. 그 부분 말하는 거야? 그……."

캔디스의 말에 토리가 소리쳤다.

"산통 깨지 마!"

"누나, 누나는 안 읽을 거잖아."

"어떻게 알아? 뭐야? 내가 그런 걸 읽기에는 너무 늙었다는 거야?"

토리가 캔디스를 쳐다봤다.

"브랜던이 나랑 엄마한테 남자 책이나 여자 책이 따로 있는 건 아니라고 늘 그랬거든. 그렇다면, 젊은 사람이 읽는 책, 나이 든 사람이 읽는 책이 따로 있는 것도 말이 안 되지."

브랜던은 캔디스에게 짧게 미소를 보내고 누나에게로 몸을 돌렸다.

"진짜 읽을 거야?"

"아마도. 재미있으면."

캔디스는 책에서 편지를 꺼내고, 『웨스팅 게임』을 토리에게 밀어 줬다.

"좋아, 산통 깨지 말고 우리는 위층으로 올라가자."

브랜던이 식탁에서 일어서면서 말했다.

"그래서, 편지에 대해서 알아냈다는 그 대단한 게 뭐야?"

계단을 오르면서 캔디스가 물었다.

"『웨스팅 게임』에서는 이야기가 시작되자마자 퍼즐을 푸는 데 필요한 정보를 거의 다 제공해. 의도적으로. 나는 이 편지도 똑같다고 확신해. 공원에서 말했던 것처럼, 편지 전체가 단서로 가득 차 있어. 편지를 다시 읽어 봐."

"천 번도 넘게 읽었어."

"일단 다시 읽어 봐."

브랜던이 채근하자 캔디스가 씩씩거리면서 재빨리 편지를 훑었다.

"좋아, 번호가 붙은 단서를 몇 개나 찾았어?"

"하나."

브랜던이 두 손으로 손뼉을 쳤다.

"처음엔 나도 그렇게 생각했어. 그러다 공원 벤치에서 이 글을 봤지. '그녀는 모두를 사랑했다.'"

브랜던은 캔디스에게 더 가까이 가서 원하는 것을 찾을 때까지 손가락으로 편지를 따라 내려갔다.

"여기 그 문장 바로 앞에 이어지는 단어가 뭐야?"

"For."

"바로 그거야! 거기서 『웨스팅 게임』이 생각났어. 그리고 생각했지, 만약 그 For가 F-O-R가 아니라, F-O-U-R를 의미하는 거라면?"

캔디스가 반박하려고 입을 열다 다물었다.

"내가 무슨 말을 하는지 알겠지?"

브랜던의 목소리 톤이 올라갔다. 캔디스는 편지를 읽느라 정신이 없었다. 한 줄 한 줄 읽으면서 머릿속으로 단어를 다르게 읽어보려고 노력했다.

(1.) 시바운 아버지는 테니스를 무척 좋아했지만 다른 스포츠 팀에 푹 빠져서 자랐습니다.

Too* (2.) 리앤 워싱턴 부인은 교회 자원봉사자로 보낸 날들 동안 램버트의 아이들을 위해 많은 일을 했습니다.

Three (3.) 시바운은 그녀의 부분들을 합쳐 놓은 것보다 훨씬 더 훌륭했습니다.

For (4.) 그녀는 모두를 사랑했습니다.

"메모할 종이 좀 줄래?"

"이미 적었어."

브랜던이 말했다. 브랜던이 컴퓨터로 가서 파일을 열었다.

"그래서…… 우리는 4개의 단서 중에 3개를 찾은 것 같아. 룰링 오일러스가 첫 번째 단서고, 리앤 워싱턴이 여성 선교회에서 일한 게 두 번째 단서고, 그리고 공원 벤치가 네 번째 단서야."

"그게 네 번째 단서일 '가능성이 있는' 거지. 날짜가 없으니까."

캔디스의 말에 브랜던이 고개를 끄덕였다.

"맞아, 하지만 세 번째 단서를 못 찾은 건 확실해. '시바운은 그녀의 부

* 편지의 원문에서 3개의 문장 앞에 각각 Two, Three, Four와 발음이 같은 Too, Three, For가 있다. 두 사람은 이 점을 알아차리고 각 문장 앞에 2, 3, 4를 적었다. 즉, 두 번째, 세 번째, 네 번째 단서라는 뜻이다.

분들을 합쳐 놓은 것보다 훨씬 더 훌륭했다' 라는 부분."

브랜던이 말했다.

"하지만 그게 찾아야 하는 게 아닐 수도 있지 않을까? 물리적인 게 아닐지도 몰라."

캔디스는 머릿속으로 단서들을 다시 반복해 보았다. '시바운은 그녀의 부분들을 합쳐 놓은 것보다 훨씬 더 훌륭했다.'

"더해야 하나 보다!"

캔디스가 브랜던의 책상에 있는 워싱턴 가족의 사진을 보았다.

"그녀의 부분들을 합쳐 놓은 것. 부모님이야. 부모님을 어떻게든 더해야 해!"

"그래, 거기서 우리가 막힌 거야."

"너 정말 퍼즐 천재다. 이젠 뭘 해야 하지?"

캔디스는 브랜던이 자신의 상처 입은 자존심을 달래 주려고 한 말이라고 확신했지만, 우습게도 그게 정말로 효과가 있었다.

"그래서 우리는 뭔가를 더해야 해……. 그러니까, 야구와 교회?"

캔디스가 두 손으로 머리를 감싸 쥐었다.

"테니스는 시바운이 어떤 사람이었는지를 아는 데 중요한 부분이야. 학교에 있던 그 트로피에 점수가 있었나?"

"없던 거 확실해. 테니스 점수는 어떻게 매기는지 찾아볼게."

브랜던이 웹 브라우저를 열었다. 검색하고 링크를 몇 개 클릭해 보고는 마침내 경기 방법을 설명하는 페이지를 찾았다.

캔디스는 브랜던의 어깨너머로 봤다. 테니스에서는 두 선수가 모두 0포인트에서 시작하는데 그것을 '러브'라고 부른다. 공을 치고 상대방이 맞받아치지 못하면 1포인트를 따고 15점을 얻는다. 2포인트를 딸 때까지는 그렇고, 3포인트를 따면 45점이 아니라 40점이 된다. 40점 동점은 듀스라고 한다. 그리고 60점을 먼저 내는 사람이 그 게임*을 이긴다. 다만, 60점이라는 말은 쓰지 않는다. 그리고 듀스에서는 두 포인트를 연속으로 따내야 이길 수 있다. 아니면 30점 차이라고 해야 하나? 한 세트에서 이기려면 최소 여섯 게임을 이겨야 하고, 경기에서 우승하려면 세 세트 중 두 세트를 이겨야 했다.

다음 한 시간 동안 그들은 총 10개의 웹페이지를 읽었다. 캔디스가 말했다.

"우리가 엉뚱한 숫자를 찾고 있나 봐. 다시 기념관으로 돌아가서 생각해 봐야 해."

"그런데 뭘?"

"몰라. 그냥 거기서 뭔가를 놓친 것 같아. 그게 첫 번째 단서인 데다 단서처럼 보이게 쓰인 유일한 거잖아."

"음, 네가 그거 생각하는 동안 나는 쿠키나 더 가져와야겠다."

브랜던이 방을 나가자, 캔디스는 커뮤니티 센터의 사진이 들어 있는 파일을 열었다. 여러 사진을 클릭해 보고, 리앤 워싱턴과 여성 선교회 사진을 찾았다.

마운트 카멜 선교회가 브리그스 대 엘리엇 기금 마련을 위해 빵 판매를 준비하다

1951년 3월 14일

캔디스는 두 번째 단서를 다시 읽었다.

---

* 게임: 테니스 경기에서 세트를 이루는 단위.

교회 자원봉사자로 보낸 날들 동안 램버트의 아이들을 위해 많은 일을 했습니다.

자원봉사자로 보낸 날들.

날들.

날짜들.

그러니까 1951년 3월 14일.

그래서 여성 선교회 사진의 날짜가 다른 날짜들과 달랐던 걸까? 그 사실을 사람들이 알아차리게 하려고 제임스 파커가 일부러 그렇게 한 걸까?

캔디스는 의자 뒤로 몸을 기대고 제자리에서 빙글 돌았다. '어쩌면 우리가 이걸 너무 글자 그대로 이해하고 있는지도 몰라. 비유적으로 표현한 걸 수도 있어. 그러니까 그게 만약 합이라면 단서들을 숫자로 바꿔야 할지도 몰라. 날짜를 숫자로. 그런데 그렇게 하면 첫 번째 단서에 맞는 날짜는 뭘까?'

캔디스는 종이를 집어 사진에 있던 날짜 1951년 3월 14일과 트로피에 있던 날짜 1957년 8월 10일을 더하기 시작했다. 3/14/1951 + 8/10/1957 = 3141951 + 8101957 = 11243908.

캔디스는 다시 의자를 빙글 돌렸다. 11243908 = 11/24/3908 = 11월 24일 3908년? 1939년 11월 24일인 걸까?

캔디스는 이 날짜와 관련된 새로운 것이 있기를 바라며 기념관에서 찍어 온 사진들을 훑어보았다. 날짜와 맞는 걸 찾지 못하자, 워싱턴 코치 헌정 영상을 다시 틀었다. 거기서 놓친 게 있을지 몰랐다.

캔디스가 빨리 돌려서 막 워싱턴 코치가 룰링 오일러스에 대한 애정을 말하고 있는데, 브랜던이 쿠키 접시를 들고 돌아왔다.

"젠장, 여기도 없어."

캔디스가 영상을 멈추고 투덜거렸다. 브랜던이 침대에 앉았고 캔디스는 자신이 했던 일을 자세히 알려 줬다.

"대단하다. 날짜를 숫자로 바꿔 볼 생각은 한 번도 못 했어."

"그래, 뭐, 그래도 여전히 막혔어. 날짜들을 더해 봤지만, 결과는 말이 안 돼. 그게 뭘 의미하는지 모르겠어."

브랜던이 캔디스에게 쿠키를 건네면서 캔디스에게 나오라고 손짓을 했다.

"그 날짜들로 검색해 볼게. 어쩌면 거기에 단서가 있을 수도 있어."

캔디스가 쿠키를 먹는 동안 브랜던이 1939년 11월 24일을 쳤다. 흥미로운 게 뜨지 않았다. 적어도 눈에 띄는 건 없었다. 다음에는 1951년 3월 14일과 1957년 8월 10일을 쳤다. 그리고 11월 24일과 8월 10일, 3월 14일을. 그때 캔디스가 쿠키를 떨어뜨렸다.

"파이 데이*."

"음, 그게 뭐?"

"숫자라고 생각해 봐."

캔디스가 일어섰다.

"리앤 워싱턴의 사진 열어 봐."

브랜던이 재빨리 파일을 열었다.

"봐!"

캔디스가 주먹으로 브랜던의 어깨를 툭 쳤다.

"파이를 들고 있어!"

---

* 파이 데이: 원주율의 근삿값 3.14에서 유래한 원주율 기념일로 3월 14일을 가리킴.

"아야! 그 팔은 슛 던질 때 쓰는 팔이라고, 캔디스."

"미안. 날짜를 봐! 3월 14일. 여기 있는 단서가 P-I-E가 아니라 P-I라면? 3.14 알지? 원주율의 근사값."

캔디스가 손목에 있는 팔찌를 돌렸다.

"어쩌면 이게 빅 더브의 단서와 관련이 있을 지도 몰라…… 오일러스나 그 매키라는 남자하고도!"

브랜던이 컴퓨터 화면을 보면서 천천히 고개를 끄덕였다.

"응? 어떻게 생각해?"

캔디스가 몇 초 뒤에 물었다. 브랜던이 캔디스를 보면서 활짝 웃었다.

"내가 말했지? 너는 퍼즐 천재야."

시바운 워싱턴

1957년 8월 10일

로버트 힉스 코치가 웰리스 고등학교의 테니스 코트 바깥에 주차를 하자, 시바운은 목에 두른 빨간 스카프를 고쳐 맸다. 블라우스와 풍성한 치마를 입어서 다행이었다. 기온이 27도에 육박해서 애초에 입으려던 청바지를입었다면 너무 더웠을 것이다. 그리고 시바운은 하이힐에서부터 스카프와 잘 어울리는 짙은 빨간 립스틱까지, 지금 복장이 모두 마음에 들었다. 시바운은 스스로에게도, 레지에게도 예뻐 보이고 싶었다.

하늘 높이 뜬 보름달이 주차장을 비췄다. 그들 앞으로, 테니스 코트를 둘러싼 철 울타리 바깥에 더글러스 코치의 차와 칩의 트럭을 포함해 열 대의 자동차가 있었다. 모두 시동을 건 채로 전조등을 켜 놓고 있었다. 경기 조명으로 사용하려는 게 틀림없었다.

칩의 트럭 문이 열리자 시바운이 멈춰 섰다. 칩이 차에서 내려 힉스 코치와 악수를 하면서 말했다.

"안녕하세요, 코치님. 시바운, 잘 있었어? 보러 와 줘서 기뻐."

"오늘 경기를 놓치면 안 되지."

다른 차가 주차장으로 들어와서 시바운은 몸을 돌리며 말했다. 그 차가 그들을 지나서 울타리 옆에 주자하자 시바운이 긴장했다.

"홀리스터 목사님 차야."

힉스 코치가 곰 같은 손을 시바운의 어깨에 올려놓으며 말했다.

“가 보고 올게. 좀 있다가 관중석에서 보자.”

힉스 코치의 시선이 시바운에서 칩에게로 옮겨갔다.

“여기서 오래 이야기하지 마. 시바운, 나는 스미스랑 앉아 있을 거다.”

둘은 고개를 끄덕였고, 힉스 코치는 차에서 내리는 마른 백인 남자에게 걸어가 인사했다. 빅 더브와 터너 코치가 유일하게 심판으로 인정한 한 사람, 스테판 홀리스터 목사였다. 그는 교외의 작은 감리교 목사로, 흑인들에게 호의적인 인물로 알려져 있었다. 비밀리에 하는 시범 경기였기 때문에, 그는 퍼킨스 팀이 구할 수 있는 한 가장 공정한 사람이었다.

하지만 한 사람이 모든 경기를 심판하려면 밤을 새워야 해서, 코치들이 점수 내는 방식을 조정하기로 했다. 경기는 세 세트로 이루어질 예정이었다.

각 팀에서 제일 잘하는 선수 세 명이 출전하기로 했다. 한 세트의 게임 수도 줄여서, 두 득점 차이로 네 게임을 먼저 이기는 선수가 그 세트에서 이겨, 총 세 세트 중 두 세트에서 이긴 팀이 최종 승리하는 방식으로 조정했다.

“선수들은 준비됐어?”

시바운이 묻자 칩이 손톱 밑의 모래를 파내며 말했다.

“할 수 있는 만큼. 네 남자 친구는 두 번째 세트에 뛰어. 더브 코치가 잘하는 두 명을 먼저 내보내고 싶어 했거든.”

그러니까 칩도 레지에 대해서 알고 있었다. 하지만 시바운은 기뻤다. 모든 걸 비밀로 해야 하는 데 지쳤다. 아무 말도 하지 않아야 하는 것에.

“레지는 누구랑 붙어?”

“글렌 앨런. 하지만 레지가 이길 거야. 내 생각엔. 집중만 하면.”

결국, 칩이 미소를 지었다.

"내가 대학에 간 사이에 다른 녀석과 사랑에 빠져서 정신을 못 차리다니."

"나도 놀라워. 하지만 진심으로 레지를 사랑해. 친절하고 똑똑하고 그리고 평소에는 너무 착해."

시바운이 자신의 팔찌를 만지작거렸다. 더운 날씨인데도 금속은 차갑게 느껴졌다. 시바운이 레지를 생각하며 미소를 지었다. 이 모든 것을 입 밖으로 내서 말하니까 기분이 이상했지만, 힘이 나기도 했다.

"아빠가 레지를 무척 반대하는 것도 알고 있겠네."

칩이 고개를 끄덕였다.

"아마도 대학에서라면, 너랑 그 아이가……."

"레지는 대학 안 갈 거야. 학교는커녕 전기세도 겨우 내는 형편이거든."

"장학금도 있잖아?"

"장학금은 뭐 땅에서 솟아나? 레지 성적도 그 정도로 좋지는 않고. 레지는 항상 일을 너무 많이 해. 한때는 레지랑 도망갈까도 생각했어."

"뭐라고?! 그 애랑 도망가려고 했단 이야기는 하지 마, 제발!"

칩의 얼굴에 분노가 일었다.

"조용히 해. 그리고 레지는 애 아니야. 너보다 겨우 한 살 어려."

"네 말이 맞네. 미안해. 그런 뜻은 아니었어."

칩이 조용히 말했다. 시바운이 괜찮다는 뜻으로 고개를 끄덕였다.

"그리고 물론 레지랑 떠나지 않을 거야. 원하지 않아서가 아니라. 그건, 그냥 만약 내가 도망간다면 다시는 집으로 돌아오지 못할 것 같아서야. 다시는 엄마, 아빠, 친구들을 보지 못할 테니까."

"너희 아빠도 결국엔 너를 용서하실 거야."

"우리가 같은 사람에 대해서 말하고 있는 거 맞아?"

시바운이 코트 쪽을 쳐다보며 말했다.

"우리도 들어가야겠다."

"우리랑 같이 앉을래?"

"안 그러는 게 좋겠어. 괜한 장면을 만들고 싶지 않아."

"그래, 네 말이 맞겠다. 매리언 앨런이 벌써 귀찮게 굴어. 그 녀석이 우리를 보면 상황이 더 나빠지기만 할 거야."

칩이 고개를 절레절레 저었다.

"사람들이 우리한테 떨어져 앉으라고 강요하지도 않는데, 아직도 우리는 지레 떨어져 앉는다니까."

"내 말은 그 말이 아냐. 레지가 우리 둘이 같이 있는 거 안 봤으면 해서 그래. 레지가 너를 엄청 싫어하거든."

칩이 코웃음을 치자, 시바운이 눈을 위로 굴리며 말했다.

"너는 여기서 잠시 기다렸다가 들어와."

시바운이 울타리 안으로 들어서는데 레지가 보였다. 레지와 다른 선수들이 관중석 제일 가까운 코트에서 서로에게 가볍게 로빙*을 하고 있었다. 모두 흰색 반바지에 칼라가 달린 흰색 셔츠 차림이었다. 시바운의 엄마가 포켓 위에 학교 로고를 박아 넣느라고 며칠 밤을 보냈다.

시바운은 벤치로 걸어가서 힉스 코치 옆에 앉았다. 시바운은 재빨리 관중석에 앉아 있는 백인들이 몇 명인지 세어 봤다. 적어도 스무 명은 되었고 대부분이 매리언 앨런의 친구인 것 같았다. 매리언은 대체 얼마나 많은 사람들

---

* 로빙: 테니스에서, 완만한 포물선을 그리듯 공을 높이 띄우는 타구법.

에게 이 '비밀' 경기에 대해서 말한 걸까?

첫 세트가 시작될 참이었다. 재키 해리스가 코트에 섰고 덩치 좋은 윌리스의 선수, 해럴드가 반대편 베이스라인에 섰다.

해럴드는 공을 공중으로 높이 띄운 다음 서브를 넣었다. 재키가 공을 받을 때는 시바운의 몸이 저절로 앞으로 나왔다.

테니스 경기는 항상 조용했다. 풋볼이나 농구처럼 야단법석을 떨거나 소리 지르는 일이 일절 없었다. 하지만 경기가 시작될 때의 침묵은 시바운이 이제까지 경험해 보지 못한 것이었다. 재키와 해럴드 사이로, 흑인과 백인 사이로 공이 오가는 동안 모두가 숨죽여 첫 포인트를 기다리는 것 같았다. 한 번, 두 번, 세 번, 네 번, 다섯 번. 마침내 해럴드가 첫 포인트를 땄다. 모두가 숨을 내쉬었고 매리언 앨런은 일어서서 환호했다.

게임은 계속됐다. 해럴드가 점수를 낼 때마다 매리언은 함성을 질렀고, 재키가 따라잡으면 빅 더브가 인정의 의미로 고개를 끄덕였다.

해럴드는 처음 두 게임에서는 쉽게 이길 정도로 아주 잘했다. 하지만 시바운은 해럴드가 얼마나 거칠게 숨을 쉬고 있는지 알아차렸다. 자세가 흐트러졌고, 세 번째 게임 중반쯤이 되자 확실히 지쳤다. 빅 더브도 알아차렸음에 틀림없었다. 타임아웃이 끝나자, 재키가 베이스라인 쪽으로 이동해서 좀 더 방어적인 전략을 구사했다. 전처럼 위닝샷*을 치지 않고 공이 아웃만 되지 않게 하면서 해럴드가 공을 쫓아다니느라 힘이 빠지도록 했다. 해럴드는 점점 더 지쳤고 실수가 잦아졌다. 마지막 게임에서 해럴드는 몸도 겨우 움직였다. 1세트는 재키가 5-3으로 이겼다.

---

* 위닝샷: 승리나 득점과 연결되는 결정적인 타구. 주로 상대방이 수비할 수 없는 강력한 공을 가리킴.

두 선수가 네트에서 만났다. 재키가 손을 내밀었고 영원 같은 시간이 흐른 뒤에야 해럴드가 영혼 없이 악수를 했다.

레지가 동료 모데카이와 워밍업 하는 걸 보고, 시바운은 팔찌를 만지며 행운을 빌었다. 1미터쯤 떨어진 곳에서, 글렌 앨런이 다른 윌리스 선수와 같이 공을 이리저리 치고 있었다. 시바운은 글렌이 공을 굉장히 여유 없이 감아올린다고 생각했다. 부드럽게 받아내면 되는 공을 세게 치고 있었다. 한번은 그의 동료가 턱을 부술 듯 강력한 공을 피하느라 몸을 숙이기도 했다.

레지는 여유로워 보였지만 얼굴은 단호했다. 레지는 모든 사람을 흘깃거렸다. 글렌 앨런, 시바운, 심지어 칩까지. 레지가 또다시 관중석을 흘깃 봤을 때 칩이 레지에게 두 엄지손가락을 치켜들었지만, 레지는 코웃음을 치며 서브를 넣으러 갔다. 칩은 정말 눈치가 없었다.

선수들이 자기 자리로 돌아가자 힉스 코치가 스미스에게 말했다.

"잘 봐. 글렌 앨런이 코트에 서면 진짜 재미있어질 거야."

코치들과 짧게 이야기를 나눈 뒤, 홀리스터 목사가 레지와 글렌에게 경기 시작 전에 인사를 나누라는 몸짓을 했다. 누구도 움직이지 않았다. 코치들도 마찬가지로 선수들에게 악수하라고 하지 않았다. 결국, 목사가 고개를 절레절레 저으며, 선수들에게 제 위치로 가라고 손짓했다. 목사가 첫 서브를 넣으라고 레지에게 공을 던져 줬다.

레지가 공을 몇 번 튕기고는 소리를 내지르며 글렌에게 강속구를 날렸다.

글렌은 받아 내지 못했다.

15-0, 30-0, 40-0, 게임 끝.

레지가 관중석에 있는 매리언 앨런 쪽을 쳐다보고 코웃음을 쳤다.

위치를 바꾼 뒤, 글렌이 레지만큼 강력하게 서브를 넣었고 두 번의 득점을 올리면서 게임을 시작했다. 하지만 다음 포인트에서 레지는 글렌의 서브를 받아 내는 방법을 터득했고, 결국 점수를 30-30으로 만들었다. 코트를 가로지르는 강력한 공으로 다시 레지가 앞서가자 이번에는 칩을 보고 레지가 다시 코웃음을 쳤다. 시바운이 조그맣게 말했다.

"레지는 너무 자신만만해요."

"그래, 하지만 그걸 어디서 배웠겠냐."

힉스 코치가 시바운의 아버지를 고갯짓하며 말했다. 빅 더브는 레지보다도 더 활짝 웃고 있었다. 더브는 레지가 마지막 포인트를 얻으며 두 번째 게임에서 이기자 펄쩍 뛰며 주먹을 아래위로 흔들었다.

둘이 다시 자리를 바꿨지만 전처럼 네트 다른 쪽으로 건너가지 않고 같은 쪽으로 갔다. 레지가 글렌을 지나치면서 뭐라고 속삭였다. 글렌은 팔꿈치로 레지를 치는 것으로 응수했다.

시바운은 바짝 긴장했다. 레지는 그냥 소리 내서 웃었다.

시바운은 눈을 감고 기도를 드렸다. 시바운은 레지가 어서 빨리 남은 두 게임을 이기고 이 모든 게 끝나기를 바랐다. 퍼킨스 팀이 주 최고의 팀을 이길 수 있다는 걸 증명하고 모두가 안전하게 집으로 돌아가기를 바랐다.

시바운이 눈을 뜨니, 시바운의 아버지가 레지와 얘기하고 있었다. 뒤로 물러서는 레지의 얼굴에 놀란 기색이 있었다. 그러더니 웃으면서 고개를 끄덕였다.

첫 번째 서브에서 레지가 더블 폴트*를 해서 15-0으로 글렌이 앞섰다. 시

* 더블 폴트: 테니스에서, 서비스를 두 번 연속 실패하는 것을 가리킴.

바운은 이해할 수가 없었다. 레지는 팀에서 서브를 제일 잘 넣었다. 서브에 실패하는 법도 없었는데, 더블 폴트라니. 다음 포인트에서는 레지가 겨우 네트를 넘어온 드롭 샷*에 너무 느리게 달려가서 또 글렌에게 점수를 주었다.

이런 일이 두세 번 있더니 글렌 앨런이 처음으로 게임을 이겼다.

시바운은 아버지가 뚜껑이 열리기 직전일 거라 생각하며 아버지를 봤다.

하지만 빅 더브는 그저 자리에 앉아서 턱을 괸 채 천천히 고개를 끄덕였다.

시바운은 무슨 일이 벌어지고 있는지 알아차렸다. 그들은 글렌을 갖고 놀고 있었다. 경기를 질질 끌면서. 앨런을 모욕하고 싶었던 것이다.

글렌의 약한 서브로 네 번째 게임이 시작됐다. 레지는 더 약하게 받아쳐서 공이 네트에 걸렸다. 하지만 글렌이 40-0으로 앞서가게 둔 뒤, 레지는 지난 두 게임 동안 아껴 둔, 무자비한 받아치기를 뽐내며 강력하게 돌아왔다. 레지는 남은 점수를 모두 쉽게 따내며 확 앞질렀다.

시바운은 심호흡을 했다. 레지는 한 게임이 더 남아 있었다.

시바운은 레지가 자신의 아버지를 흘깃 보는 것을 봤다. 빅 더브는 그의 양손을 꼭 맞잡았다가 천천히 뗐다.

그리고 레지는 실책과 약한 백핸드를 섞어가며 다음 게임에 졌다.

시바운은 모든 사람이 이 경기가 놀림거리가 되어 버린 것을 알아차렸을 거라고 확신했다. 매리언 앨런만 빼고. 매리언은 아직도 글렌이 앞서갈 때마다 더 크게 소리를 지르며 환호하다가, 글렌이 점수를 잃을 때만 조용히 샐쭉댔다.

마침내 여섯 번째 게임을 위해서 글렌이 서브를 준비하는데, 시바운은

---

* 드롭 샷: 테니스에서, 공에 역회전을 주어 네트 바로 너머에 떨어뜨리는 타구.

아버지가 자신의 목을 자르듯 손짓하는 것을 보았다. 레지가 웃었다. 그리고 눈을 가늘게 뜨더니 상대 선수에게로 주의를 돌렸다.

글렌이 서브를 넣었다. 레지가 하도 빨리 받아치는 바람에 글렌은 공이 자신을 스쳐 지나가 땅에 튕기는 것밖에 볼 수가 없었다.

레지가 이번 경기는 이기기로 마음먹은 것이 분명해지자, 터너 코치가 심판의 판정에 몇 번 항의하려고 했다. 하지만 점수가 벌어질 대로 벌어지자 그마저도 그만뒀다.

글렌이 초조하게 그의 형을 흘깃거렸다. 그러고 나서 마지막이 될 것이 확실한 서브를 넣기 바로 직전에, 주머니에서 공을 꺼내서 땅에 내려놓는 과장된 몸짓을 해 보였다. 앨런은 그 공을 차 내려고 가더니 차기는커녕 오히려 공을 밟고 올라서다시피 했다. 그리고는 '악' 하고 비명을 내지르며 라켓을 떨어뜨리고 땅바닥에 쓰러졌다.

"내 발목! 발목을 삔 것 같아!"

시바운은 눈을 위로 굴렸다. 물론, 레지가 그를 갖고 논 게 잘한 건 아니었지만 이런 짓은 피할 수 없는 일을 미룰 뿐이었다. 다친 척하는 게 차라리 나을 만큼 글렌에게는 유색인 선수에게 지는 게 그렇게 모욕적인 걸까?

터너 코치는 글렌 앞에 무릎을 꿇고 앉았고 매리언이 서둘러 왔다. 둘은 글렌이 일어서도록 부축해서 벤치로 데려갔다. 시바운이 확신하건대 글렌은 다치지 않은 다리를 다친 척 조심해서 걸었다. 매리언이 소리쳤다.

"시범 경기 일정을 다시 잡아야겠어요. 삔 발목으로 경기를 뛸 수는 없어요."

"맞아. 이렇게 경기가 끝나면 안 돼. 이건 공정하지 않아."

또 다른 백인이 소리쳤다. 시바운은 빅 더브와 애덤 더글러스가 코트 중간에 있는 홀리스터 목사와 터너 코치에게 느긋하게 걸어가는 것을 보았다.

"가자, 우리는 가야겠다."

힉스 코치가 일어섰다. 시바운이 얼굴을 찡그렸다.

"하지만……."

"상황이 나빠지면 여기서 바로 나가기로 빅 더브와 약속했다."

힉스 코치가 말했다.

"따라 내려갈게. 더브한테 가서 알아듣게 말할 수 있을지 볼게."

스미스가 말했다.

"이봐요, 여기 규칙은 내가 만들지 않았어요."

시바운과 힉스 코치, 스미스가 관람석 아래쪽에 도착하자, 홀리스터 목사가 터너 코치에게 하는 말이 들렸다.

"대체 선수는 안 돼요."

힉스 코치는 코트를 그대로 지나쳐 비상구 쪽으로 걸어갔지만 시바운은 멈춰 섰다. 그리고 스미스를 따라 맨 아래 좌석 쪽으로 천천히 내려갔다. 좀 더 잘 듣기 위해 더 가까이 가고 싶었다.

"시바운? 뭐 해?"

힉스 코치가 화난 목소리로 불렀다.

코치를 무시하고 시바운은 자리에 앉았다. 레지가 몇 미터 떨어진 곳에 있었지만 대화에 너무 열중해 있어서 시바운을 알아보지는 못했다.

"이번 세트는 기권하는 걸로 하든지 아니면 다시 돌아가서 경기를 끝내든지 하시오. 최종 결정이오!"

홀리스터 목사가 말했다.

“안 됩니다. 다시 일정을 잡아야 해요.”

터너 코치가 말했다.

“그럼 뭐야? 현재 점수는 다 버리고 새로 시작하자는 거야?”

빅 더브가 고개를 저었다.

“이봐, 코치. 자네는 공정한 사람이잖아.”

“그렇게 장난질을 쳐 놓고 공정을 논하겠다고? 나는 규칙에는 관심 없어. 우리가 유색인한테 졌다는 말이 나오게는 안 둘 거야.”

“정확하게 누구를 걱정하는 건가? 매리언 앨런? 좋아, 내가 말하지.”

빅 더브의 말에 애덤이 끼어들었다.

“여기서는 홀리스터 목사가 책임자야. 홀리스터 목사가 발표하게 하지.”

애덤이 목사 쪽으로 돌아섰다.

“저 사람들한테 우리가 이겼다고 말하지 말아요. 부상으로 기권해서 졌다고 해요.”

“그건 거짓말이잖아.”

빅 더브의 말에 애덤이 말했다.

“이긴 건 이긴 거잖아.”

힉스 코치가 시바운의 팔을 잡자 시바운은 고개를 들었다.

“충분히 들었다.”

힉스 코치가 시바운을 일으켜 세웠다.

“아니면 네 아버지한테 말씀드릴까?”

시바운이 고개를 저으며 아버지를 흘깃 보았다. 시바운의 아버지는 팀과 이야기를 하면서 밝고 환하게 웃고 있었다. 시바운은 레지를 소리쳐 불러서 작별인사를 하고 싶었지만 참았다.

시바운이 테니스 코트를 나와서 힉스 코치를 따라가는데, 홀리스터 목사가 모인 사람들에게 발표하는 소리가 들렸다. 몇몇은 야유를 했고 또 몇몇은 저주의 말을 퍼부었다. 누군가 "저 유색인들이 속임수를 썼다고, 안 그래?"라고 소리쳤고, 곧이어 땅바닥에 유리 깨지는 소리가 들렸다.

시바운이 휙 뒤돌아봤다. 애덤 더글러스와 칩이 퍼킨스 선수들을 몰아서 벤치에서 데리고 나왔다. 그들 몇 미터 앞에 깨진 유리병이 있었지만 아무도 다치지는 않은 것 같았다.

"가자."

힉스 코치가 시바운이 차 안에 앉을 때까지 시바운의 팔을 놓지 않았다. 시바운이 무리 속에서 레지를 찾았다. 그곳에서는 화가 난 백인들 얼굴밖에 보이지 않았다. 모두 화가 나 있었다.

21장

토요일 아침, 짧게 농구 경기를 한 뒤, 캔디스와 브랜던은 자전거를 타고 운동 관련 책을 찾으러 도서관으로 향했다. 오일러스라고 불리는 팀이 엄청 많아서 브랜던은 흑인 리그와 하키, 풋볼에 대한 책만 골랐다.

캔디스는 테니스와 1957년 윔블던에서 우승한 아프리카계 미국인인 앨시아 깁슨의 전기를 골랐다. 파머 할머니의 말에 의하면 워싱턴은 시바운이 '제2의 앨시아 깁슨'이 되기를 원했다고 했다. 거기에 연결 고리가 더 있을지도 몰랐다.

캔디스와 브랜던이 집으로 돌아오니 엄마들이 브랜던 집 현관에서 커피를 마시고 있었다. 둘은 마당에 자전거를 두고 현관 계단을 올라갔다.

브랜던의 엄마가 말했다.

"더 일찍 왔어야지. 지금 움직여야 해. 아프리카 춤 공연을 놓칠 순 없어. 축제에서 제일 하이라이트란 말이야."

"늦어서 죄송해요. 연구 과제 때문에요."

브랜던이 말했다.

"그 과제 엄청 보고 싶네. 너희 둘 다 거기다 엄청 시간을 들이니까 말이야."

브랜던의 엄마가 계속 말했다.

"엄마는요? 아침은 어땠어요?

캔디스가 주제를 바꾸려고 엄마에게 물었다.

"아주 좋았어. 한 챕터를 수정하고 새로운 장면을 넣었지. 천천히 꾸준히 가는 게 이기는 거란다. 나는 너무 그래서 탈이지만. 과제 얘기나 해 줘."

"아직은 안 돼요. 아시잖아요. 천천히 꾸준히 가는 게 이기는 거라는 거. 다 끝내면 모두 말씀드릴게요. 공원 가기 전에 점심을 먹고 가나요?"

"거기에 지역 음식점들이 엄청 많을 거야."

캔디스의 엄마가 말했다.

"샘스도 있으면 좋겠다."

토리가 『웨스팅 게임』을 겨드랑이에 끼고 나오며 말했다.

"칠리치즈핫도그 진짜 먹고 싶다."

"맛있겠다."

캔디스의 엄마가 말하다가 책을 알아보고 미소를 지었다.

"어머, 나 그 책 알아. 우리 엄마가 무척 좋아했는데."

캔디스는 눈이 튀어나올 것 같았다.

"할머니가요?"

캔디스의 엄마가 책장을 펼치면서 고개를 끄덕였다.

"응. 집에도 어딘가에 있어. 네가 더 어렸을 때 읽어 주려고 했는데 네가 흥미를 안 보여서 강요하진 않으셨지."

캔디스가 브랜던 쪽으로 돌아섰다. 브랜던의 입이 떡 벌어져 있었다.

"그 칠리치즈핫도그 말인데."

캔디스의 엄마가 토리에게 책을 돌려주면서 말했다.

"혹시 저지방으로 고를 수 있니? 아니면 채식주의자용……."

커다란 승합차가 집 앞에서 멈추는 바람에 캔디스의 엄마의 말이 차츰 잦아들었다. 유리창 색이 너무 짙어 안에 누가 있는지 보이지 않았다.

"민폐쟁이."

토리가 중얼거렸다.

"쉿."

브랜던의 엄마가 말했다. 브랜던의 엄마는 마일로의 엄마가 차에서 내리자 손을 흔들었다. 마일로는 검정색 농구복을 입고 있었다.

"다들 계셔서 인사라도 해야겠다 싶었어요."

마일로의 엄마가 말했다.

"그럼, 이제 인사했으니까 가면 되겠네."

토리가 조그맣게 말했다. 브랜던의 엄마가 마일로의 엄마를 보고 웃으면서 딸의 팔을 꼬집었다.

"그만해라."

브랜던의 엄마가 이를 악물고 입을 움직이지 않고 조그맣게 말했다.

"경기에 왔으면 좋았을 텐데. 마일로가 15점을 냈거든."

마일로의 엄마가 현관 아래로 와서 캔디스에게 말했다.

"리바운드도 7개 잡았고. 거의 더블 더블*이었지."

마일로가 덧붙이자 캔디스가 어깨를 으쓱했다.

"아, 죄송해요. 제가 날짜를 잘못 알고 있었나 봐요."

"드디어 만나게 돼서 정말 좋네요."

마일로의 엄마가 캔디스의 엄마에게 말했다.

"저는 밀리이고 이 아이는 마일로예요. 따님은 지난주에 교회에서 봤어

---

* 더블 더블: 농구에서, 한 선수가 한 경기에서 득점, 리바운드, 어시스트, 슛 블록, 가로채기 등 5개 부문 중 2개 부문에서 두 자릿수를 기록하는 것을 가리킴.

요."

마일로의 엄마는 건너편에 있는 캔디스의 집을 쳐다봤다.

"어머님이 돌아가신 얘기 들었어요. 정말 유감이에요. 여쭤봐도 될지 모르겠지만 어떻게 돌아가신 거예요?"

"심장병이요."

캔디스의 엄마가 말했다.

"아, 그래요. 소리 없는 살인자죠. 저는, 아, 나쁘게 받아들이시진 마시고요, 치매를 앓으신 건 아닌가 생각했어요. 그러니까 공원이랑 테니스 코트랑 뭐 그 전에 일어난 일들을 생각해 보면요……."

"제 말 믿으세요. 심장마비였어요."

캔디스의 엄마가 팔짱을 끼고 몸을 쫙 폈다.

마일로의 엄마는 확실히 눈치가 없는 것 같았다.

"사람들이 죽는 데는 아주 많은 요인이 있으니까요. 제 친한 친구 아버지는 알츠하이머셨거든요. 정말 이상하게 행동을 했다니까요."

마일로의 엄마가 태양도 무색할 만큼 활짝 웃었다.

"꼬치꼬치 물어봐서 죄송해요. 그러니까, 사랑하는 사람들의 건강에 대해서 많이 알수록 우리 건강에 대해서도 더 잘 알게 되니까요."

"네, 음…… 걱정해 줘서 감사해요."

캔디스의 엄마가 시계를 보면서 말했다.

"노예 해방 기념일 축제에 가려고요. 거기서 또 보죠."

"지루하대요. 우리가 어떻게 노예처럼 살았는지 하는 얘기들밖에 없대요."

마일로가 말하자 마일로의 엄마가 황급히 마일로의 어깨를 툭 쳤다.

"아, 남자애들 아시죠. 이 애들은 문화 교육을 고마워하지 않아요. 매년 참가했으면 하지만 이렇게 늘 부딪친답니다."

마일로의 엄마가 몸을 좀 더 숙였다.

"다른 곳도 많은데 왜 하필 비커스 공원에서 한대요? 안전하지 않잖아요."

"공원에서 범죄가 일어났다는 얘기는 못 들었는데. 무슨 일이 있었어요?"

브랜던의 엄마가 말했다.

"꼭 그 공원에서는 아니지만요. 그래도 왜 그 주변이……."

마일로의 엄마가 좀 더 명확하게 덧붙였다.

"비스타 하이츠가 램버트에서 가장 오래된 아프리카계 미국인들 동네 아니에요? 우리의 자유를 축하하기에는 완벽한 장소인 것 같은데."

캔디스의 엄마가 물었다.

"아, 그렇죠. 그렇게 생각하신다면…… 그럴 수도……."

마일로의 엄마가 시계를 봤다.

"모두 이제 가셔야 하죠? 뭐 필요한 거 있으면 편하게 전화하세요. 브랜던 엄마가 제 번호 알아요."

마일로의 엄마가 캔디스를 보고 미소지었다.

"너도. 엄마들끼리 약속을 잡아서 언제 같이 저녁 먹으면서 놀자. 너도 다른 아이들처럼 그 끔찍한, 총 쏘는 비디오 게임에 푹 빠졌겠지?"

마일로의 엄마가 마일로와 같이 차로 돌아갔다.

"'엄마들끼리 약속 잡아서 마일로 집에서 놀면' 다시는 너랑 말 안 한다."

브랜던이 캔디스에게 진지한 표정으로 농담을 하자 캔디스가 말했다.

"그치만 그 끝내주는 비디오 게임은 어때? 그리고 내가 마일로 엄마랑 말만 섞지 않으면, 그분이 어떻게 우리를 염탐할 수 있겠어?"

"너무 비아냥거리지 마."

캔디스의 엄마가 말했다.

"저 사람들 잘 모르잖아. 마일로는 아주 착한 거 같던데."

"아니에요."

캔디스 말에 브랜던이 동의했다.

"아니죠."

"저 애들 말이 맞아요."

토리가 엄마한테 꼬집힌 팔을 문지르면서 말했다.

"여기 이사 온 이후로 쭉 마일로를 알았어요. 진짜 형편없어요. 동네 사람들이 다 알 걸요."

"그 애 엄마만 빼고."

브랜던의 엄마가 말했다.

"하지만 뭐라고 하겠어. 사람들은 자신이 보고 싶은 것만 보는걸. 특히나 자기가 사랑하는 사람에 관해서라면."

브랜던의 엄마가 몸을 앞으로 숙이고 토리의 뺨을 꼬집었다.

"그게 바로 엄마들의 착각이지."

브랜던의 엄마가 한숨을 내쉬었다.

"그리고 아내들의 착각."

캔디스는 몸을 돌려서 마일로의 엄마가 사라지는 것을 봤다. 브랜던의 엄마가 분명히 누군가를 염두에 두고 하는 말인데, 그 얼굴을 똑바로 보고 있자니 무례한 것 같았다.

"하지만 적어도 너랑 너희 엄마는 마일로의 엄마에 대해서 그리 오랫동안 걱정할 필요 없잖니."

캔디스가 뒤를 돌아봤다.

"왜요?"

브랜던의 엄마의 입이 떡 벌어졌다. 그리고는 캔디스의 엄마를 쳐다봤다.

"내가…… 아, 이런. 서프라이즈를 망쳐 버렸네, 그런 거지?"

"서프라이즈 아니었어요."

캔디스의 엄마가 차분하게 말했다.

"어젯밤에는 확실하지 않았어."

캔디스의 엄마가 브랜던을 흘깃 보았다.

"나중에 얘기하는 게 좋겠다."

"집을 판 거죠, 그렇죠?"

캔디스가 물었다.

"그런 거 아냐. 그래, 차라리 말하는 게 낫겠다. 집은 아직 내놓은 상태야. 그런데 네 아빠 친구가 큰 수리는 다 끝내서 마무리 작업을 하려고 새 일꾼들을 데려왔대. 우리가 살면서 집을 팔아도 될 것 같아. 빠르면 다음 주말 정도에 애틀랜타로 돌아갈 수 있을 것 같아."

캔디스가 놀라서 눈을 깜빡였다.

"그렇게 빨리요?"

"이사 가는 게 너한테는 무척 힘들다는 거 알아. 네가 네 아빠를 얼마나 보고 싶어 하는지도 알고. 아빠도 너를 엄청 보고 싶어 하고. 개학하기 전에 디디랑 코트니랑 좀 더 돌아다닐 수 있을 거야. 좋지 않니?"

“네, 음…… 그래요.”

캔디스는 브랜던을 봤지만 얼굴을 볼 수 없었다. 브랜던은 땅만 내려다보면서 손으로 가방끈을 꼭 잡고 있었다.

만약에 캔디스가 떠나기 전까지 파커의 재산을 찾지 못하면 브랜던은 혼자서도 계속 그것을 찾을까? 그래도 캔디스와 돈을 나눌까? 캔디스가 가고 나면 브랜던은 누구랑 마당에서 농구를 할까? 누구랑 책을 바꿔 볼까?

토리가 남동생 목에 자신의 팔을 둘렀다.

“나, 위층에 뭘 두고 왔어. 나랑 같이 가자, 응?”

브랜던이 여전히 고개를 숙인 채로 재빨리 고개를 끄덕였고, 토리는 브랜던을 안으로 데려갔다.

캔디스도 무척 따라가고 싶었다. 브랜던에게 무슨 말을 하고 싶었다. 뭐든 간에. 그러던 차에 브랜던이 가 버렸다.

칩 더글러스

1957년 8월 11일

테니스 경기가 끝난 뒤 몇 시간 동안은 모든 것이 조용했고, 다시 평소의 사우스캐롤라이나 램버트로 돌아갔다. 그러나 곧 평온했던 칩의 세계가 산산조각 나 버렸다.

집 안에 울려 퍼지는 전화벨 소리에 칩은 깜짝 놀라서 깼다. 램프를 켜고 시계를 보았다. 새벽 1시였다.

티셔츠를 입고 복도로 나갔다. 애덤이 어깨에 전화기를 얹은 채 거실 문설주에 기대 있었다.

애덤이 전화기에 대고 몇 마디를 중얼거렸다.

"얼마나 다친 거야? 다른 사람들은 다 괜찮고? 애들은? 차는 어때?"

애덤이 전화를 끊었다.

"드웨인 스미스야. 더브가 간밤에 폭행당했대. 그린 올리브 바를 나서는데 누군가가 매복했다 습격했다네. 스미스가 주차장에서 발견하고 집으로 데려왔대."

애덤은 식탁에서 아내의 담뱃갑을 쥐고 라이터를 찾았다. 칩은 수년간 아버지가 담배 피우는 모습을 본 적이 없었다.

"옷 입어라, 칩. 너도 같이 갈 거다."

칩의 엄마가 쥐고 있던 행주를 떨어뜨렸다.

"뭐라고요? 재는 아직 애예요."

"괜찮을 거야, 여보. 가자, 칩. 짐도 꾸려라. 하루 이틀치 옷도 넉넉히."

애덤은 계속 질문을 해대는 아내와 함께 침실로 걸어갔다.

칩은 서둘러서 옷을 입고 옷가지를 가방에 집어넣었다. 현금은 얼마 없었지만 가지고 있던 지폐 몇 장을 꺼내서 주머니에 쑤셔 넣었다. 애덤이 노크했다.

"준비됐냐?"

"네, 다 된 것 같아요. 다른 사람들은 괜찮아요? 시바운은……."

칩은 아버지를 따라 나가 차에 탔다.

"대부분 다 괜찮아. 그런데 더브가 심하게 맞았대. 스미스는 더브를 공격한 사람들이 또 올 거라고 생각해. 다음에는 훨씬 더 심할 거라고."

"왜요?"

애덤은 바로 대답하지 않다가, 마침내 말했다.

"흑인들을 돕고 싶다고 했지? 이번이 기회다."

두 사람이 도착했을 때는 이미 여러 사람이 빅 더브의 집에 모여 있었다.

남자들은 욕실 가운 차림이었고, 여자들은 스카프로 머리를 대충 가리고 서 있었다. 몇은 총도 들고 있었다.

칩은 마당에서 서너 명의 얼굴을 알아봤다. 모여 있던 사람들이 칩과 애덤이 들어갈 수 있도록 길을 터줬다.

칩은 더브를 보고 깜짝 놀랐다. 뒤로 젖히는 안락의자에 쓰러지다시피 누워 있었는데 왼쪽 팔을 천으로 매달아 지탱하고 있었다. 머리를 감싼 하얀 수건은 피로 흠뻑 젖어 있었다. 턱은 부었고 코는 완전히 부러졌으며 얼굴은 긁히고 베여 상처투성이였다. 입으로 숨 쉬고 있었는데 앞니 2개가 없었다.

칩은 백인에게 폭행당한 흑인들의 사진을 본 적은 있었지만, 실제로 이렇게 가까이서 보기는 처음이었다. 더브를 보고 있는데 토할까 봐 겁이 났다.

"스미스! 안 좋다고 했지, 이 정도로……."

애덤이 손으로 더브의 머리를 만져 봤다.

"병원으로 데려가야 해. 지금."

"아아대."

더브가 울부짖었다. 스미스가 말했다.

"안 갈 거야. 그래서 내 친구 베티를 불렀어. 베티가 할 수 있는 데까지 처치하고 모르핀을 잔뜩 놨어. 하지만 메릴랜드에 도착하는 대로 적절한 검사를 받아야 한다고 했네."

칩은 대화 내용을 따라잡으려고 애썼다. '메릴랜드?'

"앨런 애들 짓인 것 같나?"

애덤이 묻자 스미스가 어깨를 으쓱했다.

"확신은 못 하겠지만, 제일 의심이 가긴 하지. 더브가 땅에 누워서 컥컥거리고 피를 쏟고 있는데 복면 쓴 세 놈이 달아나는 걸 본 게 다거든."

애덤이 더브 앞에 무릎을 꿇고 앉아 말했다.

"이봐. 내가 병원으로 데려갈게. 내가 자네를 보호하겠네. 앨런 애들도 거기서는 무슨 짓 못 해."

더브가 고개를 저으며 스미스를 가리켰다.

"그 이형 저."

칩은 더브 코치의 말을 알아들을 수가 없었지만, 스미스는 확실히 알아들었다. 스미스가 소파에 있던 작은 종이 가방에서 뭔가를 꺼냈다.

"더브 차에서 이 인형을 발견했네."

칩은 좀 더 잘 보려고 가까이 다가갔다. 백인 인형의 피부가 칠흑같이 검은색으로 칠해져 있었고 작은 입술은 짙은 빨강 립스틱으로 마구 문질러져 있었다. 발가벗겨진 아기 인형의 플라스틱 몸에는 끔찍한 말들이 쓰여 있었고, 인형의 목에는 올가미가 걸려 있었다.

"왜 인형을 둔 거예요? 무슨 의미예요?"

칩이 물었다. 속이 뒤틀렸다. 칩의 아버지가 목청을 가다듬었다.

"여자아이다. 흑인 여자아이. 이게 누구일 것 같니?"

갑자기 퍼즐 조각들이 맞춰졌다. 칩은 쓰레기통으로 달려가서 토했다.

"괜찮냐?"

칩의 아버지가 물었다. 칩은 더 이상 그 인형을 볼 수가 없었다.

"이게 그러니까…… 그러니까…… 저라는 거죠, 그렇죠?"

칩이 돌아보니 시바운이 문간에 서 있었다. 잠시 아무도 말이 없었다. 그러다 더브가 흐느끼기 시작했다. 눈물이 피와 흙과 함께 뒤섞였다. 더브의 어깨가 떨렸고 몸은 의자에서 흔들렸다.

"너는 방으로 돌아가거라. 네 아버지가 이러는 걸 보여주고 싶지 않을 게다."

애덤이 말했다. 시바운은 꼼짝도 하지 않았다.

"다른 아이들은 어때요? 레지는요? 안전한가요?"

스미스가 목덜미를 문질렀다.

"이제 그 걱정은 그만……."

"스미스 선생님, 제발요. 그 애들은 레지한테도 아빠만큼 화가 났을 거예요."

시바운이 말했다. 스미스가 한숨을 쉬었다.

"막 달아나면서 한 놈이 다음은 잡종 똥개 차례라고 하는 걸 들었어. 레지를 말하는 걸로 생각하지만. 근데 벌써 로버트한테 얘기해 뒀어. 레지 할머니 집으로 가는 중이야."

"레지는 거기 없을 거예요. 하이 홀스 술집에서 청소할 때도 있어요. 서두르면……."

"우리가 해야 할 건 짐 싸는 것밖에 없다. 네가 도시를 활보하고 다니는 건 네게도 똑같은 짓을 하라고 그 녀석들을 불러들이는 꼴인데, 그러라고 네 아버지가 죽을 지경이 되도록 맞은 줄 아냐?"

문 쪽으로 나서는 시바운에게 스미스가 말했다.

"하지만 레지가……."

애덤이 앞으로 나서며 시바운의 손을 잡았다.

"내가 찾으마. 나를 믿거라. 내가 찾아내마."

시바운은 한동안 거기 서 있었고 눈에 눈물이 차올랐다. 시바운은 애덤의 손을 놓고 팔에서 작은 팔찌를 끌렀다. 시바운이 팔찌를 들어 올려서, 잠시 칩은 시바운이 팔찌를 그의 아버지에게 건네려는 줄 알았는데 결국 자신의 팔목에 다시 둘렀다.

"제발 레지를 찾아 주세요. 안 다치게 해 주세요. 레지는 다혈질이에요. 바보 같은 짓을 할까 봐 겁나요."

애덤이 말했다.

"그러마. 이제 너는 가서 네 엄마가 짐 싸는 걸 도와. 스미스, 자네는 다른 애들을 찾아봐 줘. 그 애들도 다른 도시로 보내야 해. 잠시만이라도. 개학 때까지만이라도."

"그럼 더브와 이 가족들은 어쩌나? 더브 가족을 처형 집으로 데려갈 방법이 없어."

스미스가 말했다. 애덤이 자기 아들을 돌아봤다.

"칩이 데려갈 걸세. 잘 들어라, 칩. 네가 운전해 줬으면 한다. 절대 속도를 높이지 마라. 버지니아에 도착할 때까지 더브와 다른 사람들은 뒷좌석에 몸을 낮춰서 앉히고. 불편하겠지만 그게 모두를 위해서 안전하다."

애덤은 아들의 볼을 툭툭 쳤다.

"할 수 있겠지?"

"네, 아버지. 제가 할게요."

"저 사람들이 자리 잡는 대로 너는 버스를 타고 집으로 오거라. 가능한 한 나도 빨리 돌아오마. 레지를 여기서 빼내기만 하고."

애덤은 심호흡을 하고 천장을 올려다보았다.

"스미스, 자네 집 열쇠를 좀 빌려야겠어. 총도 빌려야 할 것 같네."

캔디스는 잠을 이룰 수 없었다. 침대가 너무 뜨겁고 베개는 너무 납작했다.

캔디스는 전날 오후에 브랜던이 집 안으로 사라져 버린 일을 계속 생각했다. 토리가 잠시 후에 나와서 브랜던이 몸이 별로 안 좋아서 노예 해방 기념일 축제에는 못 가겠다고 했다. 그 이후로 브랜던을 못 봤다.

축제는 근사했다. 암벽을 세 번이나 올라가고, 피제이스의 세계적으로 유명한 허시퍼피스(너무 맛있어서 캔디스는 두 번 세 번 다시 갔다)와 지역 바비큐 음식점의 구운 돼지고기를 포함해 여러 가지 음식을 맛봤다. 캔디스는 토리와 토리의 친구들과 같이 어울려 다녔고 토리의 친구들은 모두 끝내주게 멋지고 재미있었다……. 그래도 브랜던이 그리웠다. 토리는 계속 전화기를 확인하면서 브랜던이 데리러 와 달라고 하기를 바랐지만 브랜던은 전화하지 않았다. 브랜던은 오늘 아침 교회에 가는데도 집 밖으로 나오지 않았다.

이리저리 뒤척이다가 결국 캔디스는 침대에서 일어났다. 캔디스는 졸업 앨범을 다시 넘겨보기로 했다. 제임스 파커는 거기 있어야 했고 캔디스가 못 보고 지나친 것이어야 했다. 캔디스는 침대 옆을 더듬다가 윌리스 졸업 앨범은 모두 부엌 식탁에 있다는 걸 깨달았다. 그래서 대신 1956년 퍼킨스의 졸업 앨범을 집었다. 한 장씩 넘겨 봤지만 역시, 제임스 파커와 조금도 비슷해 보이는 교사는 없었다. 테니스 팀 사진이 있는 페이지로 넘겼다.

캔디스가 벌떡 일어나 앉았다. 눈을 비비고 다시 봤다.

캔디스는 1957년 졸업 앨범의 테니스 팀 사진은 유심히 살펴봤었다. 하지만 1956년 졸업 앨범에 있는 사진은 보지 않았다. 그럴 필요가 없다고 생각했다.

흑백 사진에 한 남자아이가 있었다. 키가 껑충하게 크고 피부색이 밝았다. 캔디스는 그 아이가 백인이 아닌가 했지만, 그건 불가능했다. 그 시절에 백인은 퍼킨스에 다닐 수 없었다.

그 아이는 곱슬머리였다. 아니, 그냥 곱슬이 아니라 사방으로 뽀글거렸다. 비가 올 때 캔디스의 반 친구 헤더의 머리처럼.

캔디스는 사진 밑에 있는 이름을 확인했다. 레지널드 브래들리.

캔디스는 그의 사진을 찾을 때까지 앨범을 넘겼다. 똑같이 밝은 피부색에 뽀글거리는 머리를 한 아이가 있었다. 1956년에 3학년이었다. 1957년에는 4학년? 그렇다면 왜 테니스를 그만둔 걸까?

캔디스는 부엌 식탁으로 달려갔다. 1957년의 졸업 앨범을 펼쳐서 4학년 사진이 있는 곳을 펼쳤다. 거기에도 있었다.

노트북을 켜는 시간이 영원 같았다.

캔디스는 학교에 있을 때 인터넷에서 내려받은 사진을 열었다. 사진 속 남자는 나이를 좀 더 먹었고, 주름이 좀 더 있었고, 머리숱은 좀 더 적었다. 코와 볼은 약간 달라 보였다. 더 말랐고, 더 날카로워졌다. 하지만 눈은 똑같았다. 크고, 회색에 동그랗고 화가 난 눈.

제임스 파커를 찾았다.

레지널드 브래들리

1957년

레지널드 로런스 브래들리가 어렸을 때, 가난하다고, 아빠가 없다고, 매일 매일 똑같은 바지만 입는다고 불평할 때면 그의 할머니는 빵 굽는 나무 숟가락으로 때려 주겠다고 협박했다. 할머니는 "얘, 너는 다른 사람들보다 형편이 나은 거야"라고 말하곤 했다. 그런 날이면, 할머니는 저녁으로 옥수수 빵을 아주 두껍게 잘라 주었다.

할머니는 인정하기 싫었겠지만, 레지는 정말로 다른 친구들보다 상황이 더 안 좋았다. 레지의 엄마는 10대에 집을 나와서 3년 만에 백인 혼혈인 아기를 팔에 안고 돌아왔다. 레지의 아빠가 누군지는 누구에게도 절대 말하지 않았다. 레지가 아는 건 아빠라는 사람이 뉴욕에 산다는 것뿐이었다. 레지의 엄마는 레지에게 아빠를 보러 브루클린으로 데려가겠다고 약속했지만, 5년 뒤 레지를 남겨 둔 채 다시 집을 나갔다.

아이들은 엄마를 가지고 레지를 놀리는 걸 좋아했다. 아빠에 대해서도. 넝마 같은 옷과 황금색 피부, 특이한 회색 눈에 대해서도.

레지는 주먹으로 응수했다. 상대가 자신보다 크든 작든 개의치 않았다. 한 명이든 여러 명이든 개의치 않았다. 그 누구의 말도 듣지 않았다.

더브 코치가 레지의 분노를 긍정적인 것으로 바꾼 최초의 사람이었다. 처음에는 레지를 풋볼 팀과 야구 팀에 넣었는데, 레지는 팀원들과 너무 많이 싸웠다. 다음에는 육상을 시켜 봤는데 레지도 좋아했다. 다른 사람과 같이 하지 않고 오로지 자기 자신, 그리고 시간하고만 경쟁하면 됐다. 그래서 더브 코치는 테니스를 시켜 봤다. 손에 라켓을 잡고 있을 때, 그리고 화를 참고 서브를 잘 조정해야 한다는 걸 기억할 때는, 정말 잘했다.

더브 코치를 만난 건 레지에게 일어난 최고의 일이었다. 더브는 레지가 중심을 잡게 해 주었고 삶에 목적을 부여해 주었고 성공을 위한 방법을 알려 주었다. 더브 코치 덕분에 레지는 자신이 남부의 가난한 아이 그 이상이 될 수도 있다고 믿었다.

그러나 레지가 사랑에 빠지면서 모든 것을 망쳐 버리고 말았다.

솔직히, 학교에 다니던 대부분의 남자아이가 모두 약간씩은 시바운과 사랑에 빠져 있었다. 시바운은 무척 똑똑하면서도 친절했고 예뻤다. 시바운은 레지가 기분 나쁘게 느낄 만한 말이나 행동을 하지 않았다. 심지어 시바운의 집 식탁에서 다음번 끼니는 어디서 나올지 몰라서 볼이 미어지게 음식을 쑤셔 넣을 때도 그랬다. 닳아서 올이 다 드러난 옷을 매일같이 입어도 비웃지 않았다.

그들은 1년 남짓 서로 얼굴을 봤는데 훨씬 오래전부터 안 것 같았다. 더글러스 코치의 아들이 마치 학교 전체를 소유한 듯이 도서관으로 걸어 들어왔다. 시바운은 그 아이에게 단어 퍼즐을 냈다. 칩은 답을 몰랐지만 레지는 알았다. 엄마가 떠나기 전에, 레지는 엄마와 그런 단어 게임을 하고 놀았다.

용감하게도 레지는 시바운의 사물함에 공원에서 보자는 쪽지를 남겼지만 진짜로 나타나길 기대한 건 아니었다. 하지만 시바운은 나왔고, 그 뒤로도 계속 왔다. 그리고 1년 뒤 둘은 사랑에 빠졌다.

하지만 더브 코치가 시바운에게 데이트를 허락하지 않았기 때문에 둘의 관계는 비밀이었다. 단체 행사 때 말고는 학교에서 말도 거의 하지 않았다. 레지가 더브 코치의 집에서 밥을 먹을 때면, 되도록 시바운에게서 멀리 떨어져 앉았다. 레지는 친구들에게도 말하지 않았고, 시바운도 마찬가지였다. 하지만 결국 더브 코치가 둘이 교제한다는 사실을 알게 됐다. 더브 코치는 시즌 중간임에도 불구하고 레지를 테니스 팀에서 쫓아내고 학교에 다니는 동안 시바운에게서 떨어지라고 으름장을 놓았다.

레지는 시바운과 같이 도망가고 싶었다. 시바운은 레지보다 영리해서 현명하게 레지를 진정시켰다. 레지는 시바운에게 해 줄 게 없었다. 레지는 똑똑했지만 그게 밥 먹여 주진 않을 것이었다. 레지는 착했지만, 특히나 아이들한테는 더 그랬지만, 그게 집세를 내 주진 않을 것이었다. 레지는 시바운에게 뭔가를 제공해 주고, 보호해 줄 실질적인 방법이 없었다. 레지는 시바운이 자신보다 더 나은 사람을 만나야 마땅하다는 걸 알았다.

그러면서도 레지는 더브 코치가 자신에게 기회를 주기를 바랐다. 더글러스 코치가 와서 시범 경기에 뛰라고 했을 때 레지는 마침내 기회가 왔다고 생각했다.

하지만 아니었다. 그날 밤 경기에서 이기고 나서 더브 코치는 레지와 악수를 했다. 그러고는 몸을 숙여 자기 딸을 그냥 내버려 두라고 얘기했다.

"너같이 가난하고 멍청한 흑인은 릴 더브한테 가당치도 않아."

더브 코치가 말했다.

그날 밤늦게 하이 홀스 술집 뒤에 있는 차를 봤을 때, 레지는 바보같이 자신의 상처 입은 자존심을 달래 주러 더글러스 코치가 온 건지도 모른다고 생각했다. 실제로는 마스크를 쓴 세 명의 남자가 차에서 뛰어나왔다. 가장 몸집이 큰 남자가 칼을 휘둘렀고 나머지 둘은 야구 방망이를 들고 있었다.

레지는 어둠 속에서 발을 비틀거리면서 미로 같은 골목길을 달려 내려갔다. 레지는 잠겨 있지 않은 문이 있기를 바라며 몇 미터마다 멈춰 서 문을 확인했다. 결국, 늘어서 있는 쓰레기통 뒤쪽에 숨어서 숨을 죽였다. 잠시 후 급히 달려오는 발소리가 들렸다. 레지는 무릎을 꿇고 기어 다니며 무기로 쓸 만한 것을 찾았다. 운에 맡기고, 레지는 일어서서 쓰레기통 뚜껑을 열었다. 쓰레기 더미 맨 위에 부러진 빗자루 막대가 있었다.

레지가 막대를 집는데 더 많은 사람의 발소리가 들렸다.

"얘들아, 찾았어."

누군가가 소리쳤다.

레지는 또다시 도망쳤다. 이번에는 다시 술집으로 돌아가려고 했다. 술집 주인이 총을 가지고 있었다. 어쩌면 총을 찾을 수 있을지도 몰랐다. 하지만 뒷문에 도착하기도 전에 누군가가 레지의 팔을 붙잡았다.

칼을 가지고 있던 덩치가 제일 큰 남자였다. 레지에게 칼을 휘두르자 레지의 옆구리가 깊이 베였다. 그 남자는 무척 컸고 팔도 무척 길었다. 레지는 남자가 한 번 더 휘두르기를 기다렸다. 하지만 이번에는 부딪히지 않으려고 뒤로 물러나는 대신 앞으로 한 발짝 다가가 칼이 아니라 그 남자의 팔뚝이 레지의 옆구리에 닿게 했다. 레지는 그 사람의 팔을 꽉 잡아 내려서 손을 자기 옆구리에 고정시키고, 빗자루 막대로 얼굴을 쑤셨다. 끝이 삐죽삐죽하고 날카로운 막대가 공격하던 사람의 얼굴을 파고들었다. 그의 눈알로.

남자가 비명을 질렀다. 남자는 칼을 떨어뜨리고 레지에게서 떨어졌다. 산소를 갈구하는 물고기처럼 땅에서 팔딱거리며 손으로 눈을 누르고 계속해서 비명을 질러댔다.

레지가 무엇을 해야 할지 생각하며 거기 서 있는 동안 다른 두 명이 뒤에서 다가왔다. 한 명이 레지의 다리를 때렸고 다른 한 명은 레지의 어깨를 때렸다. 레지는 넘어져서 머리를 감싸 안았고 남자들은 야구 방망이로 레지를 구타하기 시작했다.

그때 총성이 공기를 갈랐다.

레지를 공격하던 남자들이 비틀거리며 레지에게서 멀어졌다. 그들은 아직도 땅바닥에서 몸부림치던 덩치 큰 사람을 끌고 도망쳤다. 몇 초 뒤 더글러스 코치가 레지를 일으켜 세워서 차로 끌고 갔다. 레지의 시야는 흐릿했고 숨 쉴 때마다 가슴이 아팠다. 하지만 살아 있었다.

더글러스 코치는 레지를 교외에 있는 스미스의 집으로 데려갔다. 한 시간쯤 지나자 간호사가 나타났다. 간호사는 상처를 소독하고 옆구리와 이마에 베인 상처를 꿰맸다. 갈비뼈가 두 대 부러졌고 어깨가 빠지고 손목을 삐었다.

"좀 어떠냐?"

다음 날 오후 더글러스 코치가 레지에게 물었다.

"좀 괜찮아졌어요. 온몸이 쑤시고 눈앞이 아직도 좀 흐릿하긴 해요."

"적어도 너는 2개가 붙어 있잖니. 소문에, 어젯밤 매리언 앨린은 얼굴을 아주 심하게 다쳐서 병원으로 급히 실려갔단다. 의사가 노력했지만 눈을 살릴 수가 없었대."

"역시 앨런 애들이었군요. 그럴 줄 알았어요. 나머지 눈도 없애 버렸어야 했는데."

레지가 어깨를 문지르면서 얼굴을 찡그렸다.

"다른 애들도 공격했어요?"

"애들은 괜찮다. 우리가 도시 바깥으로 보냈어."

더글러스 코치가 망설이다가 레지 옆에 앉았다.

"그런데 더브 코치가 너보다 훨씬 심하게 다쳤어. 턱이 부러지고 이도 나가고. 그 야구 방망이로 머리를 도대체 몇 대나 맞았는지 모르겠다."

"병원에 있어요?"

더글러스 코치가 고개를 저었다.

"우리는 서둘러서 더브랑 그 가족들이 이 도시를 빠져나가게 하는 게 최선이라고 생각했다. 리앤의 언니와 같이 메릴랜드에 있어."

"얼마나 오래요?"

시바운과 떨어져 있다고 생각하니 몸이 아픈 것보다 더 고통스러웠다.

"모르겠다. 더브는 돌아오고 싶어 하지만 그런 일은 없을 거다. 퍼킨스에서 시범 경기에 대해서 알았어. 돌아온다고 하더라도 그 일을 할 수 있을지 모르겠다. 젠장, 나도 직장을 잃게 생겼다고. 윌리스 고등학교는 벌써 토마스 터너를 해고했어."

더글러스 코치가 눈을 비볐다.

"슬픈 건 만약 그들이 이겼다면 분명히 토마스는 아직도 직장을 다니고 있을 거라는 거지."

"시바운은 어때요? 다치지는 않았죠?"

"시바운은 괜찮아. 하지만, 시바운은 잊어야 한다. 내가 말했지. 그들은 안 돌아와. 이곳은 이제 그들에게 안전하지 않아. 너도 마찬가지다, 그건. 매리언 앨런에게 한 짓이 있으니."

"저도 메릴랜드로 데려가실 거예요?"

"시바운 타령은 그만해! 그 사람은 절대 너를 받아들이지 않는다고."

레지는 반박하지 않았다. 사실이니까. 레지는 머리 받침에 기대고 천천히 길게 숨을 내쉬었다. 레지는 더브 코치가 하라는 대로 다 했다. 심지어 경기에서 일부러 점수를 잃어 주기까지 했다. 코치한테 레지는 테니스를 치거나 트랙을 달릴 때에만 쓸모 있는 존재였다. 레지는 만약 더브가 다쳐서 죽었다면 상황이 달라졌을까 잠시 생각했다. 그러다 그 생각을 머리에서 몰아냈다.

코치를 싫어하긴 했지만 죽기를 바라지는 않았다.

"그런데 왜 시바운이랑 리앤 부인도 못 돌아오는 거죠? 앨런 애들은 저랑 시바운의 아빠한테 화가 난 거잖아요. 시바운은 퍼킨스에서 고등학교를 마치고 싶어 하지 않아요? 그리고 리앤 부인도 교회에서 하던 일이……."

더글러스 코치가 천장을 쳐다보면서 혼잣말로 구시렁거렸다. 그리고 레지에게 가까이 가서 인형 이야기를 해 줬다. 검은 피부와 빨간 립스틱을. 그 인형에 쓰여 있던 단어를. 목이 둘러 있던 올가미를.

레지는 더브 코치가 죽기를 바라지 않았다. 앨런가 사람들에 대해서는 똑같은 말을 할 수가 없었다. 레지가 물었다.

"어떻게 하면 되갚아 줄 수 있어요? 싸우는 건 겁나지 않아요."

"이해 못 하겠니? 이건 테니스 경기가 아니야. 진짜 삶이라고. 그들이 이겼어."

더글러스 코치가 대답했다.

"하지만 그럴 순 없……."

"너는 한낱 어린애야. 뭐, 앨런가랑 싸우기라도 하려고? 지금 네 무덤을 파는 게 낫겠다. 어디 너뿐이니. 네 할머니랑 너를 사랑한 사람들의 무덤도 파야지. 네가 할 수 있는 최선은, 새 출발을 하고 네 삶을 사는 거다."

더글러스 코치가 말했다.

"네? 시카고로 가서요? 디트로이트로요?"

"아니, 군대에 가. 내가 그랬듯이."

"기분 나쁘게 듣진 마세요, 코치님. 코치님이랑 저는 군대에서 대우가 전혀 달라요."

"나도 알아. 하지만 꼭 그래야 한다는 법은 없지. 옷 입어라. 오늘 밤에 떠날 거다."

코치가 침대 모퉁이에서 일어섰다.

레지는 집으로 가서 옷가지를 챙기고 할머니에게 작별 입맞춤만 겨우 한 뒤, 더글러스 코치가 시키는 대로 주 경계에 도착할 때까지 차 뒷좌석에 누워 있었다. 어디로 가는지 알 수 없었다. 몇 시간이 흐른 뒤, 먹을거리를 몇 가지 사고 화장실에 가려고 차를 멈췄다. 더글러스 코치가 물었다.

"콜라?"

"아니요. 여긴 어디예요?"

"조지아. 바라건대, 내일 아침에는 미시시피에 있을 거다."

"거기가 어딘데요?"

"기다려라. 더 누워있을 필요는 없지만, 그래도 뒷좌석에 있어. 유색인 아이가 백인과 같이 앞 좌석에 타는 걸 사람들이 좋아하지 않으니까."

더글러스 코치는 터스컬루사 외곽에서 흑인 가스펠 방송 주파수를 찾았다. 좋은 목소리는 아니었지만 계속해서 노래를 따라 불렀다. 어느 순간 더글러스는 레지가 자신을 뚫어지게 쳐다보고 있는 것을 알아차렸다.

"왜? 내가 이 노래들을 다 알아서?"

"백인도 그렇게 노래를 부르는 줄 몰랐어요."

"백인들은 모르지."

어느 큰 농가에 차를 대는데 막 동이 터 왔다. 더글러스 코치가 레지에게 차 안에 있으라고 했다. 잠시 후 그는 나이 든 백인 여자와 함께 돌아왔다.

"얼굴은 왜 이런 거니?"

그 여자가 물었다. 가느다란 그녀의 회갈색 머리가 바람에 휘날렸다. 손은 검버섯으로 덮여 있었다. 더글러스 코치가 말했다.

"이야기가 길어요. 어떨 거 같아요?"

여자는 레지를 아래위로 훑어봤다.

"흠, 월터가 하려고 할지 모르겠다."

"얘기해 볼 수 있게 그동안 머무르게 해 주세요. 헛간에 숨어 지낼게요."

"모르겠다, 버넌. 우리 모두에게 문제가 될 수 있어."

"레지는 착한 애예요. 더 나은 삶을 살 기회를 가져야 해요."

'이 여자는 누구예요?' 레지는 묻고 싶었다. '왜 더글러스 코치님을 버넌이라고 부르는 거예요?'

"차를 뒤에 대거라. 월터는 곧 돌아올 거야."

레지와 더글러스 코치는 멀리 차를 대고 헛간으로 걸어갔다. 침묵이 짙게 내려앉았다. 짚 더미에 앉아서 마침내 레지가 물었다.

"이제 무슨 일인지 말해 주실래요?"

"우선, 단도직입적으로 이야기하마. 아무에게도 하지 않은 이야기를 너에게 할 참이다. 칩도 모르는 이야기야. 아내도. 누구한테든 이 이야기를 한마디라도 했다간……."

"무슨 이야기인데요?"

"이제 3주 후면 나는 마흔여덟 살이 된다. 하지만, 출생증명서에 의하면 4월에 마흔다섯 살이 되지. 애덤 더글러스가 되기 오래전에 나는 버넌 톰프슨이라는 이름의 아이였다. 나는 4분의 3은 백인이야. 나머지는……."

레지가 천천히 일어섰다.

"유색인이군요."

더글러스 코치가 고개를 끄덕였다.

"나는 이 근처에서 자랐어. 삼촌과 함께 살았는데 삼촌은 술에 취하면 나를 때렸어. 삼촌은 늘 술에 취해 있었지. 하지만 나는 갈 곳이 없었어. 엄마는 내가 아기였을 때 돌아가셨고, 아버지라는 사람은 거리 바로 하나 아래에 살면서도 나와 관련된 건 아무것도 안 하려고 했어."

"내가 살기 위해 했던 유일한 일은 여름에 이 농장에서 일하는 거였다. 이 땅은 5세대 동안 리타 아주머니 가족이 소유한 땅이었어. 월터 아저씨는 필라델피아 출신이야. 두 사람은 북부에 있는 대학에서 만났고, 리타 아주머니가 월터 아저씨를 설득해서 미시시피로 이사를 왔지. 월터 아저씨는 농장 일에는 소질이 없었지만 좋은 의사였어. 퀘이커 교도*들 덕분에 월터 아저씨는 흑인들이 어떤 대우를 받아야 하는지에 대해서는 무척 진보적인 생각을

* 퀘이커 교도: 프로테스탄트의 한 교파로, 노예제 철폐, 여성의 권리 신장, 사형제도 폐지 등 사회 개혁에 노력을 기울임.

갖고 있었어. 리타 아주머니도 그랬고. 그들은 늘 여름 농장 일에 유색인 아이들을 고용했어. 돈도 주고 먹여 주기도 했어."

"어느 날 아침, 혼자 농장 일을 하고 있는데 한 가족이 월터 아저씨와 리타 아주머니를 찾으러 왔어. 그들은 도시에 나가고 없어서, 돌아올 때까지 내가 그 가족들과 있어 줬지. 그 가족이 리타 아주머니와 나에 대해서 어떻게 말했는지 아니? '참 아들을 잘 두셨네요. 이 모든 매력을 엄마한테 물려받았나 봐요' 라고 했어."

더글러스 코치가 자신의 무릎을 탁 쳤다.

"여기에 사람들에 대한 진실이 있어. 서로에 대해 참 많이 넘겨짚는다는 거지. 사람들이 단지 피부색 때문에 너를 유색인이라고 보는 게 아니야. 너희 할머니가 검은 피부이고, 네가 흑인 학교와 흑인 교회에 다니고, 가난하기 때문에 너를 유색인이라고 생각하는 거야. 하지만 이 사람들이 멋진 양복을 차려입은 너를 거리에서 지나쳤다면 어떻게 생각할까? 백인들이 사는 동네에서 마주쳤다면? 걷는 대신 캐딜락을 운전했다면? 그랬다면 너를 어떻게 봤을까?"

더글러스 코치가 속도를 내기 시작했다.

"오랫동안 시골에서 의사로 일한 월터 아저씨는 출산을 많이 도왔는데…… 가끔은 사산아가 생기기도 했어. 시간이 걸리긴 했지만 결국은 리타 아주머니가 월터 아저씨를 설득해서 그런 출생 증명서를 위조해 나는 새 삶을 가질 수 있게 됐어. 그러니까, 버넌 톰프슨은 죽었고, 애덤 더글러스가 새로 태어난 거지."

"저는 백인인 척할 수 없어요."

"척하는 게 아냐. 백인이 되는 거지. 밖에서 백인인 척하다가 집에 돌아오면 흑인으로 돌아가고 하는 게 아니야. 늘 그래야 해. 그랬을 때 생기는 기회를 생각해 봐. 나는 군대에 갈 수 있었어. 진짜 거래를 배우고 계급을 달고 그리고 학위를 땄어. 너도 똑같이 할 수 있다."

"하지만 램버트로는 절대로 못 돌아가잖아요."

"아직도 이해가 안 되나 본데, 어쨌거나 너는 램버트로 못 돌아가. 너는 매리언의 눈을 앗아갔어. 그 애가 그걸 잊을 것 같니? 그리고 애당초 거기에 왜 돌아가? 램버트에서 너는 늘 가난하고 불쌍한 흑인밖에 안 돼."

"우리 할머니는요?"

"나를 믿거라. 네 할머니도 네가 기회를 잡기를 바라실 거다."

레지는 막대기를 하나 집어서 흙바닥에 그림을 그리기 시작했다.

"코치님, 모르겠어요."

더글러스 코치가 레지에게서 막대기를 뺏어 반으로 뚝 분질렀다.

"내 군대 동기 중 하나는 지금 은행 부점장이야. 또 하나는 법률 사무소를 차렸고. 그리고 또 한 놈은 판사야."

코치가 손을 주머니에 쑤셔 넣었다.

"군대에 갔다 오고 나서 제대 군인 원호법*으로 좋은 학교에 다녀. 그러면 너도 똑같이 될 수 있어. 너처럼 똑똑한 녀석은 스스로 계획을 세울 수 있을 거다. 네가 원한다면 엄청난 돈을 벌 수도 있어."

더글러스 코치가 나간 후 레지는 남아서 만약 부자가 되고 힘을 가지게

* 제대 군인 원호법: 미국의 퇴역 군인들에게 교육, 주택, 보험, 의료 및 직업 훈련의 기회를 제공하는 제반 법률 및 프로그램.

된다면 무엇을 할지 심사숙고했다. 오래 걸리지 않았다. 시바운에게 잘 보이려고 그 돈을 다 쓸 것이다. 시바운이 원하는 걸 다 사 줄 것이다. 레지는 벌써 빳빳한 군복을 입고 장미꽃을 한아름을 안고 활짝 웃으며 시바운에게 걸어가는 자신의 모습을 볼 수 있었다.

하지만 그의 백일몽은 시바운에게만 국한되지 않았다. 앨런가에도 복수를 해 줄 것이다. 자신과 더브 코치에게 한 짓을 갚아 주려면 한쪽 눈을 잃은 것만으로도 충분치 않았다. 시바운에게 했던 협박을 생각한다면. 그들은 대가를 치러야 했다. 마침내 레지는 더글러스 코치를 찾았다.

"할게요. 어떻게 시작하면 되죠?"

레지를 설득하는 건 무척 쉬웠지만, 월터 해밀턴의 동의를 구하는 건 훨씬 더 어려웠다. 발각되면 의사 면허가 정지될 수도 있었지만, 오히려 그건 걱정하는 바가 아니었다. 그는 그 백인 아이들이 복수하기 위해서 리타에게 무슨 짓을 할지도 모른다는 생각 때문에 불안했다. 리타는 걱정스러워하면서도 결심은 단호했다. 일주일 동안 리타가 월터를 설득한 끝에 마침내 적당한 사람이 있는지 파일을 찾아볼 수 있었다.

반면에 더글러스 코치와 레지는 미래의 인물에 맞는 근사한 배경을 만들어 내기 위해서 노력했다. 더글러스 코치는 백인인 척하고 사는 방법을 가르쳤다. 이 나라에서 자신이 원하는 건 뭐든지 할 수 있는 사람들처럼 자신감을 갖고 말하는 법을 가르쳤다. 누군가 인종차별적인 농담을 할 때 참는 법과 태연하게 버스 앞쪽에 앉는 법, 백인 전용 식당으로 걸어 들어가는 법을 가르쳤다. 대범하게 백인의 눈을 쳐다보고 그들을 적이 아니라 친구로 바라

보는 법을 가르쳤다. 그리고 필요하다면, 그의 새로운 정체성을 지키기 위해서 흑인을 깔보거나 더 나아가서 비하하는 법을 가르쳤다.

2주 후 레지는 미시시피를 떠나 배치받은 포트후드 육군 기지가 있는 텍사스 킬린으로 갔다. 곱슬머리를 숨기기 위해서 머리도 아주 짧게 깎았다. 누가 물어보면 밖에서 일해서 피부가 탔다고 할 작정이었다.

여행 가려고 버스에 오를 때면 그는 다른 백인들처럼 앞에 앉았다. 친절하게 도움을 주려고 하면서 그들의 눈을 똑바로 봤다. 사람들이 이름을 물어보면 최대한 활짝 웃으며 말했다.

"제임스 파커예요. 만나서 반가워요."

캔디스는 굳이 자려고 애쓰지 않았다. 그건 불가능했다. 아침이 오기를 기다리는 동안, 엄마의 휴대 전화를 가져와서 레지널드 브래들리에 대한 내용이 없는지 인터넷을 뒤졌다. 아무것도 없었지만 놀랍지 않았다. 사라져 버렸다면 뭔가가 있을 리 없었다.

마침내 6시, 번호를 누르는 손이 떨렸다. 전화하기에는 여전히 일렀지만, 나중에 양해를 구하기로 했다. 브랜던의 엄마가 전화를 받았다.

"여보세요? 앤? 무슨 일 있어?"

"안녕하세요. 저예요, 캔디스. 이렇게 일찍 전화해서 죄송해요. 브랜던 일어났나요? 정말 중요한 일이 있어서요. 시간은 얼마 안 걸릴……."

"안됐다만 브랜던은 전화 못 받아. 이틀 동안 벌 받는 중이란다."

"아, 알겠어요. 그러면…… 브랜던하고는 전혀 통화를 못 하나요? 아주 잠깐만도 안 돼요?"

"전화 왔다고 전할게. 수요일에는 볼 수 있을 거야."

캔디스는 브랜던이 무슨 일로 그렇게 오랫동안 벌을 받는지 궁금했다.

캔디스는 방으로 돌아와서 레지널드 브래들리의 사진을 바라보았다. 확신은 흔들리지 않았다. 확실히 레지널드 브래들리와 제임스 파커는 같은 사람이었다. 그런데 왜 이 사람은 다른 사람이 되었을까?

그때는 백인이었다면 삶이 좀 더 쉬웠을 것이다. 어떤 학교든 갈 수 있고 어느 동네에서든 살 수 있었을 것이다. 캔디스는 토리 언니가 차를 천천히 몰던 일과 리튼하우어 교감 선생님이 자신들을 학교에 몰래 들어왔다고 의심한 일이 모두 피부색 때문이라고 생각했다. 레지널드 브래들리의 삶도 이랬을 것이다. 아마도 1950년대는 훨씬 더 심했을 것이다.

두 시간 뒤 집 전화가 울렸다.

"안녕, 캔디스. 집으로 올래?"

토리가 말했다.

"브랜던이……."

"브랜던은 위층에 있고 엄마는 지금 막 나가셨어. 잠시 보자."

언제나처럼 문은 열려 있었다.

"나 부엌에 있어."

토리가 소리쳤다. 캔디스는 공책과 졸업 앨범을 손에 꼭 쥐고 부엌으로 갔다. 토리는 퉁퉁 불은 오트밀이 담긴 그릇을 앞에 두고 식탁에 앉아 있었다. 『웨스팅 게임』을 읽고 있었다. 토리가 책을 덮으며 말했다.

"지금까지는 진짜 재밌다. 이렇게 하자. 내 동생한테 무슨 할 말이 있는지는 모르지만, 새벽 6시에 전화를 할 정도면 엄청 중요한 일일 것 같아. 그래서 내 차를 한 달 더 세차해 주면 내가 너희 둘 사이에서 중개자 역할을 해 줄게."

캔디스가 졸업 앨범을 열어 레지널드 브래들리를 가리켰다.

"제임스 파커를 찾은 것 같아요. 이 사람이에요."

토리가 좀 더 잘 보려고 앨범을 자기 쪽으로 돌렸다.

"백인인 줄 알았는데."

"백인인 척한 것 같아요."

"네 말이 맞다 치자. 그래서?"

"엘리 파머 할머니에게 전화해야 해요. 더 알고 계실 거예요."

"맞아. 전화해."

토리가 식탁 건너로 휴대 전화를 밀어 줬다.

"브랜던은 어쩌고요? 브랜던도 없는데 하고 싶지는 않아요."

"브랜던도 이해할 거야. 이건 중요한 일인 데다가 너는 시간을 허비할 때가 아니잖아."

캔디스는 공책을 넘겨서 파머 할머니의 전화번호를 찾았다. 휴대 전화를 들고 번호를 누르다가 번호를 마저 누르기 전에 끊었다.

"브랜던을 기다렸다가 할래요. 브랜던도 그랬을 거예요."

토리가 눈을 위로 굴리면서 식탁에서 일어났다.

"잠시만. 금방 올게."

토리가 위층으로 올라가 브랜던을 데리고 왔다. 브랜던은 캔디스를 보고 웃으면서 살짝 손을 흔들었고, 토리가 캔디스에게 다시 휴대 전화를 건넸다.

"브랜던은 듣기만 할 거야. 말은 하면 안 돼. 그리고 할아버지 차가 마당으로 들어오는 소리가 들리면 브랜던은 당장 자기 방으로 튀어야 해."

캔디스는 벌 받는 이유라도 알아낼 수 있을까 해서 브랜던의 얼굴을 살폈다. 브랜던은 아무 정보도 주지 않고 그냥 앉았다. 캔디스는 모두가 들을 수 있게 스피커폰으로 전화를 걸었다. 파머 할아버지가 전화를 받아서 아내에게 건네줬다.

"캔디스구나. 잘 지냈니, 아가?"

"잘 지내요. 모두 잘 지내고 있어요."

캔디스가 떨리는 숨을 들이마셨다.

"퍼킨스에 다녔던 학생에 대해서 여쭤볼 게 있어서요. 레지널드 브래들리요."

"어? 레지 브래들리라고 했니?

캔디스는 할머니의 목소리에서 경계심을 느낄 수 있었다.

"그 사람에 대해서 뭘 알고 싶은데?"

"그 사람이 사라졌나요? 죽은 게 아니라 그러니까 다른 사람이 됐나요?"

한참 동안 말이 없던 할머니가 말했다.

"왜 그런 걸 묻는 거야?"

캔디스가 브랜던을 쳐다봤다. 브랜던의 눈썹이 위로 쓱 올라갔다.

"제 생각, 아니, 우리 생각에는 어쩌면 그러니까, 확실하진 않은데……."

"나는 이제 젊지가 않으니까, 알아냈거든 말해 보렴."

브랜던이 앞으로 나섰다.

"그 사람이 제임스 파커죠, 맞나요?"

토리가 손가락으로 탁 소리를 내며 조용히 하라고 했다.

"어머, 브랜던이구나. 같이 있는 줄 몰랐네. 그래, 네 말이 맞다. 레지 브래들리가 제임스 파커야. 거짓말해서 미안하다만, 다른 사람의 사생활이라서. 어쨌거나 알아 버렸다니, 레지는 더브 코치와 같이 얻어맞은 그 선수야."

캔디스는 휴대 전화를 빤히 쳐다보았다. 파머 할머니가 바로 앞에 있어서 얼굴을 볼 수 있었으면 싶었다.

"더글러스 코치가 우리한테 레지는 조지아에서 직장을 잡았다고 말했어. 그러다가 몇 달 뒤에 사고로 죽었다고 했지. 그 이후로는 레지에 대해서 별로 많이 생각하지 않았어. 사는 게 그렇지 않니? 이미 가 버린 사람 때문에 평생 슬퍼하면서 살 수는 없으니까."

"그리고 한 번도 고향으로 돌아오지 않았어요?"

"내가 아는 한 없었어."

파머 할머니가 말했다.

"더글러스 코치가 레지의 할머니를 보살펴 줬어. 노인이 혼자 살아야 하니까 우리 모두 걱정이 됐지. 더글러스 코치가 그 할머니가 못 내는 비용을 몇 번 대신 내 준 적도 있어, 하지만 그 양반도 참 강인한 분이었어. 또래들보다도 더 오래 살았지."

파머 할머니가 기침하더니 뭘 좀 마시느라 잠시 쉬었다. 캔디스는 그게 물이기를 바랐지만 달달한 음료거나 카페인 음료인 게 틀림없었다.

"아, 그래……. 레지의 할머니가 돌아가셨을 때, 나랑 몇몇이 장례식을 거들었지. 그런데 이미 누가 장례비를 다 치렀더라고. 나는 별 대수롭지 않게 생각했어. 시간이 지나고 나서…… 어느 날 우리 손주들 앞으로 각각 만 달러짜리 수표를 받았어. 그 돈으로 대학 등록금을 대라고. 어디서 온 건지는 몰랐어. 누가 수표에 서명했는지 알아내는 게 불가능했거든. 누군가가 학교와 교회에 기부를 했니 어쩌니 떠들어 대기 시작했을 때에야 그 모든 것을 맞춰 보았어. 제임스 파커의 사진을 보고 단번에 레지인 걸 알았지. 눈을 보고 알았어. 눈이 남들과 달랐거든."

"시바운은 그 사람이 누군지 알았나요? 그리고 둘이 사귀는 줄 아셨어요?"

캔디스가 물었다. 휴대 전화가 잠시 조용했다.

"그것도 모두 말해야겠구나. 시바운이 고등학교 때 공식적으로는 누구와도 안 사귀었지만, 누군가랑 몰래 돌아다니긴 했어. 누군지는 절대 말 안 했어. 몇 번은 내가 시바운의 알리바이가 돼 주기도 했지. 나는 늘 그게 더글러스 코치의 아들일 거로 생각했는데, 레지였을 수도 있겠어. 지금 생각해 보니 그게 훨씬 더 말이 되네. 시바운의 장례식도 정말 성대했거든."

"왜 그간 아무 말도 안 하셨어요?"

토리가 물었다. 캔디스는 휴대 전화만 노려보며 듣는 데만 집중해서, 토리가 옆에 있다는 것도 잊었다.

"누군가가 너희에게 그만한 돈을 줬다면 너희도 그 사람의 비밀을 막 쏟아 내진 않을 게다. 게다가 내가 누구한테 말하겠어. 그때는 레지가 마음을 쓰던 사람들이 모두 죽고 없었는데."

파머 할머니가 전화기에 대고 기침을 했다.

"나는 레지를 비난하지 않았어. 더 나은 삶을 살 기회를 잡은 거야. 레지가 운이 안 좋았다는 건 하늘이 알 거다. 엄마는 난잡한 데다 알코올 중독이었어. 아빠는 본 적도 없지. 흑인 아이라면 엮이고 싶지 않아 했으니까."

"혹시, 레지의 아빠가 앨런가 사람은 아니었어요?"

캔디스가 묻긴 했지만, 그 생각을 하니 속이 뒤틀렸다.

"세상에나, 아냐. 아빠는 뉴욕 어딘가에 살았던 것 같아."

파머 할머니가 다시 기침을 했다. 이번에는 기침이 훨씬 더 심했다.

"미안하다. 목이 별로 안 좋구나. 그만 끊어야겠다. 더 질문 있으면 내일 다시 전화하렴."

서로 인사를 하고 전화를 끊었다.

"좋아, 이제 위층으로 가."

토리가 동생에게 말했고 브랜던은 씩씩거리며 일어섰다.

"정말 굉장한 이야기다. 슬프기도 하고. 레지가 시바운이나 자기 할머니랑 다시 얘기는 해 봤을까?"

브랜던이 가고 나자 토리가 말했다.

"그랬길 바라요. 부모님을 다시는 못 본다는 건 상상할 수가 없어요. 아니 다른 가족들이나 친구들도요."

"자기 가족 같은 건 안 봐도 된다고 생각하는 아빠들도 세상엔 많단다."

토리가 캔디스를 흘깃 봤다.

"빈정대서 미안. 너랑 너희 아빠는 나랑 우리 생부보다는 훨씬 좋게 표현해야지."

"네, 아마도요. 하지만 우리 아빠는 내게 뭔가 숨기고 있어요."

캔디스가 말했다.

"모든 부모가 아이에게 말하지 않는 비밀이 있지."

토리가 휴대 전화를 식탁 위에서 천천히 돌렸다.

"뭘 숨기고 있는 것 같은데?"

"누구를 만나는 것 같아요. 대니엘이라는 여자."

캔디스가 말했다.

"흠……. 확실해? 네가 어떻게 알아?"

"엄마랑 아빠가 말하는 걸 엿들었어요."

"아빠한테 언제든 물어볼 수 있잖아. 다 설명할 기회를 드려."

캔디스가 토리를 쳐다봤다.

"나한테 말 안 한 거, 뭐 아는 거 있죠?"

"나도 어른들이 말하는 걸 엿들은 거야. 아빠한테 말해. 진지하게. 가끔은 우리도 세상이 어떻게 돌아가는지 안다는 걸 부모님에게 상기시켜 드려야 해."

토리가 시간을 확인했다.

"너 이제 가 봐. 할아버지가 곧 오실 텐데, 브랜던의 벌을 내 맘대로 해석한 걸 아시면 안 좋아하실 거야."

"브랜던은 뭘 했길래 저렇게 심하게 벌을 받는 거예요?"

"수요일에 브랜던한테 물어봐."

브랜던 엄마의 심경에 무슨 변화가 있었는지 화요일 아침에 브랜던이 캔디스에게 전화해서 벌 받는 게 끝났다고 했다. 캔디스는 브랜던에게 왜 빨리 끝났는지, 애초에 어떤 행동을 해서 벌 받았는지도 묻지 않았다. 그냥 둘이 같이 제임스 파커의 미스터리를 풀었다. 오후가 되자 하나의 중요한 결론에 도달했다. '그래서, 뭐?' 레지 브래들리가 제임스 파커라고 해서 뭐가 어떻다는 건가? 그 사실은 파커의 돈을 찾는 데 전혀 도움이 되지 않았다. 브랜던이 물었다.

"그 사람은 행복했을까? 제임스든 레지든 누구든 말이야. 다른 사람으로 사는 게 좋았을까?"

"글쎄, 엄청 부자였잖아."

"하지만 행복했을까?"

캔디스는 그 질문에 대해서 생각해 보고 고개를 저었다.

"행복했다면 그런 편지를 보내진 않았겠지. 행복했다면 어떻게든 결국 시바운과 함께 하게 됐을 거야."

"너희 엄마 책에서는 모든 사람이 결국엔 다 같이 잘 지내게 돼?"

"응, 우리 엄마는 로맨스 소설을 쓰잖아. 그게 출판사의 규칙이야."

캔디스는 이 일이 다 끝나면 엄마에게 모든 것을 말해서 엄마가 이 내용으로 책을 써 주기를 바랐다.

"캔디스, 현실을 직시해. 우리는 막혔어. 편지를 받은 다른 사람들에게 연락해 봐야 할 때야."

브랜던이 캔디스를 똑바로 쳐다봤다.

"하지만 브랜던."

"지난주에 너희 엄마가 빠르면 이번 주말에라도 집으로 돌아갈 수 있다고 했잖아. 진짜야?"

"아마."

"시간이 가고 있어. 돈을 찾고 싶지 않아?"

브랜던이 조용히 말했다. 캔디스가 고개를 끄덕여 보였다.

브랜던이 의자를 빙글 돌려서 편지를 찍어 둔 사진 파일을 열었다.

"엄마한테 벌 받기 전에 너희 할머니처럼 이 편지를 받은 사람들을 찾아봤는데 한 사람밖에 연락처를 못 찾았어. 윌리엄 메이너드. 너희 할머니가 시 행정 담당관이었을 때 교육위원회장이었어."

"윌리엄 메이너드……. 어디서 들어봤는데."

"그럴 수밖에. 1957년도에 테니스 팀 팀원이었어."

브랜던이 윌리스 졸업 앨범을 집어서 테니스 팀 사진이 있는 곳을 펼쳤다.

"1956년에도. 어쩌면 그날 밤에 있었을지도 몰라."

캔디스는 사진을 빤히 쳐다보았다. 윌리엄은 글렌 앨런 옆에 서 있었다. 캔디스는 윌리엄의 4학년 사진으로 넘겨 보았다. 풍성한 까만 머리를 뽐내는 것 같았다. 안경은 얼굴에 비해서 너무 작아 보였다.

"음, 어떻게 생각해?"

캔디스가 졸업 앨범을 닫았다.

"저 사람을 우리가 어떻게 믿어? 거기 있었다면, 워싱턴 코치와 레지 브래들리를 폭행했던 사람일 수도 있잖아. 매리언 앨런처럼 인종차별주의자일 수도 있고."

"알아, 하지만 기회는 잡아야 해."

브랜던이 창밖을 내다봤고 캔디스도 따라서 내다봤다. 몇 분 전에 마일로 무리가 지나간 것을 브랜던도 봤는지 궁금했다.

"한다?"

브랜든이 말하자 캔디스가 심호흡을 하고 대답했다.

"그래."

브랜던은 온라인에서 윌리엄 메이너드의 연락처를 모두 찾았지만, 전화 대신 익명으로 새 계정을 만들어서 메일을 보내기로 했다. 내용을 쓰고 다시 쓰느라 한 시간이 꼬박 걸렸다.

안녕하세요? 잃어버린 재산에 관한 편지에 대해서 얘기하고 싶습니다. 이넉 워싱턴과 그의 가족들이 램버트에서 내쫓겼을 때 앨런가가 어떤 역할을 했는지에 대해서도요. 가급적 빨리 연락 바랍니다.

캔디스는 앨런가와 워싱턴가에 대한 이야기는 뺐으면 했지만, 브랜던은 매우 단호했다. 윌리엄 메이너드의 관심을 끌고 싶어 했다.

그게 먹혔다. 5분이 지났을까, 브랜던의 컴퓨터에서 알림 소리가 울렸다.

누구시죠? 무슨 편지를 말씀하시는 겁니까?

어떻게 답을 해야 할지 생각하는 동안 받은 편지함에 또 다른 메일이 떴다. 윌리엄 메이너드는 전화를 해 줬으면 했다. 지금. 전화번호도 보냈다.

"이제 어쩌지?"

브랜던이 물었다.

"내 전화번호 알게 하기 싫은데. 너희 엄마 휴대 전화로 전화할래?"

"안 돼. 화상 채팅 같은 걸로 할 수 있을 거야."

브랜던이 답장을 썼다.

화상 채팅 가능하세요?

윌리엄 메이너드가 대답했다.

네. 편지도 가져오세요.

화면에 나타난 남자는 아주 단정했다. 이제는 새하얘진 머리를 위로 세우고 있었다. 약지에는 장식 없는 결혼반지를 끼고(캔디스는 이제 늘 이것을 알아보았다) 넥타이는 느슨하게 맸다. 그 사람이 말했다.

"너희들, 내 예상과는 다르구나. 그 편지는 어디서 발견했니?"

"우리 할머니 물건에서요. 다락에 있었어요."

캔디스가 말했다. 편지를 화면에 들어 올렸다.

"애비게일 콜드웰 씨의 손녀구나, 허. 너를 무척 아꼈지. 늘 네 얘기를 했어. 이제껏 태어난 아기 중에 제일 똑똑하다고."

"할머니를 잘 아세요?"

"알다마다. 네 할머니가 시 행정 담당관으로 있을 때도 그렇고 그 이전에도 그랬고, 내가 20년 동안 교육위원회장이었으니까. 우리는 일하……."

꽥꽥거리는 아이 소리가 들려오자 그 남자가 말을 멈췄다.

"미안하다. 여름이라 손주들이 와 있어서. 너희들도 알고 있는 것 같다만 다섯 명이 그 편지를 받았다. 시장은 우리에게 그 편지를 없애 버리라고 했지."

"『램버트 트레이더』의 편집장한테도요?"

브랜던이 물었다. 윌리엄 메이너드가 고개를 끄덕였다.

"시장은 매우 힘이 있는 사람이었고 영향력도 상당했으니까. 할머니 일은 참 안됐다. 그냥 편지를 버리고 그 모든 헛소리를 잊어버렸다면……."

"헛소리는 아니에요. 우리는 누가 이 편지를 보냈는지 알아요."

캔디스가 말했다.

"나도 안다. 레지 브래들리지. 혹은 제임스 파커. 아니면 그 사람이 자신을 뭐라고 불렀든 간에 그 사람."

"알고 있었어요?"

"처음에는 아니었지. 파커가 이 도시의 기부와 관련 있는 사람이라는 걸 너희 할머니가 알아냈지. 우리가 지지해 주기를 바라면서 알아낸 모든 것들을 말해 줬어. 우리가 거절하자 비커스 공원의 코트를 판 거다. 그제야 나는 온라인에서 그 사람을 찾아봤어. 사진을 보자마자 알아봤다."

"선생님도 거기 있었죠? 그 경기에 있었죠?"

브랜던이 말했다. 윌리엄 메이너드가 한숨을 쉬었다.

"그 아이들이 우리를 완전히 발라 버렸지. 우리를 테니스 라켓도 구경 못해 본 사람들인 것처럼 취급하며 이겨 버렸지."

"그 다음엔…… 어떻게 됐어요?"

브랜던이 물었다.

캔디스가 윌리엄 메이너드의 얼굴을 보니 그는 브랜던이 무슨 이야기를 하는지 이해하는 것 같았다.

"난 폭행에 가담하지 않았어. 하지만 매리언과 글렌이 그러리라는 건 알았지. 그 애들은 그냥 자기 생각을 분명히 밝혀 두려고 했던 거야. 진짜 누굴 다치게 하려고 한 게 아냐. 너희들도 알아야 해. 50년대에는……."

"그 사람들은 더브 코치와 레지를 때려서 도시에서 쫓아냈어요. 그걸 어떻게 정당화할 수 있어요?"

"그들만 다친 게 아니야. 매리언 앨런은 눈을 잃었다고!"

"그 사람은 무고한 두 사람을 공격하다가 겨우 눈 한쪽 잃은 거잖아요!"

브랜던이 맞받아쳤다. 캔디스는 브랜던이 이렇게 화를 내는 건 처음 봤다.

"그건 변명하지 않겠다. 나는 그저 무슨 일이 있었는지를 설명하려는 것뿐이야. 나와 페넬로페는 매리언이 부자지간의 연을 끊은 이후 10년 동안 그 사람을 부양했어. 매리언은 죽을 때까지 엉망진창이었지만 뭐라 하겠나. 여동생이 그를 사랑했는데."

"매리언의 여동생요? 선생님, 앨런가 사람과 결혼했어요?"

캔디스가 윌리엄 메이너드의 결혼반지를 다시 쳐다보았다.

"페넬로페는 다른 앨런가 사람들과는 달랐다. 우리 둘 다 그렇지 않았어."

브랜던이 팔짱을 꼈다.

"이넉 워싱턴과 레지 브래들리에게 그렇게 말해 보시죠."

"이봐, 그 사람들이 더브 코치랑 레지한테 한 일에 대해서는 하루도 잊은 적이 없어. 막았어야 했지만, 내가 어떻게 그들을 막을 수 있었겠어."

메이너드가 물을 마시느라 잠시 말을 멈췄다.

"나와 페넬로페는 그 일을 보상하려고 노력하면서 남은 생을 보냈어. 내가 아니었다면 퍼킨스는 이미 오래전에 문을 닫았을 거고 학생들은 모두 윌리스로 보내졌을 거야. 두 학교를 통합하자고 위원회 사람들을 설득한 사람이 나야. 그렇게 하는 게 공평했지. 나는 늘 흑인 공동체의 지지자였어. 참나, 심지어 민주당*원으로 등록까지 했다니까."

"편지에서는 파커 씨가 자신의 돈을 램버트를 돕는 데 썼으면 하던데요. 선생님은 그렇게 하고 싶지 않았어요?"

"우리는 소문 때문에 도시가 더 분열될 거라고 생각했어. 대신 평화를 유지하기 위해서 상당한 액수의 기부를 제안했단다."

"그 기부금이 파커가 편지에서 약속한 것만큼 많았나요? 아니면 파커가 학교나 교회, 도서관에 기부한 금액 정도는 됐나요?"

대답 대신 윌리엄 메이너드는 남은 물을 다 마셨다.

"선생님은 자신이 한 일을 남들이 알게 되는 걸 원치 않아요. 선생님이 진

---

* 민주당: 미국 양대 정당 중 하나. 자유주의 성향의 정당으로 흑인 권리 신장을 지지함.

짜 어떤 사람인지를."

"이봐라, 얘야. 제임스 파커, 레지 브래들리는 성인이 아니야. 그 사람은 페넬로페의 회사를 파산시켰어. 이 도시의 경제적인 근간을 거의 다 파괴해 버렸다고. 만약 그자가 진심으로 램버트를 돕고 싶었다면, 기부만 하고 그런 협잡은 부리지 말았어야지."

"당신들은 그 사람의 삶을 파괴해 버렸어요!"

브랜던이 소리 질렀다.

"내가 보기에 그 사람은 결국 잘됐다. 부자였고, 권력도 있었고, 유명해졌고. 뭘 더 바랐겠니?"

"그 사람의 예전 삶이요. 그 사람은 자신의 모습을 포기해야 했어요."

이제 브랜던은 손을 덜덜 떨고 있었다.

"미안하다만 대화는 이걸로 끝내야겠다. 나는 누가 메일을 보낸 건지, 뭘 알고 있는지 궁금했을 뿐이야."

"이 일이 일어나지 않았던 척하려는 거예요?"

캔디스가 물었다.

"1957년은 오래전이다. 아무도 신경 안 써. 그리고 곧 그 일을 기억하는 사람도 남지 않게 되겠지. 어떤 일은 그냥 과거의 일로 내버려 둬야 한단다."

그 사람이 손을 키보드 쪽으로 뻗었다.

"우리는 말할 거예요! 경찰에 갈 거예요."

브랜던이 말했다.

"그러면 그 사람들이 너희들 말을 잘도 믿겠구나. 너희들 몇 살이지? 열두 살? 열세 살? 오후 즐겁게 보내렴. 그리고 다시는 내게 연락하지 말거라.

개인적인 감정이 있어서 하는 말은 아니고, 나는 내 아내와 우리 가족의 명성을 지켜야 하니까 말이다. 결국, 남는 건 이름밖에 없어."

화면이 꺼졌다. 한동안 둘 다 말이 없었다. 캔디스는 메이너드가 했던 말을 모두 복기해 보았다. 브랜던은 검은 화면만 응시하다가 말했다.

"겁쟁이 인종차별주의자. 협박꾼. 이건 공평하지 않아. 저 사람, 도시에는 하나도 관심 없어. 원하는 건 자신의 이름을 지키는 것뿐이야."

캔디스는 망설이다가 브랜던의 등에 손을 갖다 댔다.

"괜찮아. 우리는 저 사람 필요 없어."

"너는 화가 안 나?"

"물론 화가 나지. 나는 계속 머릿속으로 모든 것을 정리하느라 애쓰는 중이야. 다음엔 뭘 해야 할지 생각하느라고."

"저 사람 말이 맞아. 아무도 우리를 안 믿을 거야."

"제임스 파커가 레지 브래들리라는 걸 증명할 수 있어."

"그래서? 누가 관심이나 있겠어?"

브랜던이 벌떡 일어서는 바람에 의자가 넘어졌다.

"도서관으로 가자. 운동에 관한 책이 더 필요해. 나머지 암호를 풀자."

"브랜던, 기다려. 마일로를 봤어……."

"아니, 못 기다려. 너는 곧 떠나잖아, 잊었어? 애틀랜타에 있는 근사한 너희 삶으로 돌아간다고."

캔디스가 천천히 일어섰다.

"나한테 화내지 마. 내가 돌아가자고 한 거 아냐."

"그래도 돌아가고 싶긴 하잖아, 안 그래?"

브랜던이 이미 방을 나서면서 말했다.

"집 앞에서 보자."

캔디스는 집으로 돌아갔다. 화장실에 갔다가 엄마에게 나간다고 말하고 창고에서 자전거를 꺼내서 집 앞으로 끌고 왔다.

맞은편에 마일로와 그의 친구 세 명이 브랜던을 에워싸고 있었다.

캔디스는 자전거를 던져 두고 뛰어갔다.

"무슨 일이야?"

"오, 브랜던. 네 여자 친구 온다."

마일로가 말했다.

"아니면 얘가 남자고 네가 여자인가?"

"입 닥쳐! 집에 가. 내가 감당할 수 있어."

브랜던이 캔디스를 보고 말했다.

"브랜던 좀 그냥 내버려 둬."

캔디스가 붙어 있으면 아마도 브랜던을 때리지는 않을 거다.

"오, 이 애가 남자네, 맞지?"

마일로가 활짝 웃었다. 그리고는 졸업 앨범에 낙서되어 있던 그 더럽고 끔찍하고 모욕적인 이름으로 브랜던을 불렀다. 다른 아이들이 웃었다.

브랜던이 눈을 가늘게 뜨고 마일로를 노려봤다. 주먹을 쥐었다. 몸을 꼿꼿이 폈다.

"여자 친구라니까 하는 말인데, 호크 집사님은 아직도 너희 엄마 만나니? 그것 때문에 너희 아빠는 아직도 치료받으러 다니고?"

모두가 조용해졌다.

"입 닥쳐."

마일로가 말했다. 작고 새된 목소리였다.

"너희 엄마랑 집사님이 같이 있는 걸 너희 아빠한테 들켰을 때, 너희 아빠가 너희 엄마한테 그렇게 말했어? 네가 호크 집사의 아들일 가능성은 생각해 봤어?"

브랜던이 계속하자 마일로가 말했다.

"그래도 우리 부모님은 아직 같이 살거든."

"알아. 어떤 여자들은 너무 나약해서 혼자 살 수도 없지."

브랜던이 말했다.

캔디스는 눈앞에서 말하고 있는 사람이 누군지 알 수 없었다. 적어도 캔디스가 아는 브랜던은 아니었다. 그녀의 친구라기에는 너무 잔인하고 차가웠다.

마일로가 슬로 모션처럼 팔을 뒤로 뺐다. 브랜던은 몸을 젖혀서 거칠게 휘두른 주먹을 쉽게 피했다. 그리고 마일로가 균형을 잃자 브랜던이 주먹으로 마일로의 배를 가격했다.

"브랜던! 안 돼!"

캔디스가 소리를 내질렀다. 브랜던이 캔디스 쪽을 돌아봤다. 마치 캔디스를 처음 본 것처럼 빤히 쳐다봤다.

브랜던이 캔디스를 보느라 마일로가 팔을 휘두르는 것을 너무 늦게 발견했다. 마일로가 주먹으로 브랜던의 얼굴을 세게 쳤다. 브랜던이 팔을 마구 휘저으며 뒤로 넘어졌다. 등과 머리가 엄청난 소리를 내며 땅에 부딪혔다.

"브랜던!"

캔디스가 남자아이들을 밀쳐 내며 소리 질렀다.

브랜던이 움직이지 않았다.

'아, 세상에, 안 움직여.'

"괜찮아? 제발, 괜찮아야 해."

브랜던의 몸은 도로에 푹 퍼져 있었다. 눈은 감겼고 마일로에게 맞은 볼은 이미 부풀어 오르고 있었다.

1초, 2초, 1000초가 흐른 뒤 브랜던이 신음했다. 캔디스는 다행이라고 생각했다. 캔디스는 고개를 들었다. 마일로와 다른 아이 한 명은 거리에서 벗어나 내려가고 있었고, 그들이 타고 있는 자전거가 뒤뚱거렸다. 다른 두 명은 초조하게 옆에 서 있었다.

"가서 우리 엄마 불러와."

캔디스가 아이들에게 말했다. 아이들이 움직이지 않자, 캔디스가 소리쳤다.

"가라고! 당장!"

남자아이들이 자전거에서 내려 캔디스의 집으로 달려갔다.

아이들이 캔디스의 엄마와 돌아왔을 때 브랜던은 일어나려고 하고 있었다.

"이런 세상에, 브랜던!"

엄마가 손에 휴대 전화를 쥔 채 소리쳤다.

"괜찮아요."

브랜던이 중얼거렸다. 코피가 떨어졌다.

"일어나게 도와줘."

캔디스가 브랜던을 도로 땅에 눕히면서 말했다.

"장난해? 너 지금 제정신 아냐! 뇌진탕일 거라고."

엄마가 옆에 무릎을 꿇고 앉았다.

"응, 지금 나랑 같이 있어. 괜찮은 것 같아."

엄마가 휴대 전화에 대고 말했다.

"아니, 구급차까지는 필요 없을 것 같아. 우리가 데리고 갈게."

엄마가 전화를 끊었다.

"너희 엄마가 너 응급실로 데려가 달라고 하셔. 거기서 만나자고."

엄마가 브랜던의 이마에 손을 갖다 댔다. 그러고 나서 길 건너편에 서 있는 남자아이들을 가리켰다.

"너 저 둘 아는 애들이야? 분명히 브랜던의 엄마가 물어보실 거야."

캔디스가 고개를 저었다.

"너희들, 이리 와 봐."

엄마가 말하자, 그 아이들은 재빨리 길을 건너왔다.

"너희 둘 다 집으로 곧장 가도록 해. 너희들, 오늘 여기서 무슨 일이 일어났는지 생각해 봐. 이야기를 다르게 짜맞추려고 같이 만날 생각도 하지 마. 거짓말은 일을 더 악화시키기만 할 거야."

아이들이 고개를 끄덕였다.

"두 명 더 있어요. 마일로랑 다른 아이 하나."

캔디스가 조그맣게 말했다.

"네 명이서 한 명한테 덤볐다고?"

엄마가 천천히 접었다 폈다 하며 손가락을 풀었다.

"가. 이제."

엄마가 마일로의 친구들에게 말했다.

아이들이 가자 엄마는 브랜던에게 다시 주의를 기울였다.

"조금만 참아. 캔디스 너는 엄마가 차 가지고 오는 동안 여기 있어."

브랜던이 손으로 얼굴을 가렸다. 캔디스는 브랜던이 햇빛을 가리는 줄 알았는데, 브랜던의 볼 위로 눈물이 흘러내렸다.

캔디스는 어떻게 해야 할지 몰랐다. 그래서 그저 브랜던의 다른 손을 잡아 줬다.

병원으로 가는 길에도 캔디스는 울지 않았다. 심지어 밝게 불 켜진 병원으로 들어갈 때도 꾹 참았다. 브랜던이 하도 손을 세게 잡고 있어서 멍이 들 것 같았다. 브랜던의 엄마가 눈물이 얼룩진 얼굴로 안으로 급히 뛰어 들어오자, 캔디스는 눈 뒤쪽으로 압력이 차오르는 게 느껴졌다. 하지만 엄마들이 브랜던을 휠체어에 태우고 나서야, 캔디스는 가슴을 크게 들썩거리며 흐느껴 울기 시작했다. 엄마가 캔디스를 안았다.

"이런, 얘야. 우리 캔디스. 그냥 예방 조치야."

의료진이 흰색 보안 문 뒤로 휠체어에 태운 브랜던을 데리고 가자, 엄마는 캔디스를 조용한 로비 구석으로 데려갔다.

"어떻게 된 거야? 한동안 계속 그랬던 것 같은데."

캔디스는 마일로와 친구들이 학교에서 브랜던을 괴롭혔고 그 괴롭힘이 여름 내내 이어졌다는 이야기를 했다. 그리고 그날 있던 일을 설명하기 시작했는데, 브랜던과 마일로가 서로 주먹질을 할 때 캔디스가 브랜던의 이름을 소리쳐 불렀던 일을 이야기하다가 그만 얼어붙고 말았다.

"모두 제 잘못이에요."

캔디스가 웅얼거렸다. 캔디스의 입술은 구릿빛이 되었고 숨을 쉴 수가 없었다. 꼭 가슴을 한 대 세게 맞은 것 같았다. 엄마가 얼굴을 찡그렸다.

"무슨 말이야?"

"제가 브랜던한테 그만하라고 소리를 질렀어요. 브랜던이 저를 쳐다봤는데 그때 마일로가 브랜던을 쳤어요. 그래서 브랜던이 쓰러지고 머리랑 몸이 콘크리트에 부딪히는 소리가 났고 그리고……."

"잠깐만. 이 일은 절대로 네 잘못이 아냐."

엄마가 캔디스를 안아 주었다. 어린애 같지만, 상관없었다.

"죄송해요, 엄마. 마감 중일 텐데."

"캔디스, 네가 엄마한테는 이 세상 어떤 마감보다도 더 중요해."

엄마가 캔디스의 머리를 쓰다듬었다.

"식당을 찾아보자. 엄마랑 딸이랑 점심 먹기 좋은 날이네."

다음 날 캔디스는 집에 있는 브랜던을 보러 갔다.

"캔디스, 안녕?

캔디스가 길을 건너는데 브랜던의 엄마가 말했다. 현관에 앉아서 잡지를 넘기고 있었다.

"올라가 봐. 하지만 브랜던은 쉬어야 하니까 너무 오래 있지는 마."

"네, 아줌마. 알겠어요."

캔디스가 문고리에 손을 올려놓고 잠시 있었다.

"아침에 엄마한테 들었는데 마일로를 고소하지 않으실 거라고 하던데요?"

"어제 마일로의 엄마랑 아주 오랫동안, 아주 솔직하게 대화를 나눴어. 만약 이 괴롭힘이 계속되면 내가 어떻게 행동할지 분명히 해 뒀어. 하지만 마일로만 잘못한 게 아니더구나. 브랜던이 자기가 마일로의 엄마에 대해서 뭐라고 했는지 얘기해 줬어."

문고리 위에 있던 캔디스의 손이 떨어졌다.

"너는 눈치 못 챘을지도 모르겠다만, 브랜던이 폭발한 게 꼭 마일로 때문은 아니었어. 브랜던한테는 아주 힘든 여름이었어. 게다가 너까지 떠난다고 하니까 더 힘들어졌지."

캔디스는 브랜던의 엄마를 보고 다시 문을 쳐다봤다.

"올라가 보렴. 그리고 캔디스, 브랜던한테 좋은 친구가 돼 줘서 고맙다."

캔디스는 브랜던의 방문이 열려 있어서 조용히 노크를 하고 안으로 들어갔다. 불이 꺼져 있었고 커튼도 쳐져 있었다.

"제발 읽을거리를 가져왔다고 말해 줘. 뭐든 간에."

브랜던이 말했다.

"미안. 엄마가 책은 못 들고 가게 했어."

캔디스는 앉을 만한 곳을 찾아 두리번거렸다. 한 번도 남자아이 방에는 와 본 적이 없었다. 캔디스는 뭔가 남자아이 같은 냄새가 날 거라고 생각했다. 하지만 브랜던의 방에서는 계피와 새 책 냄새가 났다. 브랜던에게 딱 맞는 냄새라고 인정할 수밖에 없었다. 아빠의 감귤 향수보다 훨씬 좋았다.

"얼마나 누워 있어야 해?

"내일이면 괜찮아질 거야. 남아 있는 부작용이 있을까 봐 그러는 거지."

브랜던이 바로 앉으면서 이불을 차 냈다. 브랜던이 파자마가 아니라 티셔츠와 짧은 바지를 입고 있어서 다행이었다.

"너 누워 있어야 해."

"아냐, 괜찮아. 많이 나아졌어."

"고소를 원하지 않는다는 건 뭐야?"

브랜던이 앉아서 캔디스도 침대 가장자리에 앉아도 될 것 같았다.

"마일로는 경찰에 넘길 수 없어. 애잖아."

"그건 너도 마찬가지지. 게다가 그 애는 너를 쳤잖아. 네 머리가 콘크리트에 부딪혔고. 네가 행동하지 않으면 마일로는 계속 괴롭힐 거야."

캔디스는 고개를 저었다. 다시는 울지 않으려고 했다.

"엄마랑 얘기했어. 호신술 수업을 들을 거야. 그 애와 싸우려고 가는 건 아니고, 엄마는 그게 내가 자신감을 갖는 데 도움이 될 거로 생각하셔. 친구를 새로 사귀게 될지도 모르고."

브랜던은 오른쪽 다리를 몸쪽으로 끌어당겼다.

"네가 가 버리면 난 뭘 하겠어?"

캔디스는 바지에 난 구멍을 손가락으로 쑤셨다. 2주 사이에 구멍이 훨씬 커져 있었다. 학교에 가는 8월이면 입을 수 없을 거다.

"나도 엄마랑 얘기했어. 한 주 더 있기로, 다음 주 금요일까지."

"9일을?"

"응, 9일."

"네가 떠나기 전에 파커 돈을 찾으려면 일해야겠다. 내 생각엔……."

"그것 때문에 온 거 아니야. 그게 유일한 이유는 아니란 뜻이야."

마침내 캔디스의 눈이 어둠에 익숙해져서 브랜던의 얼굴이 보였다.

"너는 내 친구잖아. 음, 진짜 친구. 여름이 아직은 안 끝났으면 좋겠어."

"너도 나한테 친구야. 뭐, 지금으로선 나의 유일한 친구."

"퀸시가 없어서? 퀸시에 대해서 말해 줄래?"

캔디스가 브랜던에게 가까이 당겨 앉았다.

브랜던이 어깨를 으쓱하고는 다시 이불만 쳐다봤다. 캔디스는 브랜던이 말하고 싶다면 얼마든 기다릴 용의가 있었다.

그리고 생각했다. '우정은 주고받는 거야' 라고. 우정이란 아빠가 점검하던 근사한 다리 같았다. 물 위의 다리는 무척 크고 길었지만, 양쪽에서 같이 건설해야 했다. 캔디스가 먼저 하기로 했다.

"그 편지, 오래된 상자에 있던 거 아냐. 너는 몰랐겠지만, 다락에 '캔디스에게' 라고 적힌 상자 안에 있었어. 오래된 내 퍼즐 책 사이에 있었어."

브랜던이 고개를 들었다.

"그리고 편지 봉투에 쓰인 글이 있었어. 할머니의 글씨였는데 '길을 찾아. 퍼즐을 풀어' 라고 쓰여 있었어. 내게 주신 편지라고 생각했어. 내가 퍼즐이랑 미스터리를 엄청 좋아하는 이유는 할머니 때문이야. 낱말 맞추기 퍼즐, 수수께끼 책, 전략 게임, 뭐 좌우간 다 할머니가 사 주셨어. 생일이나 크리스마스 때마다."

"할머니가 이걸 위해서 너를 준비시킨 거라고 생각하는 거야?"

"응. 그리고 지금은 할머니가 옳았다는 걸 증명할 사람이 나밖에 없다는 느낌이 들어. 마치 내 운명처럼. 그리고 만약 내가 실패하면……."

"하지만 우리는 실패하지 않았잖아. 돈이 바깥에 있다는 걸 알잖아. 우리가 찾든 못 찾든, 있다는 걸 우리는 알잖아."

"하지만 세상은 모르잖아. 우리 할머니는 사람들의 입방아에 오르내릴 분이 아냐. 할머니의 이름도 다른 사람들처럼 중요해."

캔디스가 말을 멈췄다. 한마디만 더 했다가는 간신히 참고 있는 눈물이 터져 버릴 것 같았다. 둘은 잠시 동안 조용히 앉아 있었다.

"퀸시는 게이야. 작년에 부모님이랑 선생님 몇 분께 말했어. 모두 완전 놀랐어. 음, 거의 대부분이."

"너는 아니고?"

브랜던이 고개를 끄덕였다.

"여기 이사 왔을 때부터 퀸시는 내 절친이었어. 공식적으로는 작년에 공개했지만, 나는 늘 알고 있었던 것 같아."

브랜던이 침대 바깥으로 다리를 차 내고 캔디스 옆에 앉았다.

"이상했어. 애들 대부분은 정말 상관하지 않았어. 어떤 사람들은 다정하게 대하긴 했지만, 그러면서도 퀸시에게 말할 때…… 뭔가…… 퀸시가 완전히 다른 사람인 것처럼 대했어. 그런데 몇몇 아이들은 엄청 놀렸지."

"마일로랑 그 일당이구나."

"절대 퀸시를 때리지는 않았어. 차라리 때리는 게 나았을 거야. 그 애들은 욕을 했어. 나쁜 욕. 퀸시는 그걸 엄청 힘들어했어. 그래서 부모님이 여름 동안 할아버지 댁으로 보내신 거야."

"이성애자나 뭐 그렇게 바꿔 보려는 거야?"

"아냐, 전혀. 그분들은 이 문제에 대해서 쿨하셔."

"우리 부모님이 이혼하셨을 때, 나는 부모님이 권해서 상담을 받았어."

캔디스가 말했다.

“도움이 많이 됐어. 퀸시도 그래야 할지도 몰라. 너도 그렇고.”

“할아버지는 정신과 의사는 안 믿어.”

“하지만 너희 엄마는 찾아봐 주실 거야.”

“그래, 알아. 할아버지랑은 토요일 이후로 말 안 해.”

브랜던이 침대 위에서 자세를 바꿨다.

“무슨 일이 있었길래?”

즉각적인 대답 대신, 브랜던은 티셔츠의 단을 만지작거렸다.

“그러니까, 말하고 싶지 않으면 하지 않아도…….”

“아냐, 괜찮아. 네가 떠난다는 걸 안 직후에 할아버지가 나를 봤어. 내가, 음…… 그걸 잘 받아들이지 못했거든.”

브랜던이 조금 웃었다.

“할아버지는 나더러 강해지라고 했어. 그래서 내가 화가 나서 할아버지한테 고리타분한 꼰대라고 해 버렸어. 그러니까 할아버지는 나를…… 음, 또 뭐라고 다르게 불렀고.”

캔디스의 속이 저절로 답답해졌다. 캔디스는 손가락을 움켜쥐었다.

“어쨌든 그래서 외출 금지당한 거야.”

브랜던이 말했다.

“할아버지가 말한 거 엄마한테 말했어?”

“엄마는 우리 둘한테 엄청 화가 나셨어. 할아버지가 우리랑 다른 세대라는 건 인정하셨지만, 그렇다고 화가 날 때마다 그 사람들을 욕할 수는 없다고도 하셨어.”

"그래서 할아버지는 원하는 대로 말해도 되고? 그건 아닌 것 같아."

"네 기분이 좀 나아질지는 모르겠지만, 엄마는 나한테만큼이나 할아버지한테도 소리를 질렀어. 할 수만 있었으면 아마 할아버지도 외출 금지를 시키셨을걸."

"흠, 우리가 돈을 찾으면 할아버지랑 같이 안 살아도 될 거야."

브랜던이 대답으로 코를 찡긋해서 캔디스는 그것이 브랜던이 원하는 해결책은 아닐 수도 있다는 걸 알아차렸다. 어쩌면 브랜던은 할아버지와 같이 살기를 원할지도 모른다. 다만 자신을 좀 더 잘 대해 주기만을 바라는 건지도.

"사실, 나는 그 돈을 여름 농구 캠프 만드는 데 쓸 거야. 성 소수자 아이들을 위한 캠프. 자신이 원하는 모습의 사람이 되어도 안전한 곳. 농구 코트에서 지저분한 말을 하는 사람들 때문에 걱정할 필요가 없는 곳 말이야."

캔디스의 가슴이 뛰기 시작했다.

"우리 다른 스포츠 캠프도 다 만들자. 테니스 캠프도 만들고. 진짜 근사하겠다."

"우리? 나랑 같이 캠프를 만들겠다고?"

"당연하지. 우리는 파트너잖아. 내가 끝내주는 3점 슛을 배우게 될지 어떻게 알아."

"그런 걸 도와주는 캠프는 세상에 없어."

둘은 다시 조용해졌다.

"뭘 좀 가져왔어. TV나 책은 못 봐도 음악은 들을 수 있을 것 같아서."

캔디스가 주머니에서 아이팟을 꺼냈다. 버튼을 눌러서 켜자 얼굴에 푸른 불빛이 비쳤다. 브랜던이 음악을 넘겨 봤다.

"옛날 노래들이네."

"우리 아빠는 그걸 클래식이라고 부르는 걸 좋아해."

브랜던이 플레이 버튼을 누르자 <셉템버>가 흘러나왔다.

"우리 엄마가 제일 좋아하는 곡이네. 엄마가 9월 21일에 태어났거든."

브랜던이 말했다.

"아, 그렇구나."

"가사에 그런 게 나와."

"아니야, 그런 가사 없어."

캔디스가 말했다.

"있다니까."

브랜던이 음악 소리를 키우고 노래를 따라 불렀다.

"기억하나요, 9월 21일 밤을."

"'우리가 어렸었던 9월에'야."

"집에 가서 가사 확인해 봐. 내 말이 맞으면 칠리치즈핫도그 사."

"좋아."

캔디스가 침대에서 일어섰다.

"잠시만. 하나 더."

브랜던이 길고 거칠게 숨을 내쉬었다.

"마일로한테 쏟아 냈던 말은 미안. 그 애 엄마에 대해서 했던 말들. 미안해."

"괜찮아. 그러니까, 좀 놀라긴 했지만 너한테 화나지는 않았어. 오히려 미안해할 사람은 나지. 내가 네 이름을 그렇게 소리쳐 부르지 않았다면 그렇게 불시에 타격을 입지는 않았을 텐데."

캔디스는 브랜던이 넘어지던 장면을 평생 기억하게 될까 봐 무서웠다. 몸이 콘크리트에 쿵 하고 떨어질 때의 소리를 기억하게 될까 봐 겁났다.

"거봐, 그래서 내가 사과하는 거야. 그때 네가 나를 쳐다보던 모습이……."

브랜던이 훌쩍거렸다.

"나…… 나 그런 애 아냐. 네가 애틀랜타로 돌아가서 나를 그런 애로 기억하지 않았으면 좋겠어. 알겠지?"

"브랜던, 걱정 마. 나는 네가 어떤 애인지 알잖아."

캔디스가 막 문을 나서려는데 브랜던이 말했다.

"아, 그리고 캔디스……."

캔디스가 뒤를 돌아봤다.

"너밖에 없는 거 아냐. 너희 할머니가 옳았다는 걸 증명할 사람. 우리는 파트너잖아, 기억하지? 난 늘 네 편이야."

캔디스가 브랜던을 보고 활짝 웃었다.

"나는 네 편이고."

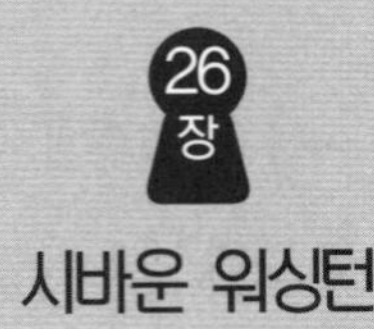

시바운 워싱턴

1958~1985년

"엄마, 저 집에 왔어요."

시바운 뒤로 문이 쾅 닫혔다. 집. 언제부터 이모의 낡은 베이지색 카펫과 목재 패널로 된 벽, 회칠한 천장이 집을 의미하게 됐을까?

지역 학교에 들어갔을 때였을까? 퍼킨스 고등학교에서 아빠를 해고했을 때였을까? 램버트 경찰이 결국 앨런가에 대한 고소를 묵살했을 때였을까?

변호사가 법적으로 할 수 있는 건 다 했다고 말했을 때였을까?

"엄마?"

시바운은 부엌으로 들어가려다 멈췄다. 부모님이 어둠 속 식탁에 앉아 있었다. 폭행을 당한 이후로 빅 더브는 밝게 불 켜진 방에 앉아 있는 걸 싫어했다. 그러면 만성적인 두통이 훨씬 더 심해졌다.

시바운의 엄마가 식탁에서 일어나서 시바운에게 걸어왔다. 엄마의 얼굴이 젖어 있었다.

"레지가 죽었단다."

엄마가 조용히 말했다.

"네? 어떻게요? 그게……."

시바운은 숨을 쉬기 위해서 말을 멈춰야 했다. 어둠 속에서 손을, 손목을 더듬었다. 팔찌를 찾았다. 팔찌를 피부에 대고 꾹 눌렀다.

"매리언 앨런이 그랬어요?"

"조지아에서 죽었대. 더글러스 코치 말에 의하면 새우잡이 배에서 일했다는구나. 바다에서 사고가 있었단다. 배에서 떨어졌대."

엄마가 안아 주자 시바운의 눈에서 눈물이 떨어지기 시작했다. 레지를 못 본 지 6개월 만이었다. 레지가 나타나기를 바라며 기다렸다. 더글러스 코치가 시바운에게 말해 준 건 안전하게 있다는 소식뿐이었다.

"장례식은 언제예요?"

"장례식은 없을 거래. 찾을 수가 없었단다……. 파도가 너무 세서……."

엄마가 시바운의 등을 토닥였다.

"더글러스 코치와 레지 할머니가 교회에 작은 기념비를 두기로 했대."

엄마가 등에서 손을 떼고 시바운을 바라봤다.

"하지만 우리는 거기 못 간다."

"엄마, 진심 아니죠?"

"앨런가 사람들이 네가 돌아왔다는 걸 알게 되면 네게 어떻게 할지 뻔해. 우리는 이미 레지를 잃었어. 너마저 잃을 수는 없어."

엄마의 목소리가 떨렸다. 시바운이 팔짱을 꼈다.

"저 혼자 몰래 들어갈 수 있어요."

"그렇겠지. 하지만 레지가 그러길 바라겠니? 레지가 있었다면 뭐라고……."

전화가 울려서 말을 멈췄다.

"이모일 거야. 전화 받으마."

엄마가 시바운의 볼을 어루만지고는 복도를 걸어갔다. 하지만 부엌을 나서기 전에 불을 켜서 방을 밝혔다.

"리앤! 불!"

빅 더브가 눈을 가리며 식탁에서 소리를 질렀다. 다시 턱뼈를 맞추긴 했지만, 여전히 말이 어눌했다. 어눌한 말도 이제 시바운은 잘 알아들었다.

"불 좀……."

시바운은 그 자리에 그대로 서 있었다. 잠시 침묵이 흐른 뒤, 빅 더브는 천천히 의자에서 일어나 절뚝거리며 벽 쪽으로 걸어가기 시작했다. 지팡이가 있었지만, 사용하는 건 자존심이 허락하지 않았다. 반백의 수염이 무성하게 얼굴을 뒤덮고 있었다. 어쩌면 그때 폭행으로 생긴 상처를 숨기기 위해서일지도 몰랐다.

"저기, 자리에 가게 좀 도와주겠니?"

시바운은 아버지가 의자로 돌아가는 걸 도와주고, 나가려고 몸을 돌렸다.

"잠깐만. 저기…… 그 애한테 일어난 일은 유감이다."

"레지예요. 그 애 말고, 이름으로 제대로 불러 주시면 안 돼요?"

"네가 그 애를 얼마나 좋아했는지 안다. 아, 레지를. 나는 너에게 안 맞는 사람이라고 생각했지만……."

"아빠."

"음, 그 애는 아니었다. 가난했고 백열전구처럼 밝은색 피부를 가졌지. 나는 피부색이 밝은 사람과 결혼해야만 했어. 너는 그럴 필요가 없었어."

"돈이나 피부색 말고, 레지가 어떤 사람이라서 제가 사랑했는지 생각이나 해 보셨어요? 그리고 엄마랑 결혼한 걸 어떻게 그렇게 말씀하실 수가 있어요?"

시바운이 고개를 저었다.

"나랑 너희 엄마는 이 문제에서 빼자. 내가 말했다시피, 그 애를 허락하진 않았다만 이런 일이 일어나길 바란 건 절대 아니다. 하지만 걱정 말거라. 내가 나아지는 대로, 그 애가 시작한 일을 끝낼 거니까."

"무슨 말씀이세요?"

"매리언 앨런 말이다. 레지가 한쪽 눈을 잃게 했지. 내가 다른 쪽을 앗아 버릴 거다. 그 이야기를 스미스에게 한 적이 있어, 우리 생각엔……."

"매리언 앨런을 공격하겠다고요? 제대로 걷지도 못하는데요?"

"그 자식이 내 삶을 망가뜨렸어! 우리 삶을!"

"아빠가 그 쓸데없는 내기만 안 했더라면요! 저는 여전히 퍼킨스에 다녔을 거고, 아빠도 직장을 가지고 있겠죠. 아무도 안 다쳤을 거고, 레지도 죽지 않았을 거라고요!"

시바운의 호흡이 거칠어졌다. 이사 오고 나서 시바운에게 일어난 또 다른 변화였다. 자신의 목소리를 찾았다. 전에는 몰래 숨어서 레지를 만난다든지, 테니스를 거부한다든지 하는 방식으로 소심하게 반항했다. 이제는 아버지가, 아니 그 누구라도 시바운에게 싸움을 걸면 되받아쳤다.

"너는 앨런에게 되갚아 주고 싶지 않니? 레지를 위한 정의를 원하지 않아?"

"정의 구현은 경찰이 하고 있잖아요. 변호사가요. 제도를 바꾸려고요. 아빠는 복수를 원하는 거잖아요. 그건 레지랑 아무런 상관없어요. 다 아빠를 위한 거죠."

시바운이 방을 나왔다. 아버지와의 이야기를 끝냈다. 술과 허세에 기대 있을 때면 빅 더브는 쉽게 대담해졌다. 하지만 치료를 받으러 가거나, 새 직장을 구하려고 하거나, 자신의 행동에 책임을 져야 하는 현실 세계에 놓이면, 변해 버린 사람의 껍질 속으로 움츠러들어 버렸다.

시바운의 엄마는 이미 새로운 일을 시작했다. 미국 유색인 지위 향상 협회 지부에서 일하게 되었다. 그녀는 남편의 실수가 자신을 규정하지 않도록 하겠다고 결심했다. 시바운도 마찬가지였다.

시바운 워싱턴은 가족들과 같이 떠난 후 28년이 지난 1985년까지 램버트로 돌아가지 못했다. 그 도시는 수년간 돌보지 않고 방치하던 비커스 공원을 그제서야 보수하는 중이었다. 운동장에 새 운동기구들은 물론이고 테니스 코트도 만들 계획이었다. 지역 사회의 제안으로 그 코트는 시바운의 아버지에게 헌정하기로 했다.

시바운은 명판을 덮은 천을 벗길 때 그 자리에 있고 싶었다. 빅 더브는 시바운이 대학을 졸업하기 바로 전 1962년 가을에 죽었다. 리앤 워싱턴이 빅 더브의 어린 시절 이야기와 함께 피부색과 가난 때문에 얼마나 부당한 대우를 받았는지를 명판에 써넣었다. 빅 더브는 다른 사람에 대한, 심지어 자기 자신에 대한 증오에 사로잡혔지만, 그래도 대단한 사람이었고 지역 사회를 위해서 많은 일을 했다. 인정받아 마땅했다.

이제 시바운은 학교를 졸업하고, 학교 사서로 일했다. 매일 책에 둘러싸여서 곧 있을 테니스 코트 헌정식을 생각하니, 어느 때보다도 레지 생각이 많이 났다. 레지의 할머니는 최근에 세상을 떴다. 시바운은 레지를 기억하는 사람이 이제 자신밖에 없다는 것이 걱정스러웠다.

어느 날 밤, 시바운은 벽장 제일 위 칸에서 작은 추억 상자를 꺼냈다. 안에는 시바운이 테니스 경기 때 맸던 빨간 스카프가 들어 있었다. 그보다 한참 전에 사물함에서 발견했던 빛바랜 쪽지는 공원에서 만나자는 내용을 담고 있었다. 퍼킨스의 졸업 앨범에서 잘랐던 접힌 테니스 팀 사진도 있었다. 레지가 사진의 한쪽에 있었고 시바운은 다른 쪽에 있었지만, 사진을 잘 접으면, 시바운의 팔과 레지의 팔이 맞닿으며 나란히 옆에 서 있게 됐다.

팔찌도 있었다. 결혼하면서 시바운은 팔찌를 차지 않았고, 이혼하고 나서도 다시 찰 생각을 하지 않았다. 하지만 램버트로 돌아가려고 준비하는 지금, 다시 차는 게 맞을 것 같았다. 레지를 함께 데려가는 방법이기도 했다.

헌정식이 있기 몇 주 전, 시바운은 덜컥 램버트에 가 보기로 했다. 도시는 많이 변했지만 시바운을 1957년으로 데려가 주는 것들이 있었다. 달링 가의 피제이스는 여전히 오늘의 특선 메뉴를 팔았다. 통합되긴 했지만 퍼킨스 고등학교는 여전히 아프리카계 미국인 공동체의 자부심이었다. 집에서 멀리 떨어진 엄마의 집, 마운트 카멜 교회도 있었다.

그리고 시바운이 어떤 소년과 사랑에 빠졌고, 그 소년도 시바운을 사랑했던 곳, 비커스 공원.

봄이었고 모든 것들이 초록으로 변하고 있었다. 공원은 이미 보수 공사 중이었다. 부속 건물과 테니스 코트를 만들기 위해서 오래된 나무들을 많이 파냈다. 하지만 그들이 만나던 참나무는 그 자리에 그대로 있었다.

시바운은 나무의 거친 껍질에 손을 올리고 나무 아래서 속삭였던 모든 비밀에 대해 생각했다. 나무 아래서 나누었던 모든 키스를 생각했다. 레지에게 일어날 일을 알았더라면, 레지의 사진이라도 많이 찍어 둘걸. 레지와 함께도 찍어 둘걸. 영원히 함께 할 수 있게 나무에 서로의 머리글자를 새겨 둘걸.

그럴걸, 그럴걸, 그럴걸.

시바운은 테니스 코트가 만들어질 자리로 걸어갔다. 땅이 파헤쳐져 있었다. 나무뿌리가 있던 깊은 곳에서 파낸 흙은 아직도 축축했다. 시바운은 그 옛날 레지의 물건을 가지고 있었으면 했다. 초록색 코트 아래, 흙 속에 기념품을 두고 싶었다. 레지는 많은 사람에게 잊혔지만, 기념해야 마땅했다. 레지가 중요한 사람이라는 걸, 레지가 죽어서라도 사람들이 알기를 바랐다.

시바운은 팔찌를 풀었다. 오래되고 긁혀서, 그 나이의 여자에게 걸맞는 장신구라기보다는 아이가 축제에서 얻어온 것처럼 보였다. 시바운은 이미 그녀의 머리글자의 모든 굴곡과 피부에 닿는 '사랑'이라는 글자의 느낌을 고스란히 기억했다. 어쩌면 더 이상 팔찌가 필요하지 않을지도 몰랐다. 레지는 그녀의 머리와 가슴 속에 있었고, 그게 가장 중요했다.

하지만 시바운은 깊고 어두운 구덩이 위에 팔찌를 들고 서 있으면서도 레지를 보낼 수 있을지는 알 수 없었다.

27장

"어제 <셉템버> 가사를 찾아봤어."

화요일 아침 늦게 캔디스가 브랜던의 부엌으로 들어서면서 말했다.

"칠리지즈핫도그에 뭐 넣어 먹을래?"

브랜던이 활짝 웃었다. 앞에는 도서관에서 빌려 온 운동 관련 책이 세 권 펼쳐져 있었다. 하나는 풋볼 관련 책이었고 두 권은 테니스 관련 책이었다.

"속상해하지 마. 어렸을 때 우리 목사님이 요한 계시록 나오는 일곱 인(seals)*에 대해서 얘기하는 걸 들은 적이 있었어. 나는 그게 진짜 물개(seals)를 말하는 줄 알았어. 그 귀엽고 조그만 동물 알지? 내가 그 북극 포유류를 좋아했거든."

"언제 제대로 알게 됐어?"

"여섯 살. 그런데 그게 중요한 게 아냐. 우리 엄마가 말하는 것처럼 간혹 우리는 우리가 듣고 싶은 대로 듣고, 보고 싶은 대로 본다는 게 중요한 거지."

브랜던이 책장을 넘겼다.

"집에서 뭐 했어?"

"멘탈 트위스터 게임 했어. 그리고 짐 싸고."

캔디스가 브랜던을 보지 않고 말했다.

"아, 맞다. 9일 남았지."

캔디스는 정확하게는 8일이라고 생각했지만, 굳이 말하진 않았다.

* 'seal'에는 '인, 인장, 도장'이라는 뜻과 '물개'라는 뜻이 있다.

그날은 별 진전이 없었다. 풀다가 길이 막혔기 때문이기도 했고, 캔디스가 심하게 체했기 때문이기도 했다. 브랜던과 토리가 칠리치즈핫도그 2개는 많다고 경고했건만, 캔디스는 냄새 때문에 이성이 마비돼서 허겁지겁 다 먹어치웠다. 심지어 하나는 양파까지 추가했다.

그날 밤, 캔디스는 속을 달래 줄 뭔가를 찾으려고 일어났다. 엄마 방을 지나가는데 거친 숨소리가 들렸다. 캔디스의 부모님은 둘 다 코를 골았는데, 둘의 소리는 항상 잘 맞는 것 같았다. 캔디스에게 그 소리는 멜로디와 화음처럼 들렸다.

'우리는 우리가 듣고 싶은 것만 듣고, 보고 싶은 것만 본다.'

그해 여름 모든 것이 그 사실을 알려 주는 것 같았다. 그것은 모든 사람들 혀끝에, 캔디스가 가장 좋아하던 노래의 잘못된 가사에 있었고, 반평생을 지니고 있던 팔찌에 새겨져 있었다.

파커의 미스터리는 원하는 대로 듣고 보는 것의 완벽한 예였다. Two가 아니라 Too로 보았고, Four 대신 For, Pi 대신에 Pie로 보았다. 그리고 파커를 사우스캐롤라이나의 흑인이 아니라 콜로라도의 백인으로 생각했다.

캔디스는 서랍장에서 씹어 먹는 제산제를 찾았다. 분필 같은 질감과 모래 같은 맛을 물 한 컵으로 씻어 내리고 방으로 돌아왔다.

침대 옆 탁자에 편지가 펼쳐져 있었다. 너무 많이 읽어서 거의 다 외웠다.

캔디스는 잠시 멈췄다.

'우리는 우리가 듣고 싶은 대로 듣고, 보고 싶은 대로 본다.'

캔디스는 편지를 훑어 첫 번째 단서를 찾았다. '1. 시바운의 아버지는 테

니스를 무척 좋아했지만 다른 스포츠 팀에 푹 빠져서 자랐습니다.'

그 사람의 첫사랑은 야구였다.

룰링 오일러스.

오일러스.

적어도 캔디스가 보기에는 좀 웃기게 생긴 단어였다. 발음도 웃기고.

캔디스는 엄마 방으로 몰래 들어가서 가방에서 휴대 전화를 가져와 웹 브라우저를 열고 숫자와 오일러*를 치고 검색을 눌렀다.

브랜던이 전에도 이렇게 검색했을 때는 운동과 관련된 숫자를 찾았었다. '룰링 오일러스'와 '숫자' 그리고 '휴스턴 오일러스'와 '숫자'로. 심지어 '비즈 매키'와 '숫자'로도 검색했다.

하지만 지금 브라우저의 최상단에 캔디스와 브랜던이 찾던 바로 그것이 떠 있었다. 그건 늘 거기 있었다. 보지 못했을 뿐이었다.

* 오일러스(Oilers)에서 복수를 나타내는 's'를 떼고 단수형인 오일러(Oiler)를 검색했다.

제임스 파커

1957~1986년

고층 사무실 커다란 마호가니 책상 앞에 앉아 있는 제임스 파커를 볼 때면, 사람들은 자신들이 보고 싶은 대로 봤다. 사람들이 그렇게 봐 줬으면 하고 제임스가 바랐던 대로.

성공한 기술자. 노련한 사업가. 애국심 강한 육군 참전 용사. 부자 백인.

사실 아무도 진짜 제임스 파커의 정체를 몰랐다. 그의 진짜 생활에 관한 중요한 정보들은 모두 숨겨져 있었다. 열쇠마저 잃어버린 안전 금고 속의 내용물처럼.

처음 입대했을 때 파커는 혼자 지냈다. 누군가가 자신의 정체를 알아차릴 것이라고 확신했다. 시간이 지나면서 그는 새 피부가 갈수록 편안해졌다. 사람들이 새 이름으로 자신을 부를 때도 멈칫거리지 않았다. 경찰차가 지나가도 움찔하지 않고 견뎠다. 어린 흑인 아이에게 구두를 닦게 하면서 측은한 마음을 숨기는 방법도 완벽하게 터득했다.

군 복무를 마친 파커는 제대 군인 원호법을 이용해서 가능한 남부에서 멀리 떨어진 콜로라도 광업 대학교에서 토목 공학 학위를 받았다. 그러고 나서 덴버로 옮겨 도시 개발 관련 부처에서 일했다. 일은 좋았고 보수도 괜찮았지만 파커는 월급만으로는 만족할 수 없었다. 사장이 되고 싶었다. 파커는 같이 일하던 동료 두 명을 설득해서 함께 설계 회사를 차렸다. 회사가 잘 되자 새로운 지역에 지점을 냈다. 마침내 파커는 동업자들의 주식을 사들어서 최대 주주가 되고 사장이 되고 그 회사의 CEO가 되었다.

서른네 살에, 파커 홀딩스 주식회사가 작은 건설 회사를 사면서 파커는 처음으로 기업을 인수했다. 새 직원들과 만나고 나서, 파커는 그의 오래된 비서 베아트릭스 홀리데이에게 물었다.

"직원들이 나에 대해서 뭐라고 하는 것 같나요?"

파커는 이렇게 말할 거라고 기대했다. '직원들은 자기가 맡은 업무에 대해서 신이 나 있기도 하고, 겁을 내기도 하고, 걱정하기도 해요'라고.

홀리데이가 답했다.

"회계 팀에 있는 케일럽은 당신이 조직폭력배 보스의 손자 같대요. 그리고 비서실 메리 앨리스는 당신이 주지사에 나가려고 돈을 모은다고 생각해요."

그 말에 파커는 픽 웃었다. 자신의 과거를 고려해 보면, 절대 콜로라도 주지사는 될 수 없었다. 너무나 많은 배경을 검증받아야 했다.

"당신은 어떻게 생각해요?"

"제가 은퇴할 준비가 되면…… 기꺼이 대답해 드릴게요."

베아트릭스 홀리데이는 도시 개발 일을 할 때부터 파커를 따라다녔다. 명함에는 비서실장이라고 되어 있었지만, 베아트릭스는 파커의 어머니였고, 조력자였고, 집사였고, 절친한 친구였다. 베아트릭스는 사무실 냉장고에 닥터 페퍼 음료를 채워 놓아야 하는 때를 알았고, 매일 파커가 점심을 먹고 싶어 하는 시간을 정확하게 알았다.

파커 홀딩스가 성장하면서 제임스 파커는 업계에서 더 중요한 인물이 되었다. 동료들은 영향력 있는 기구에 가입해 달라고 요청했다. 기부자들은 다양한 자선 사업을 지원해 달라고 요청했다. 시장은 재정 자문을 얻기 위해서 파커에게 연락하기 시작했다. 주지사가 연락했고, 그러고 나서는 상원 의원과 하원 의원들이 연락했다.

도시 개발 분야에서 처음 일할 때는 친구가 몇 있었지만, 성공할수록 파커는 누군가가 자신의 진짜 정체를 알아내서 폭로할까 봐 더 겁이 났다. 그래서 그와 친구가 되려고 하는 사람들로부터 천천히 멀어져 갔다. 결국, 베아트릭스가 파커에게는 친구에 가장 가까운 사람이었다.

하지만 파커는 부와 권력을 쟁취하면서도 자신의 진짜 정체성과 관련된 것을 모두 잊지는 않았다. 그는 매리언 앨런을 기억했다. 그가 어떻게 자신을 파괴하려 했고 시바운을 협박했는지 잊지 않았다. 매리언 앨런 때문에 자신이 유일하게 사랑했던 도시와 사람들에게서 도망쳐야 했다. 이제 그는 이미 죽은 사람이었지만 파커는 개의치 않았다. 앨런가의 모든 사람이 1957년 8월의 밤에 일어난 일에 대한 대가를 치러야 했다.

파커는 베아트릭스에게 앨런가에 대한 파일을 만들라고 지시했다. 그들의 사업, 재산, 투자처에 대해서 모두 알기를 원했다. 사생활을 캐기 위해서 사설탐정까지 고용했다.

놀랍게도 앨런가를 몰락시키는 건 너무 쉬웠다.

파커는 앨런 섬유 회사에서부터 그 가족의 지배권을 빼앗기 위해서 지분을 충분히 사들이기 시작했다. 다음은 부동산 개발 회사를 무너뜨렸다. 회계 법인을 무너뜨렸다. 10년이 지나자, 부유했던 그들은 파산 신청을 했다.

마침내 여덟 번째로 파커는 거대한 기술 회사를 인수했다. 그리고 여덟 번째로 홀리데이에게 물었다.

"새 회사 직원들은 나에 대해서 뭐라고들 하나요?"

베아트릭스 홀리데이는 자신의 회색 머리를 매만지면서 말했다.

"창고에 있는 남자아이들은 당신이 CIA에 자금을 댄다고 생각하고, 안내 데스크에 있는 여직원들은 당신이 영국 여왕의 자손이라고 생각해요."

"당신은 어떻게 생각해요?"

"2주 후에 다시 물어 주세요. 미리 말씀드리는 거예요. 저는 은퇴할 예정입니다."

제임스 파커가 대답을 하지 않자, 홀리데이가 계속 말했다.

"남편이 3년 전에 보험 판매를 그만뒀어요. 장난꾸러기 손자들도 있고요. 때가 됐어요."

베아트릭스가 안경을 벗고 눈을 비볐다.

"돈 때문에 그런 거라면……."

"아니에요. 가족 때문이에요. 친구 때문이고요. 내 삶을 살기 위해서예요. 할 수 있을 때 사랑하는 사람들과 시간을 보내려고요."

베아트릭스는 책상에서 일어나 자신의 상사에게로 걸어가서 말했다.

"당신도 그래야 할 때일지도 몰라요. 그녀가 어디 사는지 알잖아요. 그녀에게 말해요."

베아트릭스 홀리데이는 앨런가나 사우스캐롤라이나의 램버트만 아는 것이 아니었다. 사설탐정이 브리핑하는 것을 봤다. 아무리 조심해도 완전히 숨길 수는 없던 항목들을 다 봤다.

베아트릭스는 파커가 제일 원하는 게 무엇인지 알았다.

"그녀가 사는 곳을 알잖아요. 그러니까 시도해 봐요. 그녀를 위해서, 그리고 당신을 위해서도 그래야 해요."

제임스 파커는 시바운 워싱턴을 수년간 계속 주시했다. 그녀는 지금 메릴랜드 실버 스프링에 몇 년 동안 초등학교 교사로 일했던 학교에서 사서로 있었다. 3년 전에는 고등학교 동창회에 참석했고, 1년 전에는 비커스 공원에서 열린 이넉 워싱턴 테니스 코트의 헌정식에 참석했다는 것도 알고 있었다.

진즉에 헌정식이 있다는 건 알고 있었지만, 차마 기부를 할 수는 없었다. 파커는 그 일이 일어난 것에 대해서 매리언 앨런만큼이나 이넉 워싱턴에게도 책임이 있다고 생각했다.

시바운은 결혼을 했었지만, 지금은 혼자였다. 다시 워싱턴이라는 성을 사용했다.

파커는 지난 29년 동안 여러 번 시바운에게 연락을 하고 싶었다. 하지만 아직 준비가 안 되었다. 영향력도, 재력도 충분하지 않았다. 늘 한 번 더 거래하고, 계좌 금액의 끝에 한 번 더 0을 채워 넣어야 했다. 시바운은 최고만을 받아야 마땅했고, 파커는 아직 그것을 이루지 못했다.

하지만 파커는 겁이 나기도 했다. 심지어 두려웠다. 자신은 다른 사람이 되어 있었다. 시바운이 자신을 더 이상 사랑하지 않으면 어떡하나? 아니면 예전의 자신으로 돌아가라고 하면 어떡하나?

하지만 베아트릭스의 말에 파커는 대담해졌다. 그 말은 파커가 평생 동안 바랐던 일을 해도 좋다고 허락해 주었다. 파커는 덜레스 국제공항으로 가는 비행기를 예약했다. 가기 전날 밤에도, 비행기에서도 잠을 이룰 수 없었다. 이렇게 오랜 시간이 지났는데, 그냥 시바운에게 걸어가면 되는 걸까?

파커는 차를 빌려서 공항에서 실버 스프링까지 60여 킬로미터를 운전했다. 시바운의 학교에 도착했을 때는 이른 오후였다. 흑인 아이들과 백인 아이들이 철봉에 오르고 그네를 타며 놀고 있었다. 흑인 교사와 백인 교사가 서로 수다를 떨고 있었다. 다른 세상이었다.

본관으로 들어서자 등줄기로 식은땀이 흘러내렸다.

"워싱턴 선생님 오늘 나오셨나요?"

"전화해 드릴까요?"

"아닙니다. 기다릴게요."

지금 시바운이랑 이야기할 수는 없었다. 아직 준비가 안 됐다. 29년이 지났지만 여전히 준비가 안 되어 있었다. 파커는 종이를 한 장 집었다.

"메모를 남길게요……."

파커는 펜 뚜껑을 열고 다시 망설였다. 뭐라고 한단 말인가? 레지라고 서명을 해야 할까? 너무 오랫동안 그 이름을 사용하지 않아서 철자가 무엇인지도 기억이 잘 안 났다. 안내 직원을 슬쩍 보았다.

"가까이에 공원이 있나요? 아니면 랜드마크라든가? 아니면……."

"에이콘 공원이 있어요. 작은 공원이에요. 위치 알려 드릴게요."

제임스는 고개를 끄덕이고 적었다.

세인트 아이브스로 가는 사람은 딱 한 명.

5시에 에이콘 공원에서 만날까?

제임스 파커는 다가오는 시바운을 봤다. 파커는 자리에서 천천히 일어났다. 쌀쌀했다. 추워하면 재킷을 벗어 줄 작정이었다. 받아만 준다면.

시바운은 파커를 보고 멈칫했다가 공원의 정자로 계속 걸어갔다. 시바운은 달라 보였지만 또 변함없기도 했다. 머리는 더 짧았다. 살은 좀 쪘지만, 그건 둘 다 그렇지 않은가? 안경은 새로웠다.

시바운이 그녀의 엄마와 무척 닮아서 놀라웠다.

시바운은 파커와 약간 거리를 두고 멈췄다.

"그 쪽지를 정말 네가……?"

"안녕, 시바운."

파커는 시바운의 손을 만져 보고 싶었다.

"레지."

시바운의 말에 파커는 완전히 다시 열여덟 살이 되었다.

"어떻게 된 거야? 나는…… 네가 죽었다고 들었는데."

"일단 앉자."

"나는 걸어야겠어. 움직여야겠어. 그래야 생각을 할 수 있을 것 같아."

시바운이 걷기 시작했지만 파커가 따라오지 않자 멈췄다.

"아니, 너도 같이 걸어."

시바운은 파커를 다음 날 다시 만났다. 그리고 그다음 날도.

파커는 회의가 줄줄이 잡혀 있어서 덴버로 돌아가야 했지만, 모두 취소했다. 다음 주 일정도 모두 비워 버렸다. 그리고는 그 이후의 한 달 일정도. 시바운이 학교에 있는 아침에는 이사진과 직원들, 기존 고객들, 그리고 새로운 고객들과 전화로 회의를 했다. 점심에는 시바운이 격찬한 책들을 읽었다.

『시간의 주름』, 『위대한 M.C. 히긴스』 그리고 시바운이 제일 좋아하는 『웨스팅 게임』을. 오후 시간은 온전히 시바운을 위해서 아껴 두었다.

"새 팔찌를 사 줄게. 당신처럼 예쁜 여인이 이렇게 유치한 걸 찰 수는 없어."

파커가 어느 날 밤 고급 식당에서 저녁을 먹고 나서 말했다.

"나는 이게 좋아."

시바운이 자신의 팔찌를 흘깃 보고 말했다. 알루미늄 팔찌는 여기저기 긁히고 닳아 있었다. 놀랍기도 했지만 그래서 파커는 행복했다. 하지만 그런 기분은 곧 창피함으로 바뀌었다. 그때는 너무 가난했다. 너무 힘이 없었다. 너무 보잘것없었다. 이제는 시바운이 원하는 건 뭐든 해 줄 수 있었다. 이제 그 팔찌는 다른 모든 것들과 함께 과거에 남겨 둘 수 있었다.

"엄마가 내가 이걸 다시 차는 걸 알아차리셨어. 엄마가 이유를 물어서 내 친구가 내가 이걸 찬 모습을 좋아했다고 말했어. 엄마가 너를 무척 만나 보고 싶어 해."

시바운의 엄마는 멀지 않은 노인 요양 시설에 있었다. 시바운은 일주일에 세 번 엄마를 보러 갔다. 시바운이 요양 시설을 방문할 때마다 파커는 할머니 생각이 났다. 할머니가 돌아가실 때까지 결국 다시는 만나지 못했다.

"너희 어머니에게 나를 소개하는 데 좀 문제가 있어."

"문제가 있다고? 점잖게 표현하네. 나는 너를 뭐라고 불러야 할지도 모르겠어. 나한테 너는 절대 제임스 파커가 아니거든."

"그건 이름일 뿐이야."

"그렇지 않아. 이름은 그 사람을 규정하기도 해. 이름이 우리의 지난날을 생각나게 하잖아."

"그래서 워싱턴이라는 성을 다시 쓰는 거야?"

시바운이 고개를 끄덕였다.

"여기 영원히 있을 수는 없잖아. 결국엔 너도 집으로 돌아가야 하잖아."

파커는 다른 회사를 인수하려고 협상 중이었다. 호텔 방에서 가능한 업무는 처리하고 있었지만, 인수를 마무리하기 위해서는 사무실로 돌아가야 했다. 현실이 그들 앞으로 불쑥 끼어들려 하고 있었다.

"혹시…… 혹시 나랑 같이 가는 건 어때?"

"겨울 방학 동안?"

"아니. 아주."

시바운은 디저트로 나온 딸기와 휘핑크림을 올린 초콜릿무스만 쳐다보았다. 파커는 이미 다 먹었다. 파커가 예상했던 것보다 더 느끼했다.

"그게 어떻게 가능하겠어?"

"방법이 있을 거야."

"그리고 그곳에서의 내 삶은 어떨까? 너와 함께?"

"너는 나의……."

파커는 적당한 말을 찾느라 애를 먹었다. 여자 친구는 적당하지 않을 것 같았다. 반지를 사 줬어야 했는데! 시바운은 그의 약혼자여야 했다.

"괜찮을 거야."

"흑인이랑 데이트해도 괜찮겠어?"

파커는 대답이 없었다.

"내가 어떻게 했으면 좋겠어, 레지? 다른 사람인 척하길 바라?"

시바운이 갈색 손을 들어 올리자, 팔찌가 팔을 따라 흘러내렸다.

"우리 모두가 백인인 척할 수는 없어."

"바를 수 있는 크림이 있어. 약물……."

시바운이 얼굴을 찡그렸다. 아니, 더 심하게는 역겨운 표정이 되었다.

"나는 마흔여섯이야! 지금 내 모습을 바꿀 생각 없어."

시바운은 자신의 접시를 밀어냈다.

"바꾸지 않을 거야. 내가 겪은 것들이 있는데, 싫어."

파커가 재빨리 대답했다.

"미안해. 물론 너를 바꿀 필요는 없어. 회사 이사진은…… 그 사람들은 괜찮을 거야. 어떤 후폭풍도 내가 감당할게. 그러니까, 약간의 재정적인 영향이 있을 거야"

"너 진심으로 흑인이랑 데이트하면 고객을 잃는다고 생각하는 거야?"

"너무 순진하게 굴지 마. 물론, 일을 잃을 거야. 여전히 인종차별주의자들이 많다고."

"그럼 애초에 왜 그 사람들이랑 사업을 했어?"

"그게 그렇게 간단치 않아. 어떨 때는 그 사람들이 나랑 터놓고 흑인에 대한 저속한 농담을 해야 믿을 수 있다고."

파커는 물을 길게 쭉 들이켰다. 일이 완전히 잘못 돌아가고 있었다.

"우리가 왜 지금 그것 때문에 싸워야 해? 오늘 결정할 필요 없어."

"그냥 그만두면 안 돼? 돈이라면 충분하고도 남잖아. 여기서 살아."

"안 돼. 지금 가진 것들을 얻기 위해 너무 열심히 일했어. 그리고 그러면 우리 직원들이 피해를 보게 돼."

'그래, 그게 듣기 좋겠다' 라고 파커는 생각했다.

시바운의 눈빛이 단호해졌다.

"직원 이야기를 해서 말인데……. 흑인은 몇 명이나 있어?"

"잘…… 잘 모르겠어. 안 세어 봐서 말이야. 확신하는데 인사 팀에……."

"그럼 이사회에는? 부사장. 회사 임원직. 몇 명이나 흑인이야?"

시바운이 물었다.

"시바운."

"두 명? 한 명?"

파커가 또다시 물을 마셨다.

"아, 알겠어. 변화는 천천히 일어나."

"하지만 너는 그 변화를 가능하게 할 위치에 있잖아! 나는 우리 아이들한테 세상이 매일 나아지고 있다고 말해. 하지만 너를 보니까 내가 거짓말하고 있는 건 아닌가 싶어."

"나아지고 있어. 내가 그 증거잖아."

"그래. 네가 아닌 다른 사람인 척하면서."

시바운이 한숨을 쉬었다.

"우리 솔직해지자. 이제 다른 사람인 척 안 할 거지, 그렇지?"

"시바운, 그건 불공평해."

"내가 너랑 같이 덴버로 가게 되면 내가 누구인지를 속여야 하는 거야? 우리가 어떻게 만났는지 물으면 뭐라고 해? 사람들이 있는 데서 네 이름을 잘못 부르면? 우리 엄마한테는 뭐라고 말해야 해?"

시바운이 팔짱을 꼈다.

"제발. 목소리 좀 낮춰."

파커가 종업원에게 손짓을 했다.

"계산서 주세요."

파커가 우물댔다.

"여기서 이런 이야기를 할 수는 없어."

파커는 식사비를 지불하고 시바운을 밖으로 데리고 나왔다. 파커는 주차원에게 주차권을 건네고 차를 기다렸다.

"내가 뭐 잘못했어? 네가 왜 그렇게 화를 내는지 모르겠어."

파커가 조그맣게 말했다. 시바운은 숄로 자신을 꽉 싸맸다.

"오늘은 우리 아빠의 기일이야. 아빠는 내 대학 졸업도 못 보셨어."

시바운이 파커를 쳐다봤다.

"램버트를 떠난 이후로 아빠는 전과 다른 사람이 됐어. 대부분 아빠 잘못이었지. 술을 너무 많이 마셨고, 자존심이 너무 셌어. 하지만 나도 아주 약간은 세상을 탓하지 않을 수 없었어. 아빠는 다시 기회가 필요했지만, 누구도 기회를 주지 않았으니까. 퍼킨스에서는 추천서를 써 주지 않았어. 그리고 우리 엄마는 아주 오랫동안 아빠를 참고 견딜 수밖에 없었어."

주차원이 차를 빼 왔지만 시바운은 차로 가지 않았다.

"그래서 내가 너무 화가 난 것 같아. 아빠는 지금 네가 가진 재산의 10분의 1을 가졌어. 아니, 20분의 1. 100분의 1이나 됐을까? 그래도 아빠는 늘 더 형편이 좋지 않은 사람을 도우려고 손을 내밀었어. 네가 먹을 게 없을 때 아빠가 먹여 주던 그 음식들은 혹시 다 잊은 거니?"

"난 더 잘할 수 있어, 시바운. 약속할게."

시바운은 실버 스프링으로 돌아오는 동안 내내 조용하다가 마침내 물었다.

"너 콜라 안 마시지, 그치?"

파커가 코웃음을 치며 웃었다.

"무슨 소리야?"

"네 양복도 그렇고. 호텔 방은 내가 본 것 중에 제일 컸어. 냉장고에는 상상할 수 있는 모든 음료로 꽉 차 있었지. 값비싼 물. 나는 발음도 못 하는 고급스러운 주스. 이제까지 나온 모든 탄산음료. 콜라 빼고는 다 있었어."

파커가 운전대를 꽉 잡았다.

"콜라, 안 좋아해."

"언제 마지막으로 마셨어? 세상에. 1957년 이후로 한 번도 안 마신 거야? 너 아직도 칩 더글러스에게 화난 거야?"

파커가 차의 속도를 올렸고, 정면만 바라봤다.

"넌 안 그래? 그 애 친구가 우리 삶을 다 망가뜨렸다고!"

파커가 폭발했다.

"그 사람들은 더글러스의 친구가 아냐, 레지. 더글러스는 우리가 빠져나오게 도와줬어, 잊었어?"

"미안해, 나는 내 앞가림하느라 너무 바빴어."

시바운이 고개를 가로저었다.

"나는 네가 그 도시를 아직까지도 그렇게 싫어하는 걸 믿을 수가 없어. 너무 소모적이야. 그건……."

잠깐 시바운의 입이 떡 벌어졌다.

"앨런가. 그 사람들 회사 모두 파산 신청을 했다고 들었어. 계약도 많이 잃었고. 사업체 중의 하나는 팔렸대. 너지, 네가 한 거지?"

시바운이 손가락으로 파커를 가리켰다.

"어떻게 앨런가 사람들을 동정할 수가 있어?"

파커가 물었다.

"그들이 네 아버지한테 그런 짓을 했는데, 우리한테 그런 짓을 했는데."

"많은 사람이 그런 회사에 의존하며 살아. 너는 그 도시에서 일자리를 빼앗은 거야."

"사람들은 이사 가면 되잖아. 다른 일자리도 있다고."

"아, 그리고 백인인 척할 수도 있겠네."

"시바운."

"또 누구를 미워해? 우리 아빠?"

파커는 라디오를 켰다. 그 이야기는 하고 싶지 않았다. 그것에 대해서 말할 만큼 마음의 준비가 되어 있지 않았다. 지금은 아니었다. 어쩌면 평생 아닐지도 몰랐다.

"레지? 대답해 줘."

"너희 아빠가 우리를 그냥 뒀으면……."

"이런 말을 듣다니 정말 믿을 수가 없어. 너도 아빠랑 똑같구나."

시바운이 바닥에서 핸드백을 집었다.

"차 세워."

"시바운."

"지금."

파커는 주유소 주차장에 차를 댔지만 시동은 끄지 않았다.

기름을 퍼 올리고 있던 남자가 그들 쪽을 흘깃 봤다. 파커는 유리창 차양을 내려서 그 사람이 보이지 않게 했다. 시바운이 말했다.

"한 달 전에야 네가 살아 있다는 걸 알게 됐어. 사실대로 말해 줘. 언제부터 내가 있는 곳을 알고 있었……."

파커가 한숨을 쉬었다.

"나는 쭉 알고 있었어."

"그러니까 너는 나를 찾아오는 데 29년이 걸렸구나. 우리 아빠가 우리 둘은 사귈 수 없다고 한 말이 틀렸다는 것을 증명하는 데 29년. 그래 놓고는 뻔뻔하게 우리를 헤어지게 한 게 아빠 잘못이라고 말하는 거야?"

시바운이 파커의 볼을 만졌다. 시바운의 손은 무척 부드러웠다.

"내게 단어 퍼즐을 주던 그 아이에게 대체 무슨 일이 있었던 거야? 공원에서 아이들이랑 놀아 주던 그 아이, 내가 사랑했던 그 아이는 어디 있어?"

시바운이 떨어져서 문을 열었다.

"미안하지만 너처럼 세상을 증오하는 사람과는 같이 있을 수 없어."

시바운이 차에서 내리자 파커가 말했다.

"잠깐만, 어디로 가는 거야?"

"택시를 부를 거야."

"시바운."

"잘 가, 제임스."

시바운이 차 문을 닫으면서 말했다. 파커는 시바운이 편의점으로 걸어가는 모습을 지켜보았다. 몇 분 뒤 노란 택시가 앞에 섰다. 시바운은 파커가 있는 쪽은 쳐다보지도 않고 택시를 타고 사라졌다.

다음 날 아침, 파커는 침대 옆 탁자에 놓아 둔 휴대 전화가 울려서 깼다.

아래층에 그의 앞으로 온 봉투가 기다리고 있었다. 안에는 세 장짜리 편지가 들어 있었다. 그리고 팔찌가.

파커는 편지를 두 번 읽고 짐을 싸서 공항으로 운전했다. 웃돈을 주고 덴버로 가는 직행 비행기 표를 샀다.

게이트에서 파커는 손가락에 팔찌를 감아 보았다. 기억하고 있던 것보다 더 작고 가벼웠다. 기술 시간에 무척 공을 들여서 만들었었다. 파커는 시바운이 다른 사람의 의심을 사지 않고 지닐 뭔가를 주고 싶었다. 그래서 '사랑'이라는 글자를 안쪽에 새겨 넣었다.

파커 건너편에 검정 쓰레기통이 있었다. 쓰레기통에 팔찌를 버릴 수도 있었다. 레지 브래들리의 마지막 물건! 그러면 레지는 남들이 믿는 것처럼 진짜 죽은 몸이 될 것이다. 이제 시바운이 그렇다고 믿는 것처럼.

하지만 잠시 뒤, 파커는 팔찌를 안전하게 재킷 주머니 안에 넣었다.

29장

캔디스가 토리에게 문자를 했다. "브랜던 좀 깨워주세요. 지금요. 이메일 좀 확인하라고 해 주세요." 18세기 스위스의 수학자인 레온하르트 오일러(Leonhard Euler)의 약력 링크는 이미 브랜던에게 보내 두었다. Euler는 Oiler와 마찬가지로 오일러로 발음했다. 오일러는 자신의 이름을 따서 2.71828이라는 중요한 숫자, 오일러의 수 e를 정의했다.

10분 뒤, 전화기가 울렸다. 브랜던이었다. 브랜던은 당장 만나고 싶어 했다. 얘기 끝에 다음 날 아침 6시에 아침을 먹으러 만나기로 했다.

기다리는 동안 캔디스는 편지의 비밀 메시지를 짜 맞춰 보려고 노력했다. 숫자들을 더해야 하는 건 알았기 때문에 두 숫자를 더해 보았다. 파이 3.14159와 오일러의 수 2.71828을 더하니 5.85987이었다. 전혀 의미 없는 숫자였다.

캔디스는 편지를 다시 읽었다. 편지에서는 '시바운이 열쇠입니다. 내 재산을 당신에게 가져다줄 한 사람이에요'라고 쓰여 있었다.

'한 사람'을 생각하고, 그 숫자에 1을 더하니 6.85987이었다. 여전히 아무 의미가 없었다. 어쩔 수 없이 캔디스는 잠을 청했고 완전히 늦잠을 잤다. 다음 날, 엄마가 흔들어서 잠에서 깼다.

"몇 시예요?"

"8시 15분 전. 브랜던이 거실에 있어. 오늘 아침에 만나기로 했다며. 나중에 다시 오라고 할까?"

캔디스가 침대에서 튀어나왔다.

"5분 뒤에 간다고 전해 주세요."

"아직 브랜던이랑 보낼 시간 많아. 우리 다시 올 거……."

"알아요, 엄마. 그것 때문에 이러는 거 아니에요."

"그럼 왜 그러는데? 브랜던 여름 과제?"

자기 전에 편지를 졸업 앨범 안에 안전하게 넣어 두어서 다행이었다.

"약속할게요, 다 잘하고 있어요. 뭐 이상한 거 하는 거 아니에요."

"엄마는 작업실에 있을게."

캔디스는 양치를 하고 재빨리 티셔츠와 반바지로 갈아입었다. 캔디스는 졸업 앨범과 계산기를 집어서 거실로 달려갔다. 브랜던이 소파에 앉아 있었다.

"오래 걸려서 미안."

"괜찮아."

브랜던이 캔디스가 앉을 수 있도록 옆으로 앉았다.

"암호에서 놓쳤던 부분을 찾았더라! 우리 예전에 오일러의 링크를 보지 않았어? 바로 지나쳤었는데."

"그런데 또 막혔어. 밤새 암호를 해독하려고 했는데, 뭘 잘못한 건지 모르겠어. 그냥 숫자 다발들일 뿐이야."

캔디스가 계산한 종이를 보여 줬다.

"주소일까? 아니면 안전 금고 번호? 아니면……."

캔디스는 브랜던의 얼굴에 번지는 미소를 봤다.

"세상에. 너 알아냈구나, 그치?"

“여기 오기 바로 전에 풀었어. 확실한 것부터 해 보자. 우리는 뭔가를 더해야 해. 그래서 ‘합친다’라는 말이 거기 있었어.”

“뭐야, 너 수학 선생님이야? 그냥 정답만 말해 줘.”

“진심이야? 풀게 된 모든 과정을 음미해야지.”

브랜던이 잠시 말을 멈췄다.

“음미라는 뜻은…….”

“하기나 해!”

캔디스가 브랜던을 밀면서 말했다. 하지만 캔디스도 웃고 있었다.

“아까 말했듯이 우선 모든 걸 다 더해야 해.”

브랜던이 주머니에서 꺼낸 펜을 쥐고 캔디스가 했던 계산을 다시 썼다.

$\pi + e = X$

$3.14159 + 2.71828 = X$

$5.85987 = X$

“시바운은 어쩌고?”

캔디스가 물었다.

“시바운이 ‘한 사람’이야. 나는 1도 더해야 할 것 같은데.”

“나도 처음에는 그렇게 생각했어. 편지를 다시 읽기 전까진 말이야.”

캔디스가 편지를 펼치자 브랜던이 캔디스가 고심했던 문장을 가리켰다.

‘시바운이 열쇠입니다. 내 재산을 당신에게 가져다줄 한 사람이에요.’

“시리얼 상자 뒷면에 있는 게임 알지? 알파벳이 의미하는 숫자 찾는 거. 어떤 암호든 풀려면 뭐가 필요해?”

캔디스가 “열쇠”라고 중얼거리자 브랜던이 쓰기 시작했다.

A B C D E F G H I J K L M

N O P Q R S T U V W X Y Z

"그래서 시바운이 '한' 사람이면, S가 1이야?"

캔디스가 물었다.

"그렇게는 이미 해 봤어. 아니야."

브랜던이 손을 저었다. 캔디스는 브랜던이 그렇게 들뜬 건 처음 보았다.

"게다가 시바운은 그 이름 말고 릴 더브라는 이름도 있었잖아."

"이름이 아니라 성이구나. 워싱턴의 W."

캔디스가 말했다.

"그거야."

브랜던이 W에서 시작해서 숫자를 채워나갔다.

A B C D E F G H I J K L M

5 6 7 8 9

N O P Q R S T U V W X Y Z

1 2 3 4

지금까지는 브랜던의 손이 날아다녔다.

"그래서……."

5. 8 5 9 8

A D A E D

"이건 시간이 좀 걸렸어. 하지만 결국 나는 필요 없는 숫자와 알파벳이 몇 개 있다는 걸 알아냈고……."

브랜던은 마지막 두 숫자와 글자를 지웠다.

5. 8 5 ~~9 8~~

A D A ~~E D~~

“에이다. 들어 본 것 같아?”

브랜던이 말했다.

“에이다 마리 퍼킨스! 퍼킨스의 초대 교장이었어! 기념관에 돈이 있다고 생각하는 거야?”

“아니면, 적어도 또 다른 단서라도 있겠지.”

학교, 교회. 파커는 자신이 통제할 수 있는 장소에 단서들을 숨겨 두었다. 돈을 기부한 장소에. 기념관에 다음 단서가 숨겨져 있을 거라는 건 논리적으로 딱 맞는 결론이었다.

“하지만…….”

캔디스가 말했다.

“첫 번째와 두 번째 단서에서 e와 pi를 찾았어. 세 번째 단서는 다 더하라는 거였는데 암호의 열쇠는 시바운의 이름이었어.”

캔디스가 한숨을 쉬었다.

“하지만 아직도 네 번째 단서는 못 풀었어. ‘그녀는 모두를 사랑했다’.”

“어쩌면 속임수일지도 몰라. 돈을 찾는 데 그건 필요하지 않을 수도 있어. 파커가 우리를 따돌리려고 일부러 넣은 것일 수도 있잖아.”

“글쎄, 대부분의 퍼즐이 그렇지는 않는데.”

캔디스가 팔에 찬 팔찌를 돌리며 말했다. 할머니도 여기까지는 왔다가 네 번째 단서를 찾지 못한 걸까?

“음, 다른 선택권이 없으면 나는 일단 기념관으로 가야 한다고 생각해. 에이다 마리 퍼킨스의 초상화를 확인해 봐야 해."

브랜던이 말에 캔디스가 고개를 끄덕였다.

"오늘 오후에 맥밀런 선생님을 학교에서 만날 수 있을까?"

"유일한 방법이야. 선생님의 주의를 좀 분산시킬 사람이 필요해."

브랜던이 캔디스를 봤다. 캔디스도 브랜던을 쳐다봤다.

"토리 언니!"

"이거 미쳤다. 미쳤어. 말도 안 돼."

램버트 고등학교로 운전해 가면서 토리가 웃으며 말했다.

"근데 진짜 끝내준다. 내가 최대한 맥밀런 선생님을 정신없게 해 볼게."

학교에 차를 세우고 나서야 캔디스는 의심이 들기 시작했다. 캔디스는 잘못될 수 있는 모든 경우를 그려 보았다. 이 상황이 마치 한 번만 잘못 움직이면 무너져 버릴 젠가 탑 같았다.

"어머, 토리 안녕. 오늘은 따라오기로 한 거야?"

맥밀런 선생님이 기념관으로 들어선 아이들을 보고 말했다.

"사실 브랜던이랑 캔디스가 제게 영감을 좀 줬거든요."

토리가 말했다.

"저도 조사를 좀 해 보고 싶어서요. 퍼킨스 고등학교에 대한 건 아니고, 월리스에 대한 거예요. 옛날 졸업 앨범들이 좀 더 있나요?"

"아, 음, 그건 다른 건물 창고에 있을 거야."

"잘됐네요. 제가 같이 갈게요."

토리가 말했다. 맥밀런 선생님이 캔디스와 브랜던을 봤다.

"너희 둘 괜찮겠니? 뭐 필요한 거 있어?"

그냥 한 질문이었지만, 캔디스에게는 심문처럼 느껴졌다. 브랜던이 말했다.

"저희는 괜찮아요. 저희는 찾아볼 것들이 명확해서요."

"잘됐다. 금방 올게."

토리와 선생님이 나가자마자 브랜던은 에이다 퍼킨스의 초상화 쪽으로 의자를 끌어왔다. 브랜던이 의자 위에 올라서서 그림을 찬찬히 뜯어봤다.

"뭐가 있어?"

"여기에 뭔가 비밀 암호가 있어야 하는데, 모르겠어. 찢어 봐야 할 것 같아."

브랜던이 벽에서 액자를 들어냈다. 캔디스가 한쪽을 잡고 탁자 가까이로 옮기는 걸 도왔다. 아이들은 그림을 엎어 놓았다. 아이들이 바라던 대로 뒷면은 갈색 크래프트 지로 싸여 있었다.

"초상화 망치지 마."

캔디스가 칼을 건네면서 말했다. 브랜던이 고개를 끄덕이고 찢기 시작했다. 칼날이 종이를 잘라 나갈 때마다 캔디스의 간이 쪼그라들었다.

마침내 종이를 뒤로 잡아당길 만큼 잘라냈다.

캔디스는 숨쉬기도 힘들었다. 나무 액자 안쪽에 테이프로 붙여 놓은 봉투가 있었다. 신용카드만 한 조그만 봉투였다. 브랜던은 봉투를 열어서 작은 종잇조각을 꺼냈다.

상속자가 찾아야 하는 것은…….

캔디스의 속이 울렁거렸다. 캔디스가 말했다.

"우리가 틀렸어."

"아니야. 거의 다 왔어."

브랜던이 메모와 봉투를 주머니에 집어넣었다.

"빨리 다시 걸어 놓자."

테이프로 종이를 제자리에 붙이고 액자를 다시 벽에 걸었다. 약간 삐딱해 보였지만 제대로 맞출 시간이 없었다. 캔디스가 말했다.

"그 쪽지의 말이…… 왠지 익숙해."

"편지에 있던 말은 아닌데, 그치?"

브랜던이 손가락으로 딱 소리를 냈다.

"『웨스팅 게임』의 단서와 비슷해! 우리가 해야 할 일을 말해 주는 거야. 우리가 찾아야 하는 것은……."

"네 번째 단서야!"

둘이 동시에 말했다.

"네 번째 단서. 여기서 우리가 놓친 게 있을 거야."

브랜던이 주위를 둘러보다 트로피 장식장 쪽으로 갔다.

"우승 트로피를 확인해 봐야겠어."

"유리를 깰 수가 없잖아."

브랜던이 유리로 된 트로피 장식장을 열 방법을 찾기를 바라며 장식장을 찬찬히 보는 동안, 캔디스는 머릿속으로 네 번째 단서를 계속 되뇌었다.

'그녀는 모두를 사랑했습니다.'

"다른 단서들은 모두 숫자와 관련이 있었어. 수학과."

캔디스가 트로피 장식장 앞을 서성이며 말했다.

"첫 번째 단서가 오일러의 수로 이끌었고. 두 번째 단서는 파이로 이끌었어. 세 번째 단서는 그것들을 더하라고 했으니까 네 번째 단서도 숫자로 이끌어야 해. 그건."

캔디스가 완전히 멈춰 섰다. 브랜던이 얼굴을 찡그렸다.

"캔디스?"

캔디스가 자신의 알루미늄 팔찌를 쳐다봤다. 그리고 그것을 끌렀다. '사랑.'

답은 줄곧 거기에 있었다. 캔디스가 말했다.

"사랑, 러브. 러브는 테니스에서 0을 의미하잖아. 0점."

브랜던의 입이 떡 벌어졌다. 브랜던은 몸을 돌려서 트로피 장식장 위에 있는 그림 하나를 가리켰다. 흑인과 백인 간의 테니스 경기를 그린 것이었는데 아직 두 팀 다 득점이 없었다.

"그러니까 러브가 0이면 '러브 올*' 은 0대 0인 거잖아."

브랜던이 캔디스를 뒤돌아봤다.

"그렇게 부르는 거 맞지? 러브 올?"

"빨리, 의자 가져오자."

아이들은 다른 의자를 끌어왔고, 브랜던이 그 의자를 이용해서 트로피 장식장 위로 올라갔다. 장식장이 브랜던 아래서 불안하게 흔들렸다.

"테니스 코트 아래가 볼록해. 그림 안에 뭔가를 바느질해 둔 거 같아."

브랜던이 말할 때 바깥에서 박수 소리가 두 번 났다. 토리의 신호였다. 이제 막 두 사람이 복도 끝에 와 있었다.

"서둘러."

---

* 네 번째 단서인 '그녀는 모두를 사랑했다' 의 원문은 'She loved all' 이다.

"여기."

캔디스의 말에 브랜던이 벽에서 그림을 떼어 내서 캔디스에게 줬다.

"나 기다리지 마."

캔디스는 그림을 탁자 위에 올려 놓았다. 브랜던 말이 맞았다. 초록색 테니스 코트 아래의 캔버스가 약간 불룩했다. 캔디스가 말했다.

"이걸 어떻게 열지?"

"부숴 버려!"

브랜던이 이렇게 말하며 장식장에서 황급히 떨어졌다.

"내가 맥밀런 선생님과 시간을 좀 벌게."

브랜던은 서둘러 문으로 나가고 캔디스는 유리를 깰 만한 것을 찾아서 재빨리 맥밀런 선생님의 책상으로 달려갔다. 복도에서 목소리가 들렸다! 가까이에 왔다.

결국, 캔디스는 다시 탁자로 돌아가서 유리가 아래로 가게 그림을 뒤집었다. 그리고 그림을 양손으로 잡고 머리 위로 높이 들어 올렸다.

브랜던, 토리와 맥밀런 선생님이 방으로 들어오는 소리가 들렸다.

"브랜던, 제안 고맙다. 하지만 나는 아니라고 생각…… 캔디스! 그 액자 들고 뭐 하는 거니? 대체 무슨 일이야?"

"죄송해요."

캔디스가 말했다. 그리고 떨리는 손으로 액자를 탁자 모서리에 내리쳤다.

확실하진 않았지만, 맥밀런 선생님이 비명을 지른 것 같았다. 캔디스에게는 유리가 깨지는 소리밖에 안 들렸다. 캔디스는 테니스 코트 바로 위의 유리를 깨기 위해 다시 한번 내리쳤다.

캔디스가 액자를 뒤집는데 다른 사람들이 탁자로 왔다. 테니스 코트 쪽까지 여러 조각으로 유리가 깨져 있었다. 캔버스도 찢어졌다. 초록색 물감 아래로 작은 물체가 은빛으로 반짝였다. 맥밀런 선생님이 말했다.

"얘, 이게 무슨 일인지 설명해야겠다. 당장."

"보세요."

브랜던이 은색으로 반짝이는 것을 가리켰다.

"이게 뭐야?"

얼굴을 찡그린 채 선생님이 그림 쪽으로 몸을 기울였다.

"알아낼 수 있는 유일한 방법이에요."

토리가 책상에서 칼을 집어 캔디스에게 건넸다.

"조심해. 유리 조각이 날카로워."

천천히, 캔디스는 캔버스를 자르기 시작했다. 캔디스는 그녀의 할머니처럼 자신도 테니스 코트를 망가뜨렸다는 것을 깨달았다.

캔버스 조각이 떨어지자 드디어 그 아래 있는 것이 보였다. 열쇠였다.

"퍼스트 램버트 내셔널 은행이 어디 있어요?"

캔디스가 긴 숫자 위에 새겨진 글자를 읽으면서 말했다.

"그런 은행은 못 들어 봤는데."

토리가 말했다.

"그만하고, 그거 좀 보자."

맥밀런 선생님이 캔디스의 손에서 열쇠를 가져왔다.

"지역 은행이었어. 몇 년 전에 팔렸지. 모든 계좌가 스피릿 오브 인디펜던스 은행으로 넘어갔어."

"메인에 있는 은행요?"

토리가 묻자 맥밀런 선생님이 고개를 끄덕였다.

"거기 있는 안전 금고 열쇠인가 보다."

맥밀런 선생님이 찢어진 그림과 산산조각 난 유리 옆에 열쇠를 놓았다.

"하지만 그전에 이게 대체 무슨 일인지 설명해야겠구나."

제임스 파커

1999년

짧고 삐죽삐죽한 머리를 한 젊은이가 제임스 파커 사무실의 문을 두드렸다.

"방해받고 싶지 않다고 했는데."

점심을 먹으면서 신문을 읽고 있던 파커가 말했다. 홀리데이가 은퇴하고 나서 다섯 번째 비서였다. 모두가 형편없었다.

"압니다만."

"핑계는 필요 없네."

"하지만 워싱턴 부인이 말씀……."

"누구?"

제임스의 포크가 책상에 튕겨서 바닥으로 떨어졌다.

"시바운 워싱턴?"

"네. 전화가 와 있습니다. 그분……."

"바로 연결해."

제임스 파커는 입을 닦고 심호흡했다. 전화기 불빛이 반짝거렸다.

"시바운?"

파커가 물었다. 무척 기대에 찬 목소리였다.

"안녕, 레지."

시바운이 대답했다. 하지만 1957년이나 심지어 1986년에 들었던 목소리가 아니었다. 반대편의 목소리는 힘이 없었다. 거칠었고 지쳐 있었다.

"앉아 있어?"

시바운이 물었다.

"앉아. 할 말이 있어."

이틀 뒤 파커는 시바운의 휠체어를 밀면서 워싱턴 D.C.에 있는 잔디밭을 가로질렀다. 시바운은 아직 걸을 수는 있었지만 쉽게 피로해졌다. 게다가 파커가 시바운을 보살피고 싶어 했다. 차에서 내리기 전에 시바운의 다리에 담요를 두 장이나 둘러 주었지만 그래도 시바운은 추워했다. 그녀의 오래된 팔찌는 이제 너무 컸지만 오랫동안 하지 않고 있었던지라 빼지 않으려고 했다. 머리에는 머리카락이 다 빠진 머리를 감추려고 따뜻한 털모자를 썼다.

하지만 파커의 눈에는 자신이 평생 사랑한 여인만 보였다.

둘은 멈춰 섰다. 앞에 링컨 기념관이 있었고, 뒤에는 워싱턴 기념탑이 서 있었다. 마침내 시바운이 말했다.

"또 노려보고 있네."

"미안해."

파커가 돌아섰다.

"나는 네 눈을 늘 좋아했어. 진한 회색, 아주 멋져."

"어떤 사람들은 차갑다고 해."

"응, 그렇지만 나를 볼 때는 안 그래. 수수께끼 내 볼게. 준비됐어?"

파커가 놀라서 눈썹이 아치형이 되었다.

"당연하지. 내 봐."

시바운이 목을 가다듬었다. 전보다 훨씬 더 쉰 목소리가 났다.

"낼게. 나는 3보다는 크고 4보다는 작아요. 나에게 음식을 만들어 주려면, 나의 끝에 작고 간단한 모음 같은 걸 덧붙여야 해요. 나는 누구일까요? 추신, 내가 이기고 있어."

파커가 웃었다.

"마지막으로 확인했을 때, 내가 이기고 있었는데."

"여자 친구가 이기게 해 주는 것에 대해 이야기하지 않았었나?"

시바운이 엄지손가락으로 파커의 주먹을 따라 만졌다.

"덧붙이자면, 끝소리 운율을 맞췄어. 자, 알겠어?"

"힌트?"

마침내 파커가 말했다.

"네가 좋아하는 후식이야. 고구마로 만든 게 네가……."

"파이!"

파커가 말했다.

"파이(pi)에다가 알파벳 e를 더하고*. 아주 좋았어."

파커가 시바운 쪽으로 몸을 숙이고 속삭였다.

"그래도 내가 이기고 있어."

둘은 서로의 팔을 맞대고 그렇게 잠시 앉아 있었다.

"저쪽에 마틴 루서 킹 기념관을 짓는대. 기부를 좀 할까 봐."

"돈을 좋은 데 쓰는구나."

"비행기를 타고 날아가서라도 전문의를 데려오는 데 내 돈을 쓰고 싶어. 비용은 얼마가 들든 상관없어."

---

* 원주율 'π(pi)'와 후식으로 먹는 '파이(pie)'의 발음은 같다.

"레지, 그렇게 해서 소용이 있다면 그렇게 하게 뒀을 거야. 하지만, 나는 네 돈으로 중요한 일을 할 수 있다는 걸 알아. 마틴 루서 킹 기념관에 기부하는 것도 중요한 일이긴 하지만, 네 돈으로 그 이상의 것을 할 수 있어. 앨런가를 망가뜨리는 것 말고 말이야."

"앨런가랑 싸우는 건 그만뒀어. 아무도 모르게 페넬로페의 새 회사를 도와줬어. 또 그 애 오빠가 시애틀로 옮겼을 때 직장을 잡는 것도 도와줬고."

"나도 그 정도는 알아. 간부직에 유색인들을 새로 임명하면서, 회사 조직을 개편했다는 기사를 읽었어. 그리고 재단을 만들어서 유색인과 여성들에게 장학금을 지원한다고. 엘리도 손자들 앞으로 익명으로 된 수표를 받았단 애길 하더라."

파커는 깊게 숨을 들이마시고 내쉬었다. 입김이 둘 사이를 떠돌다가 위로 올라갔다. 파커가 말했다.

"노력하고 있어. 더 나아지려고. 더 좋은 일을 하려고. 너와 나를 위해."

"그래, 알아."

시바운이 다시 파커의 손을 톡톡 두드리고 그 위에 손을 올려놓았다.

"나를 성인군자라고 생각하지 않았으면 좋겠어. 앨런가가 벌 받을 짓을 하지 않았다고는 안 했어. 우리에게 한 짓에 대해서 대가를 치르기를 바랐어. 하지만 그 일로 그 도시를 탓한 적은 없어. 거기엔 좋은 사람들이 있어. 친구들도 있고. 대부분이 가족들이지. 그 사람들한테 너의 도움이 필요해. 특히, 비스타 하이츠에 사는 사람들은."

그때 시바운이 다시 기침을 하기 시작했다. 제임스 파커는 시바운을 도우려고 일어섰지만 시바운이 손을 내저었다.

"너는 비스타 하이츠를 구할 수 있어."

시바운이 잠시 후에 말했다.

"너희 할머니를 위해서 해. 너 자신을 위해서. 나를 위해서 해."

파커는 하늘을 올려다보았다. 아이였을 때 하늘의 별을 본 기억이 없었다. 하루하루 살아남기 위해서 땅만 보고 사느라 항상 너무 바빴다. 자신이 아이였을 때도 달과 별은 이렇게 근사했던 걸까? 파커가 물었다.

"네가 엄청 좋아했던 책 기억해?"

"『웨스팅 게임』? 그럼. 매년 다시 읽어. 그건 왜 물어? 무슨 생각을 하는 거야?"

파커도 아직은 확실히 알지 못했다. 좀 전에 시바운이 낸 수수께끼와 시바운이 제일 좋아하는 책으로 새롭게 심게 된 씨앗밖에 없었다. 시바운 가족을 기리고, 그 도시가 어두운 과거를 대면하게 하고, 아주 오래전에 무슨 일이 있었는지를 알리겠다는 생각을 하게 됐다.

"만약 내가 그 도시를 도와준다고 해도 사람들이 도움을 거저 받게 하진 않을 거야. 퍼즐을 풀어야 해."

파커가 말했다.

"쉽게 만들진 않을 거야. 사람들이 너와 너희 가족에게 한 일을 기억하면 좋겠어."

"공평한 것 같다. 그래도 너무 어렵게 만들지는 마. 네가 살아 있을 때 풀면 좋잖아, 안 그래?"

농담이었지만, 둘 다 웃지 않았다.

"너에 대해서도 기억해야 해. 너는 희생자야, 우리 아빠처럼. 너의 이야기도 들어가야 마땅해."

시바운이 몸을 떨어서 파커는 시바운의 손을 꼭 쥐고 따뜻한 입김을 불어 주었다. 시바운의 손가락은 너무나 가녀리고 너무나 아름다웠다.

"병원으로 돌아가야겠다."

"조금만 있다가. 네가 여기 있어서 좋아."

"내가 멍청했어. 떠나지 말았어야 했는데. 좀 더 열심히 싸웠어야 했는데."

"우리 둘 다 실수를 했어. 나는 네가 무척 자랑스러워."

시바운이 파커의 발치에 놓인 종이 가방을 흘깃 보았다.

"와인 가져온 거야?"

"탄산이 든 사과주야."

파커가 가방에서 보랭병을 꺼내서 종이컵 두 개에 사과주를 따랐다. 콜라를 가져올까 생각했지만 이제 과거는 개의치 않았다. 그녀와 함께 있는 현재를 원했다. 시바운이 물었다.

"뭘 위해서 건배할까?"

"두 번째 기회를 위해서?"

"아니."

"세 번째 기회를 위해서."

맥밀런 선생님은 아이들을 믿기로 했다. 일단은. 그림을 찢어놓은 게 문제이긴 했지만 그건 상황을 보고 나서 교장 선생님에게 말하기로 했다.

그 말은 곧 은행으로 가야 한다는 뜻이었다.

스피릿 오브 인디펜던스 은행 로비로 들어서자 캔디스는 모두가 자신들을 빤히 쳐다보는 것처럼 느껴졌다. 브랜던이 출납 창구로 걸어가자, 맥밀런 선생님이 책상들이 모여 있는 곳으로 브랜던을 데려갔다.

가장 가까운 곳에 있던 책상에서 검정 양복을 입은 남자가 일어섰다.

"무엇을 도와드릴까요?"

선생님이 캔디스를 앞으로 밀었다.

"가. 말씀드려."

"이 금고를 열고 싶은데요."

캔디스가 열쇠를 들고 말했다.

"물론이죠, 꼬마 숙녀님."

그 남자는 입술이 움직이는데도 미소가 그대로 유지됐다.

"개봉하려면 신분증 확인이 좀 필요합니다."

"신분증이 있어야 해요?"

"통상적인 절차예요."

"목록에 제 이름이 없을 거예요."

남자의 미소가 흔들렸다.

“어머니께서 그럼…….”

“저는 이 애 엄마가 아니에요.”

맥밀런 선생님이 말했다.

“그리고 제 이름도 없을 거예요. 우리 이름은 다 거기 없을 거예요.”

남자가 결국 얼굴을 찌푸렸다.

“이 열쇠는 누구 거죠?”

토리가 말했다.

“이야기가 길어요. 혹시, 이 금고를 열 수 있는 다른 방법은 없나요? 금고는 아주 오랫동안 여기 보관돼 있던 건데. 혹시 금고 대여 서류에 우리가 열어도 된다는 그런 조항 같은 게 있지는 않을까요?”

“아니면 소멸시효라도요?”

브랜던이 덧붙였다. 그 남자가 손가락으로 딱 소리를 냈다.

“그 열쇠 좀 봐도 될까요?”

캔디스가 그 남자에게 열쇠를 건네려는데 맥밀런 선생님이 막았다.

“열쇠 번호를 받아 적으시면 어때요? 저희는 여기서 기다릴게요.”

남자는 숫자를 받아 적더니 커다란 나무 문 뒤로 사라졌다.

“우리가 체포된다는 데 10달러 건다.”

“난 15달러.”

맥밀런 선생님이 대답했다.

발소리가 들리자 아이들은 몸을 돌렸다. 베이지색 바지 정장을 입은 여자가 손에 작은 서류를 들고 아이들 쪽으로 다가왔다.

“모두 저를 따라오시겠어요?”

"네. 교도소로 가나 보다."

토리가 웅얼거렸다.

"문제가 있어서 그러는 거 아니에요. 몇 가지 확인할 게 있어서 그래요."

그 여자는 아이들을 사무실로 데려가서 문을 닫았다. 방은 작았지만 모두가 들어갈 수 있었다.

"저는 지점장 수잔 소여입니다. 저희 직원 말에 의하면, 안전 금고를 열고 싶어 하신다고요."

지점장이 서류를 열었다.

"저희 안전 금고는 사전에 접근 권한이 설정된 사람 외에는 열 수 없습니다. 사실, 모든 금고가 다 그렇죠. 이것만 빼고요."

지점장이 종이 한 장을 툭툭 쳤다.

"이 금고는 특별 조항이 있어요. 열쇠를 가지고 오는 사람이 있으면 덴버에 있는 법률 사무소로 연락하라고 되어 있어요. 열쇠, 볼 수 있을까요?"

캔디스가 맥밀런 선생님을 쳐다보았다. 선생님이 고개를 끄덕여서 캔디스는 열쇠를 건네주었다. 지점장은 열쇠에 새겨진 숫자를 서류에서 확인하고 열쇠를 돌려주었다.

"법률 사무소의 대표와 전화 연결이 되어 있어요. 통화하고 싶어 하시네요."

캔디스가 고개를 끄덕이자 지점장이 전화기 버튼을 눌렀다.

"안녕하세요, 홀리데이 씨? 열쇠를 가지고 온 분과 통화하실 수 있어요."

"감사합니다."

전화 다른 쪽에 있는 여자가 말했다.

"제 이름은 티파니 홀리데이입니다. 그 계좌의 신탁 관리인 중 한 명이에요. 제 질문에 모두 사실대로 말씀해 주시면 좋겠습니다. 자, 열쇠 찾으신 분은 누구죠?"

잠시 동안 아무도 말을 하지 않았다.

"여보세요? 듣고 계신가요?"

브랜던이 캔디스를 쿡 질러 캔디스가 말했다.

"제가 찾았어요. 아, 제가 제 친구 브랜던과 같이 찾았어요."

"말씀하시는 분은 누구시죠?"

"캔디스 밀러예요."

침묵이 길었다.

"몇 살이시죠, 캔디스?"

"열다섯 살이요."

"그렇군요. 열쇠를 어디서 찾았죠?"

"램버트 고등학교에 있는 그림에서요. 퍼킨스 기념관에 있었어요."

"하나만 더 물어볼게요, 캔디스 밀러 양. 확실하게 하기 위해서요, 대답을 듣고 다음 할 일을 알려 줄게요."

여자가 숨을 들이마셨다.

"이 금고가 누구의 것이라고 생각하나요?"

캔디스는 전화기를 응시했다. 머릿속에서 퍼즐 조각들이 이리저리 돌아갔다.

"밀러 양? 아나요? 아니면 우연히 열쇠를 찾은 거예요?"

"대답하기 쉽지 않은 질문이네요."

"그 사람은 이름이 2개예요."

"네……. 맞아요."

그 여자가 목청을 가다듬었다.

"계속해 보세요."

"음, 제임스 파커 아니면 레지널드 브래들리일 거예요."

캔디스는 잠시 생각했다.

"시바운 워싱턴의 것이라고도 할 수 있겠어요."

"고마워요, 그거면 충분해요. 소여 씨, 스피커폰 좀 꺼 주시겠어요?"

지점장이 전화기를 들었다. 캔디스가 애를 써 봤지만 반대편의 여자가 무슨 말을 하는지 들리지 않았다. 지점장이 마침내 전화를 끊었다.

"홀리데이 씨가 여러분이 열쇠를 가지고 내일 오후에 다시 오셨으면 합니다. 그분도 2시쯤에 이리로 오실 거예요."

"토요일 오후에는 은행 문을 안 열잖아요."

맥밀런 선생님이 말했다.

"네, 보통은 그렇죠. 하지만 내일은 예외예요."

지점장이 윙크를 하고 일어섰다. 모두가 어물쩍거리며 방을 나왔다.

"이제 뭐 그냥 기다리면 되는 거예요?"

"음, 안 기다리고 이 장소로 쳐들어오진 않을 거잖아, 그렇지?"

맥밀런 선생님이 브랜던의 어깨를 툭툭 치며 말했다.

"너희 모두 너무너무 잘했어. 너희가 자랑스럽다. 하지만 이제는 부모님들께 전화를 드려야겠구나."

베아트릭스 홀리데이

2007년 6월 12일

베아트릭스 홀리데이가 스크램블드에그를 만들면서 커피를 두 잔째 마시고 있는데 초인종이 울렸다.

"영업 사원들이 9시까지는 기다렸다가 사람들을 괴롭힐 줄 알았더니."

베아트릭스의 남편이 오렌지 주스를 한 모금 마시는데 다시 초인종이 울렸다.

"갑니다!"

베아트릭스의 남편이 소리치면서 의자에서 천천히 일어났다. 그는 1년 전에 엉덩이 수술을 했다. 더 이상 지팡이는 필요 없었지만 베아트릭스는 남편이 눈에 보이지 않으면 여전히 걱정했다. 몇 초 뒤, 남편이 돌아왔다.

"여보, 파커 씨야. 밖에서 기다린대."

베아트릭스는 조리대에 머그잔을 내려놓았다. 파커 씨라니. 19년 만이었다.

콜로라도 법대에 입학한 손녀 티파니에게 파커가 장학금을 준 이후로 한 번도 보지 못했다.

베아트릭스가 현관에 서자 파커가 미소를 지었다. 커다란 봉투를 겨드랑이에 끼고 있었다.

"안녕하세요, 홀리데이 씨."

"안녕하세요, 파커 씨. 정말 오랜만이에요."

"시간 좀 있어요? 앉을까요?"

파커는 그네를 가리켰다. 홀리데이의 아들이 준 선물이었다.

둘은 그네에 앉아서 천천히 흔들기 시작했다.

"예전 회사에 있던 직원들과 아직도 연락하시죠. 그 사람들이 저에 대해서 뭐라고 말해요?"

베아트릭스가 다리를 내려서 그네를 멈췄다.

"예전 회사요?"

"그건 곧 말해 드릴게요. 뭐라고 말해요?"

마당 한가운데에 세발자전거가 있었다. 가장 어린 손녀 타라의 것이었다.

"당신이 정신 나갔다고 해요. 어이없는 투자로 돈을 다 날리고 있다고요. 어떤 사람들은 고위 간부직에 여성이랑 소수자들이 너무 많다고 아직도 불만이에요."

베아트릭스가 다리를 들자 다시 그네가 흔들리기 시작했다.

"자. 이제 예전 회사라는 건 뭐죠?"

"내 주식을 처분하고 사직서를 제출했어요."

"하지만 당신이 맨땅에서 일궈 온 회사잖아요."

"아뇨. 제임스 파커가 한 거죠."

"말도 안 돼요."

"21년 전에 저한테 그녀에게 가라고 했죠. 고마워요. 당신이 내 삶을 구했어요."

그녀가 누군지는 물을 필요 없었다.

"무슨 일이 있었어요?"

"시바운은 새로운 저를 좋아하지 않았어요. 예전의 저를요. 그래서 바뀌었어요. 그리고 더 나은 사람이 됐죠. 하지만 너무 늦었어요."

"파커 씨, 말도 안……."

"그렇게 부르지 마세요. 내가 하는 말이 이상하게 들릴 거라는 거 알아요. 여기에 모두 얼개를 잡아 놨어요."

파커가 둘 사이에 놓인 봉투를 툭툭 쳤다.

"시바운은 7년 전에 죽었어요."

"유감이에요."

"암이었어요. 이런저런 치료로 기진맥진했을 때에야 알았어요. 시바운이 그 말을 하자마자 바로 비행기를 타고 날아갔죠. 시바운답게 '내가' 어떻게 하면 잘 지낼 수 있을지에 대해서 이야기하면서 대부분의 시간을 보냈어요."

파커가 베아트릭스 쪽으로 몸을 돌렸다.

"손녀는 법률 사무소에서 잘하고 있나요?"

"나름대로 잘해 나가고 있어요. 그리고 누굴 만나고 있고요. 결혼하게 될지는 두고 봐야죠. 왜 물어보시는 거예요?'

"부탁이 있어요."

"무슨 말씀이신지"

"불법적인 건 아니에요. 그건 장담해요. 예전 변호사를 고용해서 이 일을 처리할 수도 있지만, 믿을 만한 사람이면 좋을 것 같아서요."

파커가 베아트릭스에게 봉투를 건넸다.

"손녀에게 필요한 건 그 안에 다 있어요."

"파커 씨."

"원한다면 봐도 돼요."

베아트릭스는 봉투에서 종이를 몇 장 꺼냈다.

"더 뉴 에어 재단요? 이미 재단은 갖고 계시잖……."

"이건 다른 형태의 조직이에요. 내가 찾고 있는 건…… 상속자예요. 상, 속, 자."

파커가 웃으며 의자에서 일어났다.

"만약에 불법적이거나 미심쩍은 부분이 있으면 그 봉투를 집어던져 버리고 못 본 척해도 돼요. 어느 쪽이든 다시는 나를 볼 수 없을 겁니다."

"파커 씨, 말하는 방식이 마음에 안 드네요."

파커가 웃었다. 베아트릭스는 얼핏 파커에게서 처음으로 진짜 미소를 본 것 같았다. 파커가 대문을 나서다가 돌아서서 마지막으로 한 번 더 베아트릭스를 쳐다보았다.

"레지예요, 홀리데이 씨. 제 이름은 레지입니다."

캔디스의 아빠가 그날 저녁 램버트에 도착했다. 캔디스가 그간의 일을 모두 설명했지만, 부모님은 들은 내용을 이해하는 데 애를 먹는 것 같았다.

"그러니까 이 제임스 파커라는 사람이 부자라는 거네. 그러니깐 백만장자 같은 부자. 너희들이 그 사람의 돈을 모두 발견했다는 거니?"

캔디스의 아빠가 말했다.

"몰라요. 그래서 내일 은행에 가는 거예요."

"어떻게 되어 가는지 엄마한테 얘기를 하지 그랬어."

엄마가 말했다.

"죄송해요, 엄마. 말하고 싶었는데, 엄마가 그만두라고 할까 봐요."

"그랬겠지. 10년 전에 네 할머니한테 그랬던 것처럼."

엄마가 말했다.

"앤, 자책하지 마."

아빠가 말했다.

"하지만 캔디, 누구한테든 말을 했어야지. 나든 너희 엄마든 브랜던의 엄마든. 누구라도 어른들한테."

"기분 나쁘게 듣지 마시고요, 아빠. 우리끼리도 충분히 괜찮았어요. 그리고 토리 언니도 도와줬고요."

"토리는 어른이 아니잖아. 이게 다 장난이었으면 어쩔 뻔했니?"

아빠의 말에 캔디스가 어깨를 으쓱했다.

“더 안 좋게 여름을 보낼 수도 있었어요.”

“얼렁뚱땅 넘어가지 마, 캔디.”

“그런 거 아니에요. 그리고 이제 캔디라고 부르지 좀 마세요.”

캔디스가 몸을 세워 앉았다. 아빠가 고개를 저었다.

“우리 아기한테 대체 무슨 일이 있었던 거야?”

“캔디스도 컸어요.”

엄마가 접시를 들고 식탁에서 일어섰다.

“신경을 좀 썼으면 당신이 그렇게 부르는 거 캔디스가 싫어하는 걸 알았을 텐데. 당신이 캔디라고 부를 때마다 애가 움찔하는 거 몰랐죠?”

캔디스조차도 자신이 그러는지는 몰랐다.

“그리고 아빠, 우리가 <셉템버>의 노래 가사를 내내 엉터리로 알고 있었던 거 알아요? 나도 브랜던이 말해 주기 전까지는 몰랐어요.”

“아, 그런가?”

아빠가 겸연쩍게 씩 웃었다.

“미안해. 네가 너무 귀여워서 그랬어. 내겐 그게 우리만의 작은 비밀 같았어. 사소한 장난.”

“저만 장난이라는 걸 몰랐잖아요.”

“그게 뭐가 중요하니? 그냥 노래 가사일 뿐이잖아.”

“아빠, 저는 애가 아니에요! 늘 저를 속일 필요는 없다고요!”

“이제 그만해.”

엄마가 말했다. 캔디스는 아빠에게 그런 식으로 말해서 혼날 줄 알고 기다렸다. 그런데 엄마가 팔을 아빠의 어깨에 올려놓았다.

"캔디스 말이 맞아요, 조. 캔디스도 이제 애가 아니에요."

엄마의 목소리는 부드러웠다. 담요처럼.

"캔디스한테 말해요. 괜찮을 거예요."

엄마는 고개를 숙여서 아빠의 이마에 입맞춤했다. 아주 오래전처럼.

"그래요, 무슨 일이에요?"

엄마가 방을 나가고 나서 캔디스가 물었다.

"아무것도 아니야. 너희 엄마는 그냥 모두가 행복하기를 바라서 그러는 거야."

"아빠, 뭐가 문제예요? 아빠는 안 행복해요?"

"아니야, 난 괜찮아. 진짜로."

"대니엘과 관련된 거예요?"

"누구?"

"대니엘요. 엄마랑 그 여자분에 대해서 말하는 거 들었어요. 미리 말씀드리자면, 엄마가 제가 엿들은 거에 대해서는 벌써 혼냈어요. 어쨌든, 아빠가 새 향수를 쓰는 건 알아요. 감귤 향이요. 그분이 그게 좋대요?"

아빠가 얼굴을 찡그렸다.

"향수 아냐. 손에 쓰는 특수 세정제야. 때가 잘 빠지거든."

캔디스는 아빠의 손을 잡아서 코에 갖다 댔다. 여전히 감귤 향이 났지만 예전처럼 강하지는 않았다. 여전히 그 향이 낯설지가 않았다.

"집에서도 이거 쓰셨어요?"

"집에서 일하는 사람들이 쓸 거야. 건축업자들은 이걸 많이 쓰거든."

그 말은 캔디스의 기억을 흔들어 놓기에 충분했다. 그 냄새가 집에서, 부억에서 났었다. 엄마가 건축업자인 대니얼과 의견 차이로 다툴 때였다.

"알겠어요, 향수가 아니라고 해요. 그래서 그게 다른 사람은 만나고 있지 않다는 뜻이에요?"

아빠는 미소를 지으려고 했지만, 피로해 보였다.

"아빠, 네?"

"아, 이런. 아직 준비가 안 됐어. 네가 나이가 더 들면 말할 계획이었어. 네가 준비되면. 아니, 내가 준비되면."

아빠가 잠시 뜸을 들였고 미간의 주름은 더 깊어졌다. 눈은 캔디스와 식탁을 왔다 갔다 했다.

"아빠가…… 아빠가 대니엘라는 사람을 만나는 건 아냐. 그런데 누구를 만나고 있긴 해. 아빠가…… 가장 사랑하는 사람한테 말하는 게 제일 어렵다니 우습구나."

캔디스는 다시 손을 뻗었다. 아빠가 캔디스의 손을 잡았다.

캔디스는 자신이 브랜던의 엄마가 했던 말을 생각하고 있다는 걸 깨달았다. 사람들은 자신이 보고 싶은 것만 본다. 특히나 가족에 대해서라면.

캔디스는 엄마에 대해서 생각했다. 엄마는 아빠가 행복하기를 바라지만, 그 행복을 엄마가 줄 수는 없다고 했다.

아빠의 아파트에 다른 여자가 있는 것 같지 않았는데도, 미리 전화하지 않고는 갈 수 없던 일을 생각했다.

캔디스는 아빠의 손에서 나는 향을 생각했다. 강렬한 감귤 향. 건축업자에게 나던 향과 똑같았다. 엄마가 싫어하는 것 같았던 그 건축업자.

퍼즐처럼 모든 것이 마침내 딱 들어맞았다.

"엄마는 대니엘이라고 말한 게 아니에요, 그렇죠?"

아빠가 고개를 끄덕였다.

"대니얼이죠."

아빠의 고개가 아주 조금씩 움직였지만, 끄덕임이었다.

"아빠, 게이예요? 왜 말 안 하셨어요?"

"나를 다르게 보지 않았으면 했다. 나를 여전히 아빠로 봐 줬으면 했어."

"아빠는 언제나 제 아빠예요."

"참고로, 너희 엄마와 헤어지기 전까지는 대니얼이랑 아무 일도 없었어."

아빠가 다른 손으로 수염을 긁적였다.

"그 사람을 우리 집에서 일하라고 한 게 안 좋은 생각이었던 것 같아. 재료나 인건비에서 할인을 많이 해 줬거든. 그런데 너희 엄마한테 너무 많은 걸 요구한 것 같아. 한편으로는 엄마가 그 사람을 알게 돼서, 엄마도 그 사람을 좋아하게 된다면, 엄마도 이해할 거라고 믿었던 것 같아……."

"네, 아빠, 정말 현명하지 못했어요. 전혀요."

"너희 엄마랑 얘기할 때마다 그게 얼마나 멍청한 생각이었는지를 엄마가 매번 일깨워 줬어. 그래서 일을 마무리하려고 다른 사람을 부른 거야."

"적어도 이제야 제가 왜 이렇게 멀리 이사를 와야 했는지는 이해가 되네요. 그 빡치게 한 타일 때문이 아니라서 다행이에요."

"말조심해라, 캔디스."

"아빠가 지금 누굴 나무랄 처지는 아닌데요?"

"나한테 화났니? 그래도 돼."

"음, 네, 아빠가 저한테 말해 주지 않아서 화났어요. 제가 모르는 동안 계속 거짓말한 거잖아요. 그리고 아빠는 엄마가 대니얼과 일하게 강요하셨고."

"강요하지 않았어."

"강력하게 엄마를 부추겼죠. 하지만 아빠가 게이라서 화난 건 아니에요."

아빠의 온몸에 긴장이 풀렸다.

"그 말을 들으니 기쁘다. 그래도 다시 말하지만, 아빠한테 화내도 괜찮아. 아빠가 남자랑 데이트하는 그림을 그리는 게 쉽지는 않을 거야."

"그래요, 아빠 말이 맞아요. 그건 이상해요. 하지만 아빠가 다른 여자랑 데이트를 했어도 이상했을 거예요. 엄마를 빼고는 그 사람이 누구더라도 같이 있는 그림을 그리고 싶진 않을 거예요."

"그럴 일은 없을 거라는 거 알잖아. 나랑 너희 엄마는."

"알아요."

그렇게 말했지만, 캔디스는 아빠와 엄마가 다시 잘되기를 내내 바랐다는 걸 깨달았다. 어느 날 아침 일어나서 다시 잘해 볼 기회를 원했다는 것을 깨닫기를. 하지만 그건 불가능했다.

"집으로 돌아오면 캐톤 선생님과 상담해 보는 게 좋겠다."

"있죠, 우리 학교 선생님도 두 분이 게이예요. 제가 좋아하는 작가 중에도 게이는 많아요. 너구리에 대한 책을 쓴 사람도 게이예요."

"그건 몰랐네."

"그러니까요, 별로 중요한 게 아니에요."

"직장에서는 중요해. 건설업 쪽은 다른 곳보다 몇 광년쯤 뒤처져 있거든."

'마일로와 그 친구들도 그래요'라고 캔디스는 말하고 싶었다.

"그만둘 수 없어요?"

"그건 다음에 이야기하자꾸나."

아빠는 접시에 있던 닭고기를 집었다.

"아빠가 생각했던 것보다 너는 훨씬 잘 받아들이는구나. 다른 질문 있니?"

"아빠는 아빠가 게이인 걸 언제나 알고 있었어요?"

"그런 것 같아. 아직도 그걸 알아내려고 노력하는 중이야. 하지만 늘 너희 엄마를 사랑했어. 엄마가 원하는 방식으로는 아니었지만. 그리고 아빠는 늘 완벽한 딸을 원했는데, 지금 그 딸이 여기 있지."

캔디스가 심호흡을 했다. 적어도 캔디스의 머릿속에서는 아빠 손에서 나는 감귤 향과 할머니 집 벽에서 나는 라벤더 향이 섞인 것 같은 냄새가 났다. 과거와 현재가 모두 뒤섞였다.

어떤 면에서 캔디스의 아빠는 레지 브래들리 같았다. 아빠는 원하는 걸 모두 가졌지만 끔찍한 대가를 치러야 했다. 진짜 자신을 숨겨야 했다. 캔디스가 아빠의 사무실에 갔을 때, 저속한 농담을 많이 들었다. 같이 일하는 사람들이 '진짜 자신'과 같은 사람을 끔찍하게 여기며 하는 말들을 매일 듣는 기분은 어떨까?

"브랜던은 어때? 아직도 그 애가 게이라고 생각해?"

"확실히 모르겠지만, 그게 그렇게 중요하다고 생각 안 해요."

캔디스의 아빠가 윙크했다.

"역시 내 딸이야."

은행으로 가기 전에 모두 브랜던의 집 앞에서 만나기로 했다. 맥밀런 선생님을 포함해서 어른들은 모두 출근 복장을 하고 있었다. 재킷과 정장 바지, 그리고 블라우스를 입었다. 캔디스의 엄마는 평소에 바르지도 않던 립스틱도 발랐다. 토리는 모두 검정색 옷으로 입었는데 가게에서 새로 가져온 옷인 것 같았다. 캔디스는 여름 끈 원피스를 입었다. 편한 청바지를 입고 싶었지만 부모님 둘 다 원피스가 낫다고 했다. 확실히 아직도 캔디스의 엄마 아빠는 어떤 부분에서는 똘똘 뭉쳤다.

부엌에 어른들을 두고 캔디스는 브랜던을 찾으러 갔다. 멀리 갈 필요도 없이 거실에서 『니키의 도크 다이어리』를 읽는 브랜던을 발견했다. 넥타이가 비뚤어져 있었다.

"이런 상황에서 어떻게 책을 읽어?"

브랜던이 어깨를 으쓱했다.

"좋은 책이잖아."

계단이 삐걱대는 소리가 나서 캔디스가 고개를 들었다. 기브스 할아버지가 거실로 들어왔다. 다른 사람들과 달리 할아버지는 평소 차림 그대로였다. 티셔츠에 멜빵, 그리고 정장 바지.

기브스 할아버지는 고갯짓으로 캔디스를 아는 척한 뒤, 앉아서 커피 탁자 위에 놓인 리모컨을 잡았다. 다른 손으로 안락의자의 레버를 당겨서 의자를 뒤로 눕혔다. TV를 켜고, 필요 이상으로 볼륨을 높였다.

브랜던은 몇 분 동안 계속 같은 페이지만 보고 있었다. 브랜던의 할아버지가 스포츠 채널로 돌리고 볼륨을 다시 키웠다. 브랜던의 엄마가 방으로 얼굴을 불쑥 디밀었다.

"TV 소리가 왜 이렇게…… 아, 아빠. 진짜 우리랑 같이 안 가실 거예요?"

브랜던을 흘깃 보고 할아버지는 고개를 저었다.

"달가워하지도 않을 데는 안 가고 싶다."

"내 주위에는 애들밖에 없다니까. 브랜던, 캔디스, 이제 곧 갈 거다."

브랜던의 엄마가 투덜거렸다. 브랜던은 책을 커피 탁자에 올려두고 캔디스와 함께 현관으로 향했다. 할아버지가 그 책을 집어 들고 몇 장을 넘겨보더니 발끈 성을 내며 탁자 위로 집어 던졌다. 아이들이 걸어가는데 할아버지의 비웃는 소리가 들렸다. 캔디스는 브랜던이 먼저 가게 기다렸다가 말했다.

"먼저 가, 뭘 깜빡했어."

문이 닫히자, 캔디스는 기브스 할아버지와 눈높이를 맞췄다.

"할아버지께서 아셨으면 해서요. 브랜던은 아무 문제 없어요."

목소리가 떨렸지만 캔디스는 개의치 않았다. 이 말을 해야만 했다. 브랜던은 캔디스의 파트너였다. 브랜던의 편이 되어 줘야 했다.

"브랜던을 알게 된 건, 이번 여름에 제게 일어난 일 중에서 최고예요. 브랜던은 저의 친한 친구예요. 착하고 올바른 아이예요. 브랜던은 지금 모습 그대로 완벽해요."

기브스 할아버지가 뭐라고 말해야 할지 정말 모르겠다는 듯이 잠시 캔디스를 응시했다. 누군지 못 알아보겠다는 듯이.

하지만 캔디스는 그게 좋았다. 기브스 할아버지가 캔디스를 몰라 봐야 했다. 캔디스는 그들이 처음 만났을 때의 그 여자아이가 아니었다.

"아이들에게 세상은 힘들어. 남자아이, 흑인 남자아이에게는. 브랜던은 거칠어져야 한다."

기브스 할아버지가 마침내 말했다.

"브랜던은 완, 벽, 해, 요."

캔디스가 다시 한번 말했다. 캔디스는 말하면서, 브랜던에게 무례한 말을 했던 마일로와 그의 엄마, 리튼하우어 선생님, 윌리엄 메이너드 그리고 다른 사람들도 거기 앉아 있었으면 했다. 하지만 그들이 없으니까, 브랜던의 할아버지라도 있어야 했다.

"나 때는 애들이 어른한테 말대꾸 안 했다."

"안 그랬겠죠."

캔디스가 말했다. 캔디스가 할아버지를 똑바로 쳐다봤다. 캔디스가 한 말을 이해했는지 확실히 하고 싶었다.

"하지만 브랜던에 대해서는 제가 맞아요. 언젠가는 할아버지도 알게 되길 바라요."

아빠 차까지 걸어가는 동안 캔디스는 좀 진정이 됐다. 뒷문을 열었는데 브랜던이 앉아 있어서 깜짝 놀랐다. 브랜던이 물었다.

"같이 타고 가도 되지?"

"당연하지."

캔디스가 차에 올랐고 캔디스의 아빠는 진입로를 빠져나왔다. 다른 사람들은 토리의 차를 타고 따라왔다. 브랜던이 잠시 후에 물었다.

"집에 가서 뭐 했어? 막 소리 지르는 거 같던데."

"아무것도 아냐. 그냥 내 할 일을 좀 했지, 파트너."

브랜던이 눈썹을 쓱 올려 보였지만 그냥 넘어갔다.

은행 주차장에는 차가 몇 대밖에 없었다. 은행 안은 캄캄해 보였다. 우리가 문을 두드리기도 전에 지점장이 유리문 뒤로 나타나 말했다.

"사람 수가 불어났네요."

"부모님들이세요. 부모님께 모두 자세히 말씀드렸어요."

캔디스가 대답할 때 한 여자가 우리 쪽으로 걸어오면서 말했다.

"나는 티파니 홀리데이야. 네가 캔디스구나."

캔디스는 악수를 했다. 캔디스가 좋아하는 따뜻한 손이었다.

모두가 자신을 소개하고 나자 홀리데이가 캔디스에게로 돌아섰다.

"자 이제 일을 해야겠지. 열쇠 좀 볼 수 있을까?"

캔디스가 주머니에서 열쇠를 꺼내서 건넸다. 홀리데이는 안경을 걸치고 열쇠를 자세히 들여다보았다.

"파커 씨의 금고를 열 수 있는 열쇠는 딱 2개가 있어. 하나는 10년 동안 내가 갖고 있었고, 어제까지만 해도 다른 하나는 어디에 있는지 몰랐단다."

홀리데이가 캔디스에게 열쇠를 돌려주었다.

"이런 날이 올 거라고는 생각 안 했다는 걸 인정해야겠구나. 편지가 분실됐거나 도시가 그 편지를 그냥 장난질로 치부해 버린 게 틀림없다고 생각했거든."

"도시의 지도자들은 편지에 대해서 알았어요. 신문사 편집자도 마찬가지예요. 누구도 실행할 용기가 없었던 거죠. 캔디스의 할머니를 빼고는 말이에요."

브랜던이 말했다.

티파니 홀리데이가 시간을 확인했다.

“이미 기자들을 불렀어. 30분 후면 여기로 올 거야. 너희들의 이야기를 궁금해할 거야. 파커 씨의 이야기. 이 도시의 이야기를.”

캔디스의 아빠가 한 걸음 앞으로 나섰다.

“언론 보도 같은 떠들썩한 일에는 동의한 적이 없는데요, 홀리데이 씨.”

“하지만 캔디스는 했어요.”

홀리데이가 말하면서 캔디스에게 고개를 까닥했다.

“그 내용은 편지에 있었어요. 이 도시는 워싱턴 가족이 어떻게 도시에서 쫓겨났는지를 받아들여야 해요.”

브랜던이 말했다.

“파커 씨의 유산을 가지고 싶다면 당신도 그래야 하고요. 그 역사를 말하는 데 함께하셔야 해요.”

홀리데이가 말했다. 캔디스가 브랜던을 바라보며 덧붙였다.

“그건 중요한 이야기예요. 들을 가치가 있어요. 파커 씨의 이야기뿐만 아니라, 시바운과 리앤 그리고 빅 더브의 이야기도 들어야 해요.”

캔디스가 팔찌를 만지작거렸다. ‘그리고 우리 할머니 이야기도요.’

홀리데이가 미소를 지었다.

“음, 네가 할 숙제는 다 한 것 같구나. 파커 씨의 진짜 배경은 나도 조금은 알고 있어. 우리끼리는 충분히 아는 것 같으니 조각들을 잘 맞출 수 있을 거야. 파커 씨가 자랑스러워할 거야. 파커 씨가 가치 있는 상속자를 찾은 것 같구나.”

홀리데이가 캔디스의 어깨를 지그시 눌렀다.

"아직 살아 계시는지 아세요?

브랜던이 물었다

"어딘가에 있다고 믿고 싶구나. 레지 브래들리로서 또 다른 기회를 즐기면서 말이야."

티파니 홀리데이가 다시 핸드백을 열고 작은 열쇠를 꺼냈다.

"캔디스, 준비됐니?"

캔디스는 브랜던의 손을 잡고 고개를 끄덕였다.

"좋아."

홀리데이가 은행 지점장에게로 돌아섰다.

"파커 씨의 유산을 받으러 갈 시간이네요."

안전 금고에는 10개의 해외 계좌에 대한 정보가 들어 있었다.

하지만 당장 캔디스의 관심사는 그게 아니었다. 캔디스의 눈길을 끈 건 다른 물건이었다. 무언가에 묶인 것처럼 모양이 잡힌 빨간 스카프였다. 1956년 졸업 앨범에 있던, 접혀 있던 테니스 팀 사진이었다. 그대로 접어 보니 시바운와 레지가 서로 팔을 겹치고 나란히 서게 됐다.

세인트 아이브스로 여행하는 사람에 관한 내용이 적힌 2개의 빛바랜 종잇조각들이 있었다. 좀 더 최근 모습으로 보이는 나이 든 파커와 시바운의 사진도 있었다. 시바운은 딱 봐도 아파 보였다. 하늘은 어두웠고 워싱턴 기념비가 뒤로 보였다. 둘 다 아주 행복해 보였다.

캔디스는 물건 하나하나를 손가락으로 조심스럽게 만져 보았다. 파커가 직접 이것들을 금고 안에 넣어 두었을까? 이것들이 무엇을 의미할까? 이것들이 왜 소중한 걸까? 캔디스와 브랜던은 파커의 퍼즐을 풀자마자, 새로운 도전을 만난 것 같았다.

아이들이 금고에서 나오자 기자들이 은행으로 몰려들었다. 홀리데이는 자신이 누구인지 그리고 어떤 일이 있었는지를 설명했다. 그다음에 질문을 받기 위해 캔디스와 브랜던을 불렀다.

첫 번째 질문은 파커가 보낸 편지에 관한 것이었다. 누가 그 편지를 받았나요? 뭐라고 쓰여 있었나요? 어떻게 캔디스가 발견했나요?

그 질문을 한 기자는 『램버트 트레이드』의 기자였다.

캔디스와 브랜던은 서로를 보고 활짝 웃었다. 그리고 그들의 이야기를 들려주기 시작했다.

물론, 브랜던이나 캔디스와 달리 어른들은 은행 계좌 정보에 더 관심이 있었다. 이틀 뒤 계좌에 총 4천 8백만 달러가 넘는 돈이 있다는 사실을 알게 됐다. 하지만 조건이 있었다. 대부분의 돈은 램버트, 특히 비스타 하이츠를 위해서만 쓸 수 있었다. 그들은 홀리데이의 도움으로 그 돈을 가장 잘 쓰기 위해서 재단을 만들었다. 가장 먼저 할 일은 공원 맞은편의 달링 가에 새 도서관을 짓는 것이었다. 캔디스와 브랜던은 시바운 워싱턴의 이름을 따야 한다고 명시했다. 또한 비커스 공원의 테니스 코트와 농구 코트도 보수 공사를 하기로 했다. 캔디스와 브랜던이 계획한 여름 캠프를 하려면 좀 더 커야 했다.

파커는 또한 리앤 워싱턴의 사진처럼 편지의 목적을 위해서 조작했던 것들을 바로잡기 위해 설명을 남겨 놓았다. 이를테면, 여성 선교회가 소송을 위한 기금 마련을 위해서 실제로도 빵을 구워 팔았던 건 맞지만, 원래 날짜는

1951년 6월 9일이라고 했다.

두 달 뒤, 토리가 새 차를 사고 나서 캔디스와 브랜던은 남은 돈을 반반씩 나눴다. 아이들의 부모님은 그 돈의 대부분을 대학교 등록금과 그게 뭐든 간에 아무튼 '미래'를 위해서 저축해 두었다. 캔디스는 집을 살 생각을 했지만, 그러지 않기로 했다. 그건 이제 그렇게 중요하지 않은 것 같았다. 게다가 캔디스는 옛날 친구들의 집과 가까운 아빠의 아파트에서 시간을 더 많이 보냈다. 심지어 몇 번은 아빠와 대니얼과 같이 저녁을 먹기도 했다. 대니얼에 대해서는 아직 잘 몰랐지만 70, 80년대 노래만 듣는 아빠와 데이트하기에 대니얼은 너무 유행에 밝은 사람 같았다.

아빠가 엄마가 아닌 누군가와 있다는 사실에 캔디스는 조금 슬펐다. 하지만 아빠가 행복해서 기쁘기도 했다. 데이트하는 사람은 없었지만, 엄마도 행복했다. 파커의 유산 덕분에 엄마는 다른 작업은 밀쳐 두고 '앤 C. 밀러' 이름으로 쓰는 소설에 집중할 수 있었다. 드디어 엄마는 자신의 열정에 따라, 엄마가 써야 했던 것을 쓰며 누구보다도 행복해했다.

캔디스는 얼마나 많은 기자를 만났는지 기억도 못 할 정도였다. 모든 사람들이 베일에 싸인 제임스 파커와 레지 브래들리의 비밀스러운 삶, 그리고 그의 돈에 대해 이야기하고 싶어 했다. 앨런가에 대해서 듣고 싶어 하는 사람은 거의 없었다. 워싱턴 가족에 대해서 알고 싶어 하는 사람은 더 없었다. 그 사실에도 캔디스는 좀 슬펐다.

하지만 언론이 주목한 덕분에 좋은 일이 생기기도 했다. 뉴스가 나가고 나서 일주일 뒤, 캔디스와 브랜던은 찰스 더글러스로부터 전화를 받았다. 더 정확하게는 찰스 더글러스 박사님으로부터. 그는 미시시피 교외에 있는 여러교

육구의 교육감으로 있으면서, 흑인과 백인 학생들을 더 잘 통합하기 위해서 버스 시스템과 마그넷 스쿨*을 만들면서 평생을 보냈다고 했다. 더글러스 박사는 캔디스와 브랜던에게 워싱턴 가족과 그날 저녁의 테니스 경기에 대해서 이야기해 주었고 심지어 아버지인 애덤 더글러스의 혈통에 얽힌 비밀도 알려 주었다.

그리고 워싱턴 코치의 제자들에게서도 이야기를 들었다. 어떤 학생은 캘리포니아처럼 멀리 떨어진 곳에 있었다. 캔디스는 메릴랜드에서 시바운과 같이 일했던 예전 동료에게서 편지를 받았다. 그녀는 열정적으로 일했던 시바운을 격찬했다. 심지어 캔디스는 여성 선교회에서 리앤 워싱턴과 같이 봉사 활동을 했던 아흔네 살 할머니와도 이야기를 나누었다.

너무나 많은 이야기와 너무나 많은 역사가 있었다.

그리고 어느 날 밤, 머리에 4개의 펜을 꽂은 채 키보드를 두드리고 있는 엄마를 보고, 캔디스는 생각했다. '신문이나 방송에서 제대로 이야기를 하지 않는다면, 내가 해야지. 언젠가.'

파커의 안전 금고를 발견한 지 석 달이 지난 뒤, 캔디스는 램버트로 돌아왔다. 시는 캔디스의 할머니에게 정식으로 사과하는 사과문을 발표하기로 결정하고, 할머니를 기리기 위해 시청 이름을 바꾸는 행사를 열었다.

캔디스는 사람들이 할머니에 대해서 했던 말이 싫었지만, 가끔은 할머니가 해고당해서 다행이라고 생각하는 자신이 좀 웃겼다. 할머니가 램버트에 그

---

* 마그넷 스쿨: 인종이나 거주지에 관계없이 다닐 수 있는 학교로 70년대 초 인종차별 철폐에 큰 역할을 담당했으며, 오늘날에는 특정 분야에 재능 있는 학생들을 양성하는 학교로 발전함.

대로 있었다면, 캔디스는 할머니와 그렇게 가까워지지는 못했을 것이다.

캔디스 가족이 시내에 도착했을 때는 이미 시청 바깥의 무대 앞에 몇몇 사람들이 모여 있었다. 이 행사의 기획자가 캔디스와 캔디스의 엄마가 걸어오는 것을 보고 재빨리 그 둘을 무대 쪽으로 데려갔다.

캔디스가 자리에 앉고 보니 사람들 맨 앞에 브랜던과 그의 가족이 있었다. 캔디스는 재빨리 손을 흔들었고 입 모양으로 끝나고 나서 보자고 말했다. 이메일은 매일 주고받았지만, 수개월 만에 보는 거였다.

시장이 캔디스 할머니의 용기와 재능에 대한 길고도 지루한 이야기를 늘어놓으며 행사가 시작됐다. 조금만 들어도 이 시장은 할머니를 한 번도 만난 적이 없다는 걸 확실히 알 수 있었다. 이전 시장, 그러니까 할머니를 해고했던 시장이 연설했더라면 행사가 훨씬 더 재미있었을 것이다. 캔디스는 윌리엄 메이너드뿐만 아니라 마일로와 그의 엄마도 여기 어딘가에 있었으면 했다. 복수를 원하는 건 아니었지만, 약간 정의로운 것도 좋을 것 같았다.

캔디스는 제임스 파커가 여기 있을지도 궁금했다. 파커에게 시바운의 팔찌를 주고 싶었다. 캔디스도 그 팔찌를 무척 좋아했지만, 그 팔찌는 파커가 가져야 마땅한 것 같았다.

캔디스와 엄마가 시청 밖 붉은 벽돌에 고정해 둔 명판의 덮개를 벗기면서 기념식은 끝났다. 캔디스와 엄마는 명판에 할머니의 간단한 이력에 더해서, 할머니가 좋아하던 문구를 적어 넣기로 했다.

'길이 보이지 않는다고 해서 길이 없는 것은 아니다.'

식이 끝나자, 나눈 돈으로 무엇을 했는지를 알고 싶어 하는 사람들이 캔디스에게로 몰려들었다. 캔디스는 최선을 다해서 예의 바르게 대답하고 빠져

나와서 브랜던을 찾았다.

"얼굴 봐서 너무 좋다!"

캔디스가 브랜던을 껴안으면서 말했다. 브랜던은 키가 더 큰 것 같았다.

"너한테 소개해 주고 싶은 사람이 있어."

브랜던이 몸을 뒤로 빼면서 말했다. 브랜던이 사람들에게서 멀리 떨어져 서 있는 남자아이 쪽을 가리켰다. 브랜던과 캔디스가 자신을 보는 것을 알아차리고는 그 남자아이가 손을 흔들었다.

"퀸시?"

캔디스가 묻자 브랜던이 고개를 끄덕였다.

"내가 이 말 했다고 퀸시한테 말하지 마. 퀸시가 너를 좀 질투해. 자기도 없이 나 혼자만 이렇게 근사한 모험을 했다고."

"우리가 돈을 못 찾았으면 그렇게 근사하지 않았을 거야."

"아니, 못 찾았어도 진짜 끝내줬어. 안 그래?"

캔디스가 고개를 끄덕였다.

"그래, 네 말이 맞아."

둘은 퀸시 쪽으로 걸어가기 시작했다.

"이따가 점심 먹을래? 샘스에서? 아님……."

"캔디스 밀러?"

캔디스가 걸음을 멈추고 뒤돌았다. 어떤 나이 든 남자가 얼굴에 미소를 띠고 아이들에게 다가왔다. 하지만 밝은 황금색 피부가 아니었다. 손가락이 검었다. 회색 눈이 아니라 캔디스처럼 갈색이었다.

"나는 오델 데이비스다. 네 할머니와 같이 일했단다."

그 사람이 캔디스에게 손을 내밀며 말했다.

캔디스는 재빨리 악수했다. 브랜던도 악수를 했다.

"나와 주셔서 감사해요. 저희 할머니는 여기서 일하는 걸 정말 좋아하셨어요."

"그랬다마다. 그분은 정말 좋은 상사였어. 우리 중 많은 사람이 공원을 파서 직장을 잃을 뻔했지만 그분이 우리를 보호해 줬어. 그날 밤에 거기 있던 사람들이 직장을 잃지 않을 수 있었던 건 네 할머니 덕분이다."

"잠시만요. 할머니가 테니스 코트를 파헤칠 때 거기 계셨어요?"

"벤치도 파헤쳤지. 그건 아무도 기억 못 하지만 말이다. 솔직히 그 구덩이는 좀 작았지. 하지만 테니스 코트 아래는……."

그 남자가 휘파람을 불었다.

"나는 가끔 생각한단다. 시장이 우리를 막지 않았다면 콜드웰 씨는 우리를 지구 반대편까지 계속 파게 했을 거라고."

캔디스는 자신의 팔목에 찬 팔찌를 내려다보았다.

"할머니가 이 팔찌에 대해서 왜 아무 말도 안 하셨는지 아세요?"

"뭐라고?"

"팔찌요. 그날 밤 테니스 코트 아래서 이걸 발견하지 않으셨어요?"

캔디스가 팔에서 팔찌를 끌러서 오델에게 건넸다.

"캔디스, 그 구덩이는 사막의 풀장처럼 비어 있었어. 거기엔 아무것도 없었어. 이건 확실히 없었어."

"확실해요? 캔디스의 할머니가 발견하고 아무 말도 안 했을 수도 있잖아요."

오델이 어깨를 으쓱했다.

"글쎄다. 나는 그날 밤 내내 거기 있었고, 내가 작업반장이었거든. 누가 뭔가를 발견했으면 내가 알았을 거야."

그리고 그는 고개를 살짝 까닥여 인사했다.

"나는 그저 존경을 표하고 싶었어. 너희 할머니는 훌륭한 분이셨어. 너는 그분을 자랑스럽게 해 드렸단다."

캔디스는 남자가 걸어가는 모습을 지켜봤다.

"지금 머리가 터져 버릴 것 같아."

캔디스가 브랜던을 돌아보고 말했다.

"팔찌가 시바운 거라고 확신했는데, 그치?"

"응, 그렇게 생각했지."

"그리고 너희 할머니는 시바운을 만난 적이 없고, 안 그래?"

"어떻게 그럴 수 있지? 언제 할머니가……. 도대체 말이 안 되네."

캔디스가 눈을 비볐다. 브랜던이 캔디스의 손을 얼굴에서 떼어 냈다.

"가자. 퀸시를 소개해 줄게. 그건 나중에 이야기하자. 칠리치즈핫도그 먹으면서."

캔디스는 팔찌를 한 번 더 쳐다보고, 표면에 긁힌 자국을 만지며 팔찌에 어떤 비밀이 있는지 궁금해했다. 그리고 다시 팔찌를 차고 브랜던을 따라 무리 속으로 들어갔다.

그 팔찌는 풀리지 않은 미스터리로 남았다.

애비게일 콜드웰

2007년

애비게일 콜드웰은 직업 없이 지내는 걸 싫어했다. 심지어 대학에 다닐 때, 혼자 두 아이를 키우면서도 일했다. 석사 학위를 받을 때도 일했다. 수년 동안 많은 직업을 가졌지만, 직장을 옮기는 동안에도 결코 쉰 적이 없었다. 한 번도 일하지 않은 적이 없었다. 지금까지는.

애비게일은 공식적으로는 '도시 기물을 제대로 관리하지 못' 한 이유로 사임했다. 직원이 비커스 공원에 있는 테니스 코트를 파헤치도록 '잘못 지시했다' 는 이유였다.

비공식적으로는, 누구도 알아보려고 하지 않았던 비밀 편지 때문에 해고당했다.

처음에 애비게일은 그 편지를 장난으로 생각했다. 그러다가 주위에 물어보고, 1957년에 있었던 악명 높은 테니스 경기에 대해서 들었다. 이넉 워싱턴이 누구인지, 어떻게 도시에서 쫓겨났는지 알게 되었다.

무수한 밤과 새벽을 보내면서, 애비게일은 그 편지의 미스터리를 풀기 시작했다. 이넉이 야구를 좋아했다는 걸 알아냈고, 그때는 어둡고 먼지투성이의 장롱 안이 아니라, 교회의 연회장에 걸려 있던 리앤 워싱턴이 파이를 든 사진을 보았다. 애비게일은 공원 벤치에서 시바운의 이름이 새겨진 명판을 발견했다. 얼마 되지 않은 새것이었다. 애비게일은 제임스 파커라는, 사라져 버린 백만장자가 그 도시의 개보수 사업을 모두 지원했다는 사실을 알게 되었다. 그다음부터 막혔다.

그래서 테니스 코트를 팠다. 맞는 수순인 것 같았다. 이넉 워싱턴은 테니스를 사랑했다. 딸도 마찬가지였고. 게다가 그 코트는 이넉에게 헌정되었다.

그래서 보물이 나타나기를 바라며 땅을 팠다. 그리고 해고당했다.

애비게일이 사임하고 나서 일주일 정도가 지난 어느 토요일 아침, 애비게일은 손녀를 돌보고 있었다. 딸과 사위가 상담사를 만나러 간 동안, 두 살짜리 아기는 거실에 있는 장난감 부엌에서 놀고 있었다.

한 시간쯤 후에 초인종 소리에 애비게일이 일어섰다. 작은 구멍으로 내다보니 키가 크고 깡마른 노인이 현관 계단에 서 있었다. 덴버 브롱코스 미식축구 팀 모자를 깊이 눌러 쓰고, 잠자리 테 선글라스로 눈을 가리고 있었다. 애비게일이 문을 열었다.

"누구세요?"

"안녕하세요, 애비게일 콜드웰 씨를 찾는데요."

"전데요."

애비게일은 어떻게 이 사람이 이곳을 알고 찾아왔는지 궁금했다.

"그래서, 비커스 공원에서는 어떻게 된 거죠? 뭘 하신 거죠? 묻혀 있는 보물을 찾으려고 한 거예요?"

남자가 묻자 애비게일이 긴장했다.

"누구시죠? 변호사신가요? 시간이 없어서요, 그럼."

애비게일이 문을 닫으려고 했다.

"잠시만요. 변호사 아닙니다. 도우려고 온 거예요."

남자가 발 한쪽을 문간에 끼워 넣으면서 말했다.

"음, 새 일자리를 찾아 주려는 게 아니거든……."

"길을 제대로 찾아갔어요. 그런데 실수를 한 것 같아요. 다르게 말하면, 시바운의 어머니가 하시던 말씀대로 '길이 보이지 않는다고 해서 길이 없는 건 아니죠'."

"시바운 워싱턴을 아세요?"

"알아요. 들어가도 될까요?"

애비게일은 마음의 결정을 하느라 잠시 남자를 살펴봤다. 애비게일은 그 사람의 선글라스에 비친 자신의 모습을 빤히 쳐다보았다.

"누구시죠?"

남자가 선글라스를 벗고 커다란 회색 눈으로 인사했다.

"나머지 네 명은 그 퍼즐을 풀려고 시도도 안 했어요, 그렇죠? 겁쟁이들."

"그걸 어떻게 아……."

저 얼굴. 저 눈동자. 애비게일의 머릿속에 번쩍 뭔가가 떠올랐다.

"제임스 파커?"

"이제 들어가도 될까요?"

애비게일이 재빨리 문을 열었다. 파커가 들어오면서 주위를 둘러봤다.

"따님이 참 예쁜 집을 갖고 계시네요. 따님과 남편은 새 상담사를 만나고 있나요?"

"그걸 어떻게?

"그런 걸 알아내는 게 제 전문이거든요. 이 아이가 손녀딸 캔디스군요."

애비게일은 파커를 재빨리 지나쳐 소파로 갔다. 애비게일은 캔디스를 일으켜 한쪽에 있던 부엌 장난감 쪽으로 밀었다.

"저기 가서 잠시 갖고 놀까?"

"네."

아이가 노래하는 듯한 목소리로 대답하면서 동물 인형을 안고 갔다.

"맞아요. 아무도 그 편지를 추적하고 싶지 않아 했죠. 그 사람들은 그게 누가 장난친 거라고 말했어요."

"거짓말한 거예요. 그 네 명은 모두 램버트에서 태어났어요."

파커가 모자를 무릎 위에 올려놓으며 말했다.

"그중 한 명은 심지어 그날 테니스 경기에 있었어요. 하지만, 아무것도 신세 진 게 없는 당신이 시를 위해서 모든 걸 걸었어요. 왜 그랬나요?"

애비게일이 손가락을 만지작거리다 말했다.

"그게 제 일이니까요. 회사들은 부진을 면치 못하고 경제 사정은 안 좋아졌어요. 특히 비스타 하이츠에 사는 사람들이 힘들어졌어요. 기회가 있다면 해 봐야 했죠. 그러라고 애초에 제가 고용된 거니까요. 시를 관리하기 위해서. 시를 보호하기 위해서. 그리고 사람들이 계속 그 도시에서 살 수 있게 하기 위해서요."

"당신은 바보네요. 하지만 세상은 더 많은 바보가 필요할 거예요. 다음 주에 칼리지 파크에 있는 제 동료가 전화할 거예요. 그이가 당신 면접을 봤으면 해요. 당신의 자격 조건을 말했더니 재빨리 그 기회를 잡았어요."

"이해를 못 하겠어요. 왜 당신이……."

"콜라 줄까요?"

애비게일이 돌아봤다. 캔디스가 팔에 플라스틱 코카콜라 병을 잔뜩 들고 그들 쪽으로 걸어왔다. 하지만 할머니 대신 파커에게로 직진했다.

"캔디스. 할머니가 저쪽에서 놀라고 했잖아."

애비게일이 캔디스에게로 손을 뻗으며 말했다.

뒤뚱거리는 걸음이었지만 캔디스는 아주 민첩했다. 캔디스는 할머니의 손을 피해 파커에게로 갔다. 캔디스는 한 병만 빼고 양손에 들고 있던 것들을 모두 떨어뜨렸다.

"콜라 줄까요? 꽁찌예요."

캔디스가 다시 파커에게 콜라를 내밀며 물었다.

애비게일이 고개를 절레절레 저었다.

"공짜라고 하는 거예요."

파커는 오랫동안 그 아이를 쳐다봤다. 캔디스는 짧은 다리에 비해서 무척 긴 빨간 드레스를 입고 있었다. 드레스에 맞춰서 팔에는 빨간색 플라스틱 팔찌도 차고 있었다.

파커는 마침내 그 병을 받아 들고 입으로 가져가서 마시는 것처럼 꿀꺽꿀꺽 소리를 냈다. 그리고 웃으면서 병을 돌려주었다.

"고마워. 오랜만에 마시는 진짜 맛있는 콜라네, 아가야."

"아니야. 나는 캔디스야."

"아, 미안해."

파커가 몸을 숙여서 캔디스의 귀에 대고 뭔가를 속삭였다. 그리고 뒤로 물러서서 악수를 했다.

"만나서 반가웠다, 캔디스."

"우리 수영하러 갈 건데, 같이 갈래요?"

캔디스가 물었다.

“캔디스, 귀찮게 하지 마. 죄송해요. 낮잠 자고 나서 공원에 간다 했거든요.”

애비게일이 일어서서 손녀를 소파에서 떼어 놓았다.

파커가 캔디스를 쳐다보며 말했다.

“정말 가고 싶구나. 그런데 예전처럼 그네를 못 밀어 준단다.”

파커가 윙크를 했다.

“너를 도와줄 수 있는 할머니가 있어서 다행이네. 할머니는 이 세상에서 제일 그네를 잘 밀거든.”

그리고는 일어섰다.

“이제 가야겠어요.”

파커가 모자를 쓰면서 말했다.

“감사합니다. 두 분 다 감사해요.”

애비게일이 문까지 파커와 같이 걸어갔다.

“파커 씨, 저는 이해를 못하겠…….”

“당신과 아이는 무척 친하죠? 딸과는 어때요? 잘 지내세요?”

파커가 묻자 애비게일이 고개를 끄덕였다.

“충분히 잘 지내요.”

사실과는 다소 거리가 있었지만 애비게일은 그렇게 말했다.

“그 직장을 잡아요.”

문을 열고 파커가 말했다.

“사랑하는 사람들 곁에 있어요. 결국엔 그게 제일 중요한 거니까요.”

“잠깐만요. 파커 씨, 질문이 더 있어요.”

남자는 다시 선글라스를 썼다.

"만나서 반가웠어요, 콜드웰 씨. 나는 제임스 파커가 아닙니다. 더 이상은 아니에요."

파커의 입이 웃는 것처럼 위로 올라갔다.

"하지만 손녀에게 물어보세요. 제가 누군지는 손녀가 알아요."

애비게일은 남자가 마당을 가로질러 가는 것을 쳐다봤다. 그는 조그만 흰색 차에 타더니 재빨리 가 버렸다. 애비게일은 문을 잠그고 거실로 돌아왔다. 캔디스는 또 다른 피자를 만들고 있었다.

"아가."

"캔디스."

캔디스가 정정했다.

"아, 그렇지. 캔디스, 그 남자분 이름이 뭐야?"

애비게일은 아이 앞에 무릎을 꿇고 앉았다.

"누구?"

"좀 전에 여기 있던 사람. 네가 준 콜라 마셨잖아."

애비게일은 손녀의 어깨에 손을 올려놓았다.

"그 사람 이름이 뭐야?"

"음…… 에기."

"에디?"

캔디스가 고개를 저었다.

"아니. 에기."

"프레디? 테디?"

아이는 계속 남자의 이름을 말했고, 애비게일은 계속 추측했다.

무진 애를 썼지만, 그 남자의 이름은 미스터리로 남았다.

이틀 뒤, 또다시 누군가 문을 두드렸다. 애비게일은 다른 사람이 문을 열기 전에 재빨리 나갔다. 하지만 제임스 파커나 그 비슷한 사람도 없었다. 배달원이었다. 배달원이 애비게일 앞으로 온 소포를 전달했다.

상자를 열어 보니 카드와 함께 작은 알루미늄 팔찌가 들어 있었다. 그녀는 재빨리 카드에 쓰인 글을 읽었다.

누구나 또 한 번의 기회를 가질 자격이 있죠!

면접 잘 보기 바랍니다! 잘 하실 거라 믿어요.

카드에는 물론 서명이 없었다.

애비게일은 팔찌를 자세히 살펴보았다. 바깥에는 MS라고 글자가 찍혀있었다. 미시시피를 의미한다고 생각했다. 물론 파커는 애비게일이 거기서 태어났다는 것을 알 것이다. 애비게일에 대해서 전부 알고 있는 것 같았다. 팔찌의 안쪽에는 '사랑'이라는 단어가 새겨져 있었다. 가족에 대한 사랑을 말하는 걸까? 손녀에 대한 사랑?

애비게일은 파커가 자신에게 준 것이 정확히 뭔지 알 수가 없었다. 그것은 두 번째 기회였다. 직장이 아니라 유산에 관한 두 번째 기회였다.

하지만 애비게일은 훌륭한 행정가였고 공정한 지도자였지만, 퍼즐을 푸는 데는 소질이 없었다.

다음 날, 애비게일은 편지와 파커, 그리고 자신이 놓쳤을 법한 것들을 생각하면서 팔찌를 손에 놓고 이리저리 뒤집어 보았다. 애비게일은 밤새 그 미스터리에 대해서 생각했지만 짜 맞출 수가 없었다. 앞에서 웃음소리가 나서 애비게일은 바로 고개를 들었다. 캔디스가 또 공으로 된 지구본을 갖고 놀고 있었다.

몇 주 전에 애비게일이 사 준 지구본이었다. 캔디스가 나라를 알아가기를 바랐다. 비현실적이라는 건 알았지만 애비게일도 어쩔 수 없는 할머니였고, 한편으로는 외동 손녀가 천재이기를 바랐다. 애비게일이 처음 캔디스에게 지구본은 줬을 때, 캔디스는 북극을 바닥으로 가게하고 남극이 위로 오게 지구본을 뒤집었다. 애비게일이 매번 제대로 하려고 할 때마다 캔디스는 공을 굴려서 다시 그렇게 만들고는 했다.

"하지만 이렇게 하면 틀린 거야."

5분 동안 반복하다가 마침내 애비게일이 말했다.

"왜요?"

"음, 왜냐하면……. 왜냐하면 글자가 거꾸로 됐잖아."

물론, 그건 캔디스한테 중요하지 않았다. 읽을 줄 몰랐으니까.

하지만 그날, 또다시 공을 거꾸로 들고 노는 캔디스를 보면서 애비게일은 스스로에게 물었다. 왜 그게 잘못된 거지? 우주에서 보면 어떤 게 위고 어떤 게 아래인지 누가 알까? 지도 제작자의 관점이 캔디스보다 나은 건 뭘까?

애비게일은 램버트에 있던 시절로 돌아가 생각해 봤다. 시장 때문에 애비게일은 자신이 한 모든 조사 자료를 파기했지만, 편지는 가지고 있었다. 애비게일이 그걸로 무엇을 하게 될지 미리 알고 그랬던 건 아니었다.

그녀는 장난감 부엌에서 놀고 있는 캔디스를 다시 한번 봤다. 지구본 위에 앉아 있었다. 북극을 아래로 하고.

어쩌면 그게 문제였을지도 모른다. 애비게일은 자신의 방식만 고수했다. 그 편지는 새로운 관점을 가진 누군가가 풀어야 할지도 모른다.

물론, 지금은 아니다. 나중에 아이가 준비되면 애비게일은 캔디스에게 편지를 남기고, 단서를 충분히 제공할 것이다. 손녀의 관심을 사로잡기에 충분한 단서를. 애비게일은 캔디스에게 강요하지는 않을 생각이었다. 그 미스터리를 풀지 말지는 캔디스의 선택이었다.

하지만 손녀가 순조롭게 출발할 수 있도록 도움을 줄 수는 있었다.

애비게일은 캔디스의 방으로 가서 옷장 꼭대기에 있는 상자를 집었다. 크리스마스 때 캔디스에게 사 준 퍼즐이었다. 네 살 이상에게 적합한 백 조각짜리였다. 캔디스의 아빠는 캔디스가 하기에는 너무 이르다며 그 퍼즐을 다른 곳에 두었다.

애비게일은 거실로 돌아와 커피 탁자에 퍼즐 조각을 쏟았다. 캔디스는 부엌 놀이를 멈추고 할머니에게로 걸어왔다.

"이거 퍼즐이에요?"

캔디스가 걸음마를 배우는 아이들 특유의 노래하는 듯한 목소리로 물었다.

"응, 맞아. 그런데 조금 어려워. 조각들이 엄청 많거든."

할머니가 말했다.

"내가 도와줄까요?"

캔디스가 물었다.

애비게일은 행운의 팔찌를 좀 더 팔 쪽으로 밀어 올리고 손녀를 들어 무릎에 앉혔다.

"응. 그래, 도와줘."

애비게일이 퍼즐의 첫 조각을 캔디스에게 건네면서 말했다.

슬픈 돈을 찾아라

1판 1쇄 발행 2021년 2월 5일 **1판 3쇄 발행** 2022년 5월 20일
지은이 배리언 존슨 **옮긴이** 이은숙
펴낸이 남영하 **편집** 김주연 이신아 **디자인** 박규리 **마케팅** 김영호
펴낸곳 ㈜씨드북 **주소** 03149 서울시 종로구 인사동7길 33 남도빌딩 3F **전화** 02) 739-1666 **팩스** 0303) 0947-4884
홈페이지 www.seedbook.co.kr **전자우편** seedbook009@naver.com **인스타그램** instagram.com/seedbook_publisher
ISBN 979-11-6051-390-5 (43840)

• 책값은 뒤표지에 있어요. • 잘못 만들어진 책은 구입하신 서점에서 바꾸어 드려요. • 씨드북은 독자들을 생각하며 책을 만들어요.

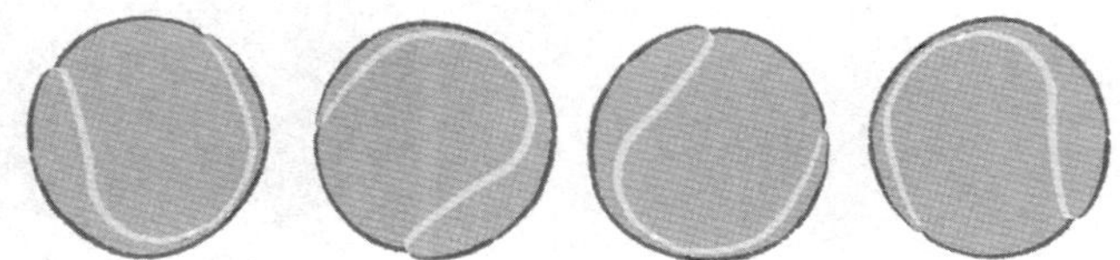